幽靈社團

下

LEIGH BARDUGO

NINTH HOUSE

A Novel

目錄

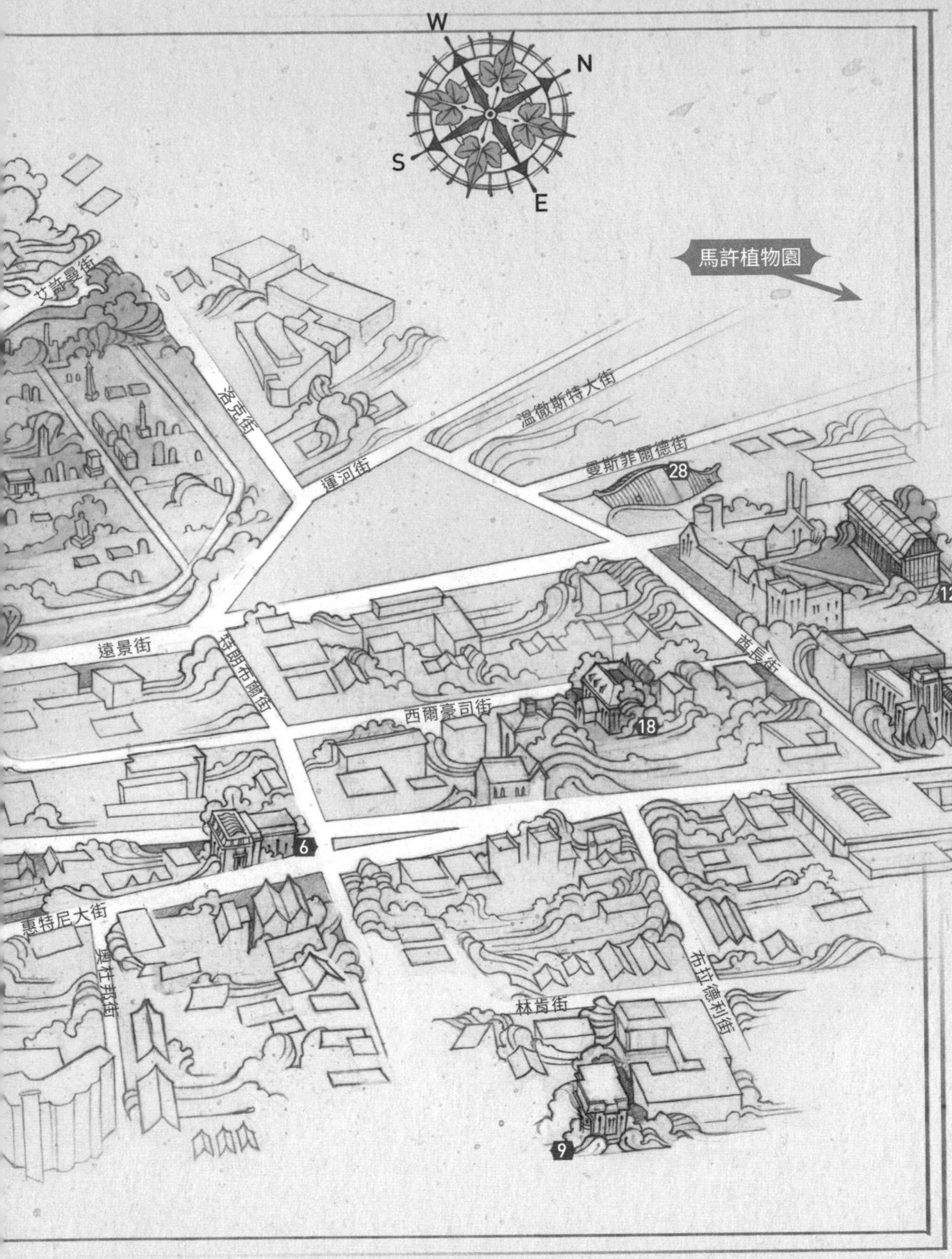

17. 哈克尼斯鐘塔
18. 校長宅邸
19. 戲劇學院
20. 強納森・艾德華茲學院
21. 葛瑞絲・霍普學院
22. 達文波特學院
23. 潘恩・惠特尼體育館
24. 果林街墓園
25. 史特林紀念圖書館
26. 耶魯法學院
27. 法學院圖書館
28. 英格爾斯溜冰場
29. 埃利胡會所
30. 伊麗莎白一世俱樂部
31. 耶魯皮博迪自然史博物館
32. 塔拉陳屍處

1. 骷髏會
2. 書蛇會
3. 捲軸鑰匙會
4. 手稿會
5. 狼首會
6. 貝吉里斯會
7. 聖艾爾摩會
8. 地洞
9. 權杖居
10. 薛菲爾—史特林—史特拉斯科納樓
11. 羅森菲爾館
12. 森林學院
13. 拜內克珍本圖書館
14. 公共餐廳
15. 范德比宿舍
16. 林斯利—齊坦登館

13

去年秋季

手稿會派對的隔天，達令頓醒來時感受到最嚴重的羞恥宿醉。亞麗絲給他看過她交出去的報告副本，細節交代得很模糊，雖然他很希望自己是那種會要求照實寫出一切的人，但要是桑鐸院長知道他受辱的所有經過，他恐怕再也無法坦然看他。

他洗了澡，幫亞麗絲準備早餐，然後叫車和她一起去地洞，他把賓士車開回來。他開著老車回到黑榆莊，昨晚的畫面在他腦中只剩一片模糊。他沿路收起車道上的南瓜拿去堆肥，清除後院草坪上的落葉。有事做感覺真好。這棟房子突然感覺好空，很久沒有這樣了。

他很少帶人來黑榆莊。大一那年，他邀請蜜雪兒・阿拉梅丁來參觀，她說：「這個地方太扯了。你認為值多少錢？」他不知道該如何回答。

黑榆莊是一場古老的夢，建造浪漫塔樓的財富，是由一雙雙硫化橡膠靴堆積而成。丹尼爾・泰博・阿令頓一世，也就是達令頓的玄祖父，他在紐哈芬建造工廠，雇用了三萬名員工。他買了許多藝術品與不確定真偽的古董，在新罕普夏湖邊買了一棟占地六千平方英尺的度假「小屋」，感恩節還免費送火雞。

一連串工廠火災，加上能成功讓皮革防水的新技術出現，於是苦日子開始了。阿令頓工廠生產的橡膠靴堅固又容易生產，但缺點是非常不舒服。丹尼十歲那年在黑榆莊的閣樓發現一大堆存貨，全部堆在牆角，彷彿做錯事受罰。他挖了半天，找出兩隻尺寸相同的，他用上衣抹去灰塵。幾年後，當他第一次喝下亥倫藥水看到灰影，他們黯淡無色，彷彿依然被界幕籠罩，他不由得想起那堆放在角落生灰塵的靴子。

他原本打算整天穿著那雙靴子，踏著沉重的步伐在黑榆莊裡到處走來走去，在花園裡嬉戲，但才過一個小時，他就急忙脫下來扔回去。這次的體驗讓他徹底理解，為什麼一旦有別的方法可以不弄濕雙腳，人們立刻拋棄阿令頓的靴子。靴子工廠倒閉之後空置了很多年，一如史穆西皮帶工廠、溫雷聯合工業，以及更早之前倒閉的布氏兄弟馬車工廠。隨著達令頓慢慢長大，他發現紐哈芬自古以來都是這樣。工廠一家家倒閉，但城市依舊蹣跚前進，老眼昏花、體質孱弱，經歷過好幾個貪腐市長，加上瘋狂的城市規畫、方向錯誤的政府計畫、曇花一現的資金挹注。

「丹尼，這個城市呀。」他爺爺很愛這麼說，經常掛在嘴上，語氣有時苦澀，有時鍾愛。**這個城市呀**。

黑榆莊的設計模仿英格蘭莊園豪宅，丹尼爾・泰博・阿令頓發財之後對許多事物著迷，這種建築也是其中之一。但這棟房子老了以後才真正像棟英格蘭豪宅，金錢無法打造的氣氛，由緩慢流逝的時間與蔓生長春藤達成。

丹尼的父母經常來來去去。他們有時會帶禮物給他，但大部分的時候只是裝作他不存在。他並不覺得被冷落或沒人愛，他的世界裡有爺爺、管家柏娜黛，以及黑榆莊神祕的陰暗角落。他念公立學校，但有無數家教來授課——擊劍、各種語言、拳擊、數學、鋼琴。「你學的這些東西能讓你成為世界公民。」爺爺說。「禮儀、能力、技術。人生在世總會派上用場。」住在黑榆莊，除了練習之外沒什麼事可做，而且丹尼喜歡把事情做好，不只是因為可以得到稱讚，也是因為感覺好像將一扇門解鎖打開。每個新科目他都出類拔萃，他一直有種感覺，好像在為什麼事預作準備，只是他還不知道是什麼。

爺爺自詡雖然出身名門，但依然保有藍領精神。他抽的香菸是工人品牌Chesterfield，他年輕時父親堅持要他每年暑假去工廠見習，就是在那裡第一次抽到這個牌子的菸；他在克拉克小館的吧臺吃飯，在那裡，大家都稱呼他「老爺子」。他喜歡鄉村歌手馬帝・羅賓斯，以及丹尼媽媽稱之為「劣質普契尼」的音樂。她說他只是想假裝成普羅大眾。

丹尼的父母來紐哈芬時總是很突然。爺爺只會簡單地說：「柏娜黛，明天準備四人份的飯。

那對流浪夫妻要大駕光臨了。」他媽媽是教授，研究文藝復興時期藝術。他不太清楚爸爸的職業——微型投資、證券組合、外匯市場避險基金。每次他們來的時候他的職業都不一樣，而且總是很不順。丹尼很清楚，他父母靠爺爺的錢生活，他們需要更多錢，這是讓他們回紐哈芬的唯一動力。「只是為了錢。」爺爺這麼說，丹尼無心爭辯。

大餐桌上的話題總是圍繞著出售黑榆莊，隨著周圍的社區起死回生，這個話題越來越急迫。一個紐約來的雕塑家以一美元買下一棟破爛老屋，重新裝修之後改建成寬敞的開放空間工作室。她說服朋友跟著搬來，於是西村突然變潮了。

「現在是出售的好時機。」他爸爸會說。「這邊的土地終於值錢了。」

「你也知道這個城市是怎麼回事。」他媽媽會說。**這個城市**。「價錢很快又會跌。」

「我們不需要這麼大的房子。太浪費了，光是維修就要花一大筆錢。搬來紐約吧，我們可以更常見到你。我們會幫你找一棟有門房的高級公寓，不然你也可以搬去比較暖的地方。丹尼可以去念名校道爾頓學院，或是去新罕普夏的埃克塞特寄宿學院。」

爺爺會說：「私立學校只會教出廢物，我不要重蹈覆轍。」

丹尼的爸爸就是念埃克塞特學院。

有時候丹尼覺得爺爺似乎很喜歡戲弄流浪夫妻。他會望著杯子裡的威士忌，往後靠，如果是冬天就把腳架在壁爐前面，如果是夏天，就研究窗外後院裡榆樹枝葉形成的圖形。他會假裝考慮，他會討論哪裡更適合生活，西港鎮北區？曼哈頓下城區？他會仔細描述老釀酒場旁邊新建的公寓大樓，無論他說什麼，丹尼的父母都會大力附和，努力想讓老人家心中產生新狂熱。

他們來訪的第一天晚上，爺爺總是以「**我會考慮**」作為結論，他爸爸因為喝多了所以臉紅，她媽媽慎重地用喀什米爾羊毛披肩將肩膀包得密不透風。到了第二天晚上，流浪夫妻會開始坐立不安、心煩意亂。他們逼得更緊，而爺爺便加以反擊。到了第三天晚上，他們會吵架，因為沒有人記得添柴，壁爐裡的火爆出火星與濃煙。

很長一段時間，丹尼納悶為什麼爺爺要一直玩這種遊戲。等到他長大之後，爺爺不在了，丹尼獨自住在黑榆莊黑漆漆的塔樓裡，他才明白爺爺其實很寂寞。他固定的生活習慣，晚餐、收租、讀吉普林小說，或許不足以填補一天結束時黑暗的空洞，他或許會思念愚昧的兒子。只有到了那個時候，當達令頓側躺在空空的豪宅裡，躲在書本築成的窩中，他才明白黑榆莊要求很多，卻給予很少。

流浪夫妻每次來訪的結局都一樣：他爸媽義憤填膺拂袖而去，只留下媽媽的香水味——法國高級品牌Caron所推出的辛辣調香水。達令頓後來才得知這款香水的名字，那是一個慘痛的夜晚，大二升大三的暑假，在巴黎，他好不容易鼓起勇氣約安潔莉卡・布倫出去。到了她家門口，安潔莉卡穿著華美的黑緞小禮服，手腕與喉嚨脈搏處飄出他悲哀少年時代的昂貴惡臭。他託辭頭痛提前回家。

丹尼的父母吵著要帶走丹尼，他們要送他去念昂貴的私立學校，他們要帶他回紐約一起住。這樣的威脅一開始讓達令頓感到刺激又慌張，但很快他就明白他們只是空言恫嚇，藉此要脅爺爺。沒有阿令頓家的祖產，他爸媽絕對負擔不起私立學校的學費，他們也不希望多個孩子擾亂他們的自由。

流浪夫妻離開之後，丹尼和爺爺每次都會一起去克拉克小館吃飯，爺爺會坐下來，和東尼聊他的子女，看他們一家人的照片。他們會大肆讚揚「腳踏實地的工作」，然後爺爺會抓住丹尼的手腕。

「聽我說。」他說，距離這麼近的時候，會發現他的眼睛渾濁潮濕。「仔細聽我說。等我死了，他們會想搶走房子，他們會想搶走一切。你千萬不能讓他們得逞。」

「你不會死。」丹尼會這麼回答。

爺爺會擠眉弄眼大笑著說：「現在還不會。」

有一次，他們坐在紅色卡座裡，聞著薯餅與牛排醬的濃濃香氣。丹尼鼓起勇氣問：「為什麼他們要生我？」

「他們喜歡為人父母的概念。」爺爺說，對著沒吃完的晚餐揮揮手。「帶你去向朋友炫耀。」

「然後把我丟在這裡？」

「我不希望你被保母養大。我告訴他們，只要他們把你留下來給我，我就在紐約市買一間公寓給他們。」

那時候丹尼不覺得有問題，因為爺爺知道**怎樣最好**，因為爺爺**工作討生活**。即使他心中有一部分很想知道，老人家是不是只想要一個重新教養兒子的機會，他是不是只重視阿令頓家的傳承，不在乎這個男孩離開父母是否會寂寞，但丹尼的其他部分知道千萬不能走進那條黑暗的路。

丹尼長大之後，每當流浪夫妻來紐哈芬，他就會刻意不在家。他不想等著看有沒有禮物、父母會不會對他的生活有一點關注。他們和爺爺總是上演同一齣爛戲，他受夠了，而且他也不想再看到爺爺放任他們予取予求。

「為什麼你們不能放過老人家，回去繼續浪費你們的人生和他的錢？」他出門的時候對他們冷冷地說。

「我們小王子什麼時候變得這麼孝順了？」爸爸同樣帶刺地說。「等你不再受寵，就會懂了。」

但丹尼沒有那種機會。爺爺病了，醫生要他戒菸，改變飲食習慣，說他如果乖乖聽話，或許可以多活幾個月，甚至一年。丹尼的爺爺不肯。如果不能一切照他的意思來，那就乾脆全都不要了。他們請了護理師住在家裡照顧他。丹尼爾・泰博・阿令頓的氣色越來越黯淡、身體也越來越虛弱。

流浪夫妻回來了，這次留下來沒走，突然間，黑榆莊彷彿變成了敵軍陣營。廚房堆滿媽媽的特殊食物，一堆堆塑膠小盒子、一包包穀物和堅果，占據了櫥櫃的空間。爸爸總是在一樓的每個房間走來走去，拿著手機講不停——請人來鑑價、遺囑認證、稅務法律。他們趕走柏娜黛，換成專業清潔公司，深綠色廂型車每週來兩次，只用有機清潔產品。

丹尼幾乎整天待在博物館，不然就躲在房間鎖上門。他埋首讀書，有如烈火消耗氧氣，努力保持燃燒。他練習希臘文，開始自學葡萄牙文。

爺爺的臥房塞滿各種儀器——補充水分的點滴、保持呼吸的氧氣，原本的四柱大床邊擺了一張醫院用的病床，讓他可以坐起來。彷彿時間旅人從未來回到這裡，占據了這個昏暗的房間。

每當丹尼去找爺爺，告訴他爸媽又做了什麼，報告有房屋仲介來勘查，爺爺總會抓住他的手腕，意有所指地看看護理師。「她會偷聽。」他小聲說。

或許她真的在偷聽。達令頓才十五歲，他不知道爺爺說的話有多少是真的，有多少是藥物或癌症影響造成的譫妄。

「他們不讓我死，這樣他們才能掌控財產，丹尼。」

「可是你的律師——」

「你以為他們沒辦法逼他妥協？丹尼，讓我死。他們會榨乾黑榆莊。」

丹尼獨自出門，坐在克拉克小館的吧臺邊，蕾歐娜送來一盤冰淇淋，他得用手掌根按住眼睛，以免哭出來。他坐到餐館要打烊了，這才不得不坐公車回家。

第二天，他們發現病床上的爺爺全身冰冷，他陷入昏迷，救不回來。大人氣憤地壓低聲音交談，關上門不讓他聽，爸爸怒罵護理師。

丹尼整天待在皮博迪自然史博物館。員工不介意，暑假時經常有家長把小孩扔在那裡。他在礦物展示廳徘徊；和木乃伊聊天，然後去看巨大烏賊、侏羅紀公園裡的恐龍；想像如何重繪恐龍壁畫。他去耶魯校園散步，花好幾個小時解讀史特林圖書館門楣上不同的語言，一次又一次去拜內克看那裡收藏的各式塔羅牌、無法解讀的伏尼契手稿。看著手稿的書頁，他感覺彷彿回到燈塔角，等候另一個世界顯現。

天漸漸變黑，他搭公車回家，從花園側門偷溜進去，悄悄在屋內移動，躲回房間裡看書。一般的書籍已經無法滿足他了，這個年紀的他不再相信魔法，但他必須相信世上除了生死之外，還有更多意義。於是他將這份渴望解釋成想要研究玄學、奧祕學、神學。他花很多時間找出鍊金術士與降靈師的著作，希望能看見看不見的東西。他只想看一眼就好，讓他能夠繼續相信下去。

丹尼窩在高塔裡的臥房中，對照譯本研究鍊金術士帕拉塞爾蘇斯的著作，爺爺的律師來敲門。「你必須做決定。」他說。「我知道你想尊重爺爺的遺願，但你必須為自己打算。」

這個建議並沒有錯，只是丹尼不知道怎樣才是為自己打算。

爺爺靠阿令頓家的資產生活，偶爾捐給他認為合適的機構，但依照規定遺產只能留給兒子，不過，這棟房子不受限制。黑榆莊將交付信託，等丹尼滿十八歲時繼承。

媽媽來房間找他的時候，丹尼吃了一驚。「大學想要這棟房子。」她說，環顧圓形的高塔房間。「如果我們全部簽字同意，那麼利潤就可以平分。你可以來紐約。」

「我不想住在紐約。」

「你無法想像在那裡有多少機會。」

大約一年前，他搭乘大都會北方鐵路去紐約市，在中央公園逛了好幾個小時，去大都會博物館坐在丹鐸神廟裡。他去到爸媽家的公寓大樓，考慮要不要按門鈴，但最後失去勇氣。「我不想離開黑榆莊。」

媽媽坐在他的床上。「丹尼，這裡只有土地值錢。你要知道，這棟房子毫無價值。不值錢就算了，還會吸光我們的所有錢。」

「我不會賣掉黑榆莊。」

「丹尼爾，你不瞭解這個世界。你還太小，我羨慕你的天真。」

「妳羨慕的才不是這個。」

他的語氣低沉冰冷，完全是丹尼想要的感覺，但他媽媽只是大笑。「你認為接下來會發生什麼事？你只剩下不到三萬元的信託基金讓你上大學，所以囉，除非你想去康州大學交朋友，否則最好重新評估你的決定。你爺爺編織了一場空虛的美夢。他要了你，就像要我們一樣。你以為你會成為黑榆莊的大老爺？你以為這棟房子歸你管？是你被這棟房子控制才對。趁現在能拿就快拿吧。」

這個城市呀。

丹尼待在房間不出去。他鎖上門，吃穀麥棒配浴室的自來水。他認為這或許可以算是一種哀悼，但也是因為他不知道該怎麼辦。藏書室裡有本美國作家大衛・麥卡洛的《一七七六》，裡面藏著一千元。滿十八歲之後，他就可以動用大學基金。除了這些，他什麼都沒有。但他絕不會放棄黑榆莊，說什麼也不要，他絕不會讓人拆毀這棟房子。再多的錢他也不賣。這是他的家，失去這棟房子，他什麼都不是。野草蔓生的花園、灰色石材、在樹籬中歌唱的鳥兒、光禿禿的樹幹，失去這些，他什麼都不是。他已經失去了最親的人、最愛他的人。他還剩下什麼可以依附？

有一天，他察覺屋裡變得很安靜，他聽到爸媽的車駛離車道，卻沒有聽見他們回來。他打開房門悄悄溜到樓下，發現黑榆莊裡沒有別人了。他沒有想過爸媽會乾脆離開，難道這段時間他其實偷偷將他們當作人質，強迫他們留在紐哈芬，希望多年來第一次能得到他們的關注？

一開始他很開心。他打開所有燈，打開臥房裡的電視和一樓起居室的電視。他吃冰箱裡的剩菜，餵那隻經常在黃昏時分來花園散步的白貓。有一天他回到家，打開廚房的電燈開關，卻發現沒有電。他找出所有毯子，從閣樓裡挖出爺爺的舊毛皮大衣，睡覺時全部蓋在身上。在寂靜的房子裡，他看著自己呼出的氣凝結成霧。漫長的六週，他在冰冷黑暗中生活，點蠟燭寫作業，他在一個箱子裡發現一套舊的滑雪裝，就拿來當睡衣。

聖誕節到了，他爸媽出現在黑榆莊門口，臉色紅潤、笑逐顏開，拎著許多禮物以及一袋袋高級超市Dean & DeLuca的商品，捷豹跑車怠速停在車道上。丹尼把門閂上，不讓他們進來。他們錯在不該讓他發現，原來他一個人也能活下去。

丹尼在克拉克小館打工，在艾哲頓公園找到施肥播種的工作，在利瑞克劇場收門票。他賣掉存放在閣樓的衣物與家具，如此一來，他至少有東西吃、可以繳電費。他的朋友不多，而他從不邀請他們來玩。他不希望別人問他父母的下落，也不想回答為什麼一個青少年會獨自住在這麼大的房子裡。答案其實很簡單：他要照顧這棟房子，他要讓黑榆莊活下去。他一旦離開，這棟房子便會死去。

一年過去了，又一年。丹尼勉強撐過去，但他不確定還能繼續這樣多久，他不知道接下來會怎樣，甚至不知道是否能夠和同學一起申請大學。他可能要等到明年，先去工作，等候信託基金到手。然後呢？他不知道。他毫無頭緒，而且非常害怕，因為他才十七歲，卻已經受夠了。以前他從不覺得人生太長，現在卻彷彿永無止盡。

後來，當丹尼回想七月初那個夜晚發生的事，他依然不確定當時的動機是什麼。他在拜內克圖書館與皮博迪博物館研究了好幾個星期，準備著手製造魔藥。他花了好幾個夜晚收集材料，那些撿不到也偷不到的東西，他只好下單訂購。他著手調製。整整三十六個小時，他待在廚房忙碌，只趁空檔閉閉眼睛，設定鬧鐘提醒他該進行下一個步驟。終於，柏娜黛的法國Le Creuset頂級鑄鐵鍋全毀，他看著鍋底有如焦油的濃濃黏液，心裡猶豫了。他知道這個實驗很危險，但他已經快要沒有可以相信的東西了。他只剩下魔法。這是勇敢冒險，不是服毒自殺。

第二天早上，聯邦快遞的司機發現他倒在門階上，眼睛和嘴巴不斷流血。他在昏倒之前用盡全力爬出廚房。

丹尼在醫院病床上醒來。一位男士坐在床邊，他穿著毛呢外套，裹著條紋圍巾。

「我是艾略特・桑鐸。」他說。「我想給你一個機會。」
魔法差點要了他的命，但結果反而救了他。就像故事裡一樣。

14
冬

亞麗絲窩在地洞的窗邊座位上，道斯端來一杯熱巧克力。她在上面放了高級棉花糖，粗糙表面有如剛從採石場挖出來的石塊。

「妳去了冥界。」道斯說。「值得一點獎勵。」

「我沒有真的去到冥界。」

「那就把棉花糖還來。」她有些害羞地說，似乎不太敢開玩笑，亞麗絲護著杯子，表明她願意跟她玩。她喜歡這樣的道斯，或許這樣的道斯也喜歡她。

「那裡是什麼樣子？」

亞麗絲望著窗外朝陽照耀的屋頂。從這裡，她可以看到狼首會的灰色山形屋頂，以及長滿長春藤的部分後院，一個藍色回收桶靠在牆上，似乎隨時會倒地。感覺如此平凡。

她放下培根蛋三明治。通常她可以一個人吃掉兩份，但她到現在依然覺得快被水流拉到河底，所以胃口不太好。她真的越過界幕了嗎？有多少是幻覺，有多少是真實？她盡可能描述，並且說明鬼新郎的條件。

她講完之後，道斯說：「妳不能去塔拉・哈欽司家。」

亞麗絲撥弄三明治。「我剛剛才描述冥界給妳聽，告訴妳我在到處是金眼鱸魚的河流裡和死人交談，妳的回答竟然是這個？」

不過顯然一次冒險就已經耗盡了道斯的膽量。「萬一桑鐸院長發現妳為了進聖殿對沙樂美做了什麼——」

「沙樂美或許會跟朋友抱怨，但她絕不會向上面報告。以進入聖殿為條件，要我們去捲軸鑰匙會偷東西。這些事太難處理。」

「萬一她跑去報告呢？」

「我會說根本沒這回事。」

「妳希望我也這麼說？」

「我希望妳想清楚什麼最重要。」

「妳打算威脅我？」道斯注視她的那杯熱可可，湯匙不停轉圈。

「不會，道斯。妳怕我會威脅妳？」

湯匙停了。道斯抬起頭，她的眼睛呈現溫暖的深咖啡色，陽光灑在凌亂的包頭上，讓紅色顯得更耀眼。「好像不是這樣。」她說，似乎自己也嚇一跳。「妳的反應太……極端。但沙樂美確實做錯了。」道斯似乎稍微硬起來。「儘管如此，萬一院長發現妳和灰影談條件……」

「他不會發現。」

「可是萬一——」

「妳擔心會因為幫我而被找碴。別擔心，我不會亂說。但沙樂美也看到妳了，妳最好也要想辦法讓她閉嘴。」

道斯瞪大眼睛，然後才明白亞麗絲在開玩笑。「噢，好吧。只是……我真的需要這份工作。」

「我懂。」亞麗絲說。曾經坐在這間小公寓裡的人當中，或許沒有人比她更懂。「但我需要找到屬於塔拉的東西。我要去她家。」

「妳知道她住在哪裡嗎？」

「不知道。」亞麗絲承認。

「萬一透納警探發現——」

「透納會發現什麼？我跑去冥界門口和鬼魂說話？我確定那不算干擾目擊證人。」

「可是要是妳跑去塔拉家翻她的東西——那就是私闖民宅行竊，甚至是妨礙警方調查。妳可能遭到逮捕。」

「只要我不被抓到就不會。」

道斯斷然搖頭。「妳的計畫太過分了。如果妳打算害我們兩個和忘川會都遭遇危險，那我恐怕無法繼續幫妳。透納警探不希望妳介入調查，他會盡一切可能守住他的案子。」

「有道理。」亞麗絲思考著說。說不定她不該瞞著透納，而是該透過他達成目的。

*

亞麗絲想要躲在地洞，讓道斯幫她泡一杯又一杯的熱可可。她不介意一點母愛，但她需要回舊校區，再次抓住那個平凡世界，以免真正重要的事物溜走。

她在戲劇學院前面和道斯分開，但沒有忘記問道斯她在冥界入口聽到的那個名字——至少她認為那是名字。「尚恩・杜蒙?也可能是強納森・戴斯蒙?」

「我沒印象。」道斯說。「不過我會去查一下，回權杖居之後也會去藏書室查詢。」

亞麗絲遲疑一下，然後說：「當心點，道斯。眼睛睜大。」

道斯愣住。「為什麼?」她說。「我只是小人物。」

「妳是忘川會成員，而且活著。妳不是小人物。」

道斯再次愣住，彷彿機件卡住的時鐘，要等到正確的齒輪移動，她才能繼續走。終於她清醒過來，眉頭糾結。「妳有沒有在那邊看到他？」她說得很急，眼睛望著腳。

亞麗絲搖頭。「諾斯說他不在那裡。」

「這應該是好事。」道斯說。「等到星期三，我們就可以召喚他回來。我們會帶他回家。達令頓會知道該如何解決所有事。」

或許吧。但事關亞麗絲的生命，她不願意冒險等候。

「妳對鬼新郎命案瞭解多少？」亞麗絲問。儘管她知道諾斯的名字，不代表她需要常常用。叫他的名字只會更加增強連結。

道斯聳肩。「所有康乃狄克州見鬼之旅都一定會去，還有珍妮・克拉莫命案的地點、蕭興頓的鬼屋。」

「發生的地點在哪裡？」

「我不確定。我很少讀那些東西。」

「道斯，妳選錯工作了。」她歪頭。「難道是這份工作選了妳？」她記得達令頓說過，他十七歲那年在醫院裡，手臂上插著點滴，手中握著桑鐸院長的名片。這是他們的共通之處，雖然他們從來不這麼覺得。

「他們來找我，因為我的論文主題。我很適合研究工作。原本很無聊，直到——」她停住。她的肩膀一抽，彷彿有人拉扯控制的繩索。**直到達令頓出現**。道斯用連指手套抹抹眼睛。「如果有發現，我會通知妳。」

「道斯——」亞麗絲說。

但道斯已經轉身快步往地洞走去了。

亞麗絲看看四周，希望能看到鬼新郎，她很想知道，使靈或他的主人是否知道她沒死，會不會前面的街角又有埋伏。她必須盡快回宿舍。

亞麗絲思考鬼新郎背誦的那段《國王之歌》，詩句裡惡意的重量。如果她沒記錯，這個段落在描述傑蘭特與依妮德的愛情故事，儘管妻子始終貞潔，男主角卻因為嫉妒而發狂。這種情節讓人很沒信心。**寧死勿疑**。為什麼塔拉要把這行字刺在身上？她對依妮德的遭遇感同身受？還是單純喜歡這句話聽起來的感覺？為什麼捲軸鑰匙會的人會告訴她這句話？亞麗絲很難想像鑰匙會員因為大麻抽得很爽，所以決定帶她參觀會墓並講解相關故事作為回報。就算亞麗絲只是憑空揣測，但是賣大麻給大學生怎麼會弄到沒命？事情一定沒那麼簡單。

亞麗絲回憶躺在十字路口、透過塔拉的眼睛看到她死前的瞬間，蘭斯的臉出現在上方。然而，那個人會不會其實不是蘭斯？會不會是改變外表的法術？

她在高街轉彎，走向霍普學院的餐廳。她渴望宿舍的安全感，但比起結界，找出答案更能保護她。即使透納警告過她不准去找崔普，但目前她只掌握到這個人，他也是祕密社團與塔拉之間唯一的關連。

時間還很早，但她沒猜錯，他果然已經和幾個朋友一起坐在長餐桌旁，他們全都穿著寬鬆短褲、棒球帽和刷毛上衣，每一個都臉色紅潤、頭髮凌亂，好像剛做完運動。但她知道，他們其實只是宿醉。顯然財富比注射營養針更有用。達令頓也像他們一樣出身富裕，但他有張真實的臉，感覺似乎吃過苦。

她接近時，她看到崔普的朋友轉頭看她，打量一番之後，判定她沒看頭。她在地洞洗過澡，換上忘川會運動服，也梳了頭髮。她被推進車流中然後又差點溺死，真的沒心情在乎外表。

「嗨，崔普。」她友善地說。「跟我聊一下？」

他轉身看她。「妳要邀請我參加舞會嗎，史坦？」

「我想想喔。你會不會做個乖乖小蕩婦，讓我帶出去爽一爽？」崔普的朋友大笑喧鬧，其中一個慢吞吞說，**噢——真夠嗆**。現在他們全都看著她。「我要跟你談一下之前那個問題。」

崔普臉紅了，但他挺直背脊站起來。「好。」

「早點送他回家喔。」他的一個朋友說。

「為什麼？」她問。「你要接著用？」

他們再次喧鬧，瘋狂拍手，彷彿她講了什麼了不起的話。

她跟著崔普走出餐廳，他回頭說：「史坦，妳壞透了。我喜歡。」

「過來。」她說。她帶路走上樓梯，經過彩繪玻璃窗，雖然描繪的是南方農莊生活，但是在學院改名之後依然保留。之前這裡原本是卡洪學院，但是因為約翰・卡洪支持蓄奴，曾經說過「蓄奴是正面的好制度」，因此改名為葛瑞絲・霍普學院。幾年前一個黑人清潔工將一面彩繪玻璃窗砸得粉碎。

崔普的表情變了，嘴角露出充滿期待的壞壞笑容。「什麼事，史坦？」他們走進閱覽室，裡面沒有人。

她進去之後關上門，他笑得更開懷了——好像真的以為她對他有意思。

「你怎麼會認識塔拉・哈欽司？」

「什麼？」

「你怎麼會認識她？我看過她的通聯紀錄。」她撒謊。「我知道你們多常聯絡。」

他板起臉來，靠在一張真皮沙發的椅背上，雙手抱胸。他不適合臭臉，他長了一張圓圓的娃娃臉，原本感覺親切可愛，但現在的樣子像個生氣的嬰兒。「妳變成警察了？」

亞麗絲走向他，看到他全身緊繃，告訴自己不可以退卻。他的世界裡，大家都很客氣，總是旁敲側擊。不可以直接踩別人的痛腳，不可以直視他們的眼睛。你很酷，你不介意，開個玩笑無傷大雅。

「崔普，別逼我說我就是執法人員。我會笑場。」

他瞇起眼睛。「妳為什麼要知道？」

「你到底多笨？」他張大嘴，下唇感覺濕濕的。難道從來沒有人這樣和崔普・海穆斯說過話？「塔拉死了。我想知道你和她的關係。」

「我已經跟警方講過了。」

「現在再跟我講一遍，告訴我死去的塔拉的事。」

「我不需要——」

她逼近。「你應該知道事情是怎麼運作的吧？我的工作——忘川會的工作——就是管好你們這些自以為了不起的小混蛋，免得你們給行政單位惹事。」

「為什麼妳要這麼凶？我們不是朋友嗎？」

因為我們經常一起玩啤酒乒乓球？因為我們暑假一起去法國的比亞里茲度假？他真的

不知道友誼與友善之間的差異？

「崔普，我們當然是朋友。如果我們不是朋友，我早就去報告桑鐸院長了，但我嫌麻煩，而且，除非真的有必要，否則我也不想害你和骷髏會惹上麻煩。」

他聳一下碩大的肩膀。「我們只是玩玩而已。」

「塔拉感覺不是你的菜。」

「妳不知道我喜歡什麼菜。」他真的以為能靠搞曖昧脫身？她注視他的雙眼，他的視線溜開。「她很有趣。」他嘀咕。

亞麗絲第一次感覺到他說出真心話。

「想必如此。」亞麗絲溫和地說。「總是笑容滿面，總是很高興見到你。」販毒的人總是這樣。崔普很可能不明白他只是顧客，只要他有錢，她永遠會把他當朋友。

「她人很好。」他真的在乎她死於非命嗎？他的眼神中除了宿醉是否還有其他感情？還是說，只是亞麗絲一廂情願地想要相信他在乎？「我發誓，我們只是亂搞，抽抽大麻菸而已。」

「你有沒有去過她家？」

他搖頭。「每次都是她來找我。」

想也知道，不可能這麼簡單就查出她的地址。「你有沒有看過其他社團的人和她在一起？」

他再次聳肩。「我不知道。聽我說，蘭斯和塔拉是毒販，他們賣的大麻品質一流，我沒看過那麼新鮮翠綠的好貨。但我不會注意她和誰來往。」

「我問你有沒有看過她和別人在一起，快回答。」

他的頭垂得更低了。「為什麼妳要這樣。」

「嘿。」她柔聲說，捏捏他的肩膀。「你應該知道你沒有闖禍吧？你不會有事。」他感覺自己稍微放鬆了一些。

「妳好凶喔。」

她很掙扎，不知道該賞他一巴掌，還是該送他去睡覺覺，讓他抱著最愛的娃娃喝熱牛奶。

「我只是想問出答案，崔普。你也知道這是怎麼回事。我只是想做好我的工作。」

「我懂、我懂。」她猜他應該不懂，不過他知道怎麼演。平凡人崔普・海穆斯。努力工作或從不工作。

她更用力抓住他的肩膀。「可是你必須瞭解現在的狀況。一個女生死了，她來往的那些人不是你的朋友，我知道電影裡的人都說要當硬漢、不能告密，但你不必那麼做，因為這不是電影，而是你的人生。你的人生很美好，你應該不想毀掉吧？」

崔普注視他的鞋子。「嗯，好吧。喔。」她覺得他好像快哭了。

「快說吧，你看到誰和塔拉在一起？」

崔普說完之後，亞麗絲後退。「崔普？」

「嗯？」他繼續看著鞋子——可笑的塑膠涼鞋，彷彿崔普・海穆斯的人生永遠是夏天。

「崔普。」她重複，等他抬頭看她的眼睛。她微笑。「這樣就對了。我問完了，結束了。」**你再也不必想起那個女生。你上完她就忘記她。你以為只要給她高潮，她就會給你特價。和一個感覺有點危險的女生在一起，讓你覺得超爽。**「我們沒問題吧？」她問。這是他理解的語言。

「嗯。」

「我不會讓你繼續為這件事煩惱，我保證。」

他終於全說出來，她知道他不會告訴別人她來找過他——不會告訴朋友，也不會告訴骷髏會的其他人。「謝謝妳。」

這就是訣竅：要讓他相信，比起她，他會失去更多。

他匆匆忙忙想逃回餐廳，她叫住他：「最後一件事，崔普。你有腳踏車嗎？」

*

亞麗絲騎腳踏車穿過綠原，經過三間教堂，騎上州街，穿過高速陸橋下方。要是她不希望這週繼續進度落後，那麼她就得盡快讀完將近兩百頁的書。很可能有個怪物想殺她，但現在她必須找亞伯・透納警探談談。

一旦離開校園之後，紐哈芬的高尚氣質便迅速消失——廉價商店、髒兮兮的運動酒吧，旁邊就是高級超市和時尚咖啡廳；三流美甲店與手機店，旁邊就是高檔麵店和賣不實用小香皂的文青店。亞麗絲覺得很不自在，彷彿這座城市在她眼前改頭換面。

州街很長，但什麼都沒有——停車場、電纜線、往東延伸的鐵道——警察局也一樣荒涼，燕麥粥色調的石磚蓋出四四方方的醜陋建築。這座城市裡有很多這樣死寂的地方，占據整個街區的水泥巨型大樓俯瞰空無一物的廣場，有如古早人憑想像畫出的未來場景。

「**粗獷主義**。」達令頓如此稱呼這些建築，亞麗絲說：「這些大樓確實感覺很粗魯，像是一群幫派份子要揍人。」

「不是。」他糾正。「這是建築名詞。粗獷，不是粗魯，因為他們使用未經修飾的水泥建材。不過，沒錯，確實給人那種感覺。」

以前這裡原本是貧民窟，後來「模範城市計畫」投入資金開發紐哈芬。「雖然說確實清理掉髒亂，但他們建造了一堆沒人想去的地方。後來錢用完了，紐哈芬只留下這些……缺口。」

傷口，亞麗絲當時這麼想。**他原本想說「傷口」**，因為對他而言，這座城市有生命。

亞麗絲低頭看手機，透納沒有回她的簡訊。之前她一直沒勇氣打電話，但現在她已經來到這裡，不打不行了。他沒有接，她掛斷重新撥號，然後再重複。海莉過世之後，亞麗絲再也沒有接近過警察局。**那天晚上死掉的人不只海莉一個**。但如果想到其他部分，大量鮮血，里恩的腦子像布丁一樣掛在廚房流理臺邊緣，她的心智就會像癲狂的兔子一樣在腦殼裡亂竄。

透納終於接電話了。

「亞麗絲，請問有何指教？」他的語氣很友善殷勤，彷彿這是全世界他最想接到的電話。

媽的，回我的簡訊。她清清嗓子。「嗨，透納警探。我想跟你商量一下塔拉・哈欽司的案子。」

透納嗤笑——沒有別的詞可以形容，那樣的笑聲彷彿七十歲老爺爺覺得年輕人很荒唐，但透納頂多三十幾歲。他在辦公室裡一直都是這樣嗎？「亞麗絲，妳知道吧？我不能談論調查中的案件。」

「我就在警察局外面。」

透納停頓一下。重新開口時語氣變了，那種開朗溫馨的語氣少了一點。「哪裡？」

「馬路對面。」

他再次停頓。「五分鐘後火車站見。」

亞麗絲推著崔普的腳踏車往前走到聯合車站。空氣很溫柔，潮濕的感覺應該快下雪了。她在流汗，但不確定是因為騎車，還是因為她始終不習慣和警察說話。

她將腳踏車靠在停車場邊的牆上，坐在低矮的水泥長凳上等候透納。一個只穿內褲的灰影匆匆走過，不斷看錶，腳步很快，似乎生怕會錯過火車。**老兄，你趕不上這班車了。其他班次也一樣。**

她拿出手機，一邊留意馬路的動靜，一邊搜尋柏川・博伊司・諾斯。她希望多少先瞭解一點背景，然後再查詢忘川會藏書室。

幸好網路上資料很多。諾斯和他的未婚妻算是名流。一八五四年，他和年輕的未婚妻黛西・芬寧・惠洛克，被人發現死在諾斯父子馬車公司的辦公室，那家工廠多年前已經拆除了。在康乃狄克州鬧鬼實錄的網站上，點進紐哈芬就會看到他們的照片放在最上面。諾斯感覺英俊嚴肅，頭髮比死後整齊許多。另一個不同之處則是他的華麗外套與襯衫，上面沒有半滴血。看到這張生硬的黑白照片，感覺很不一樣。**他在墳墓中腐朽，他的遺骨逐漸化做塵埃。**她可以挖出他剩餘的部分，他們可以並肩站在他的墳墓旁欣賞他的枯骨。亞麗絲努力甩開這個想像。

黛西・惠洛克很漂亮，深色頭髮、眼神嚴肅，符合那個時代的審美觀。她的頭微微歪著，嘴角帶著一抹若有似無的笑容，頭髮中分做成柔和螺絲鬈，露出頸子。她的腰非常細，鑲著蓬蓬荷葉邊的大領口露出雪白香肩，纖細手中握著菊花與玫瑰的花束。

命案發生的工廠在當時還有一些部分尚未完工，後來也沒繼續興建。諾斯父子馬車公司將事業轉移到波士頓，繼續經營直到二十世紀初。資料中沒有犯罪現場的照片，但栩栩如生地描述血流成河的恐怖場面，他手中依然握著凶槍——諾斯把槍放在新辦公室以防惡徒闖入。

發現遺體的人是黛西的女僕，名叫格拉迪絲・歐唐納修，她尖叫衝到街上。她被找到時，人在半英里外的查普街與高街交叉口，整個人陷入歇斯底里。即使喝了一些白蘭地鎮定下來之後，她能對警方描述的事實依然有限。這起犯罪一目了然，唯一令人不解的只有動機。有人說黛西懷了別人的孩子，但她的家人在案發之後徹底保密，以免醜聞傳得更難聽。底下有網友留言說，諾斯經常在丹伯瑞帽子工廠附近出沒，受到水銀毒害而發瘋。最簡單的理論則是黛西想要毀婚，而諾斯不答應。他的家族想要惠洛克家的投資——而諾斯想要黛西。她是當地報紙社交專欄的焦點人物，據說相當風騷、大膽，有時甚至會做出不合禮教的行為。

「我喜歡。」亞麗絲喃喃說。

亞麗絲滑過黛西與諾斯的墳墓地圖，正準備放大舊報紙的文章，這時透納出現在車站。他沒有穿大衣，顯然不打算停留太久。即使如此，他還是很會打扮。他穿著簡潔莊重的炭灰色西裝，但剪裁非常俐落，亞麗絲看出他的小心思——口袋巾、紫色條紋領帶。達令頓的打扮向來很好看，但感覺輕鬆自在。而透納不在乎別人看出他刻意打扮過。

他的下顎緊繃，嘴巴抿成細線。看到亞麗絲時，他重新戴上圓滑的面具。他的整個姿勢都變了，不只是表情而已。他的身體放鬆，不帶任何威脅，彷彿刻意想要消除他身上冒出的一波波緊繃張力。

他在她身邊坐下，兩隻手肘靠在膝蓋上。「麻煩妳不要跑來我工作的地方。」

「你沒有回我的簡訊。」

「我很忙。妳也知道，我正在調查一起命案。」

「不來這裡就只能去你家了。」

緊繃的感覺重新回到他身上，能夠擾亂他，亞麗絲覺得很痛快。

「看來忘川會應該有我的所有資料。」他說。忘川會很可能知道透納的所有大小事，從他的社會安全號碼到他偏好的A片類型，可是從來沒有人讓亞麗絲看那份檔案。她甚至不知道透納是否住在紐哈芬。透納看看手機。「我只有大約十分鐘。」

「我希望你能讓我和蘭斯・葛瑞生見面。」

「沒問題。乾脆起訴他的工作也交給妳好了。」

「與塔拉有牽扯的社團成員不只崔普・海穆斯一個。她和蘭斯販毒給捲軸鑰匙會與手稿會的人，我知道他們的名字。」

「說吧。」

「我不能告訴你。」

透納依然面無表情，但亞麗絲感覺得出來，被迫容忍她的每一刻，他的怨恨便隨之不斷增長。很好。

「妳跑來找我要情報，卻不肯分享妳掌握到的東西？」他問。

「讓我和葛瑞生見面。」

「他是這起命案的主要嫌疑人，妳明白吧？」他嘴角露出冷笑，顯然覺得難以置信。他真的認為她是笨蛋。不，他認為她高傲自大。另一個崔普，或許是另一個達令頓。比起在太平間遇到的那個她，他比較喜歡現在這個版本，因為這個版本的她很容易嚇唬。

「我只需要幾分鐘而已。」她在語氣中放進一些抱怨。「我其實不需要你允許。我可以透過他的律師請求會面，只要我說認識塔拉就好。」

透納搖頭。「不行。我等一下回辦公室會立刻打電話通知他，有個腦袋壞掉的女生企圖介入這起案件。或許我會給他欣賞一下妳在榆樹街發瘋亂跑的影片。」

亞麗絲想起自己在馬路中間掙扎，車輛轉彎繞過她，一股羞恥撼動她。看來桑鐸把那段影片給了透納。他還有給別人嗎？想到貝爾邦教授說不定看過，她感覺胃部一陣翻騰。難怪今天警探對她格外輕蔑。他不只認為她笨，還認為她精神有問題。這樣更好。

「有什麼**大不了**？」亞麗絲問。

透納放在筆挺西裝褲上的雙手握拳。「有什麼大不了？我不可能偷偷把妳弄進去。監獄的所有訪客都必須登記，我必須有與工作相關的理由才能帶妳去。他的律師會在場，整個過程都會錄影。」

「條子什麼時候開始這麼守規矩了？」

「**警察**。要是我不顧規定，萬一被辯方發現，蘭斯・葛瑞生會逃過殺人罪名，我也會丟掉飯碗。」

「聽我說，之前我去塔拉家——」

透納的視線瞬間轉向她，眼神冒火，所有圓滑偽裝全部消失。「妳跑去她家？要是妳跨過封鎖線——」

「我必須知道——」

他跳起來。這才是真正的透納：年輕有為、野心勃勃，為了追求成就而不得不隨世界起舞，但他非常討厭這樣。他在長凳前不斷來回踱步，然後對她伸出一隻手指。「媽的，不准碰我的案子。」

「透納——」

「**警探**。不准妳亂搞我的案子。要是讓我在伍德蘭大道看到妳，我會毀掉妳的人生，讓妳永遠翻不了身。」

「你為什麼這麼凶？」她哀怨地說，模仿崔普的語氣。

「這不是讓妳玩耍的**遊戲**。妳或許不懂，我輕而易舉就能讓妳的人生完蛋，只要在妳身上或宿舍房間搜出大麻或毒品就好。給我搞清楚。」

「你不能就這樣——」亞麗絲瞪大眼睛、嘴唇顫抖。

「我想怎樣都可以。快給我滾。妳不知道妳踩到什麼紅線，所以勸妳不要逼我。」

「我知道了，可以了吧？」亞麗絲怯懦地說。「對不起。」

「崔普說他看到誰和塔拉在一起？」

亞麗絲不介意說出來，她一開始就打算要說。透納必須知道，除了通聯紀錄中的那些人，塔拉還有和其他學生交易，她可能用非法地下手機，也可能蘭斯已經將那支電話藏起來或砸毀。她低頭看手套，輕聲說：「凱蒂・麥斯特和柯林・卡崔。」

凱蒂屬於手稿會，亞麗絲沒見過幾次。她最後一次和凱蒂說話，是萬聖節派對那天晚上，她和麥克・阿沃羅沃哀求她，不要把他們對達令頓下藥的事報上去；那天她打扮成毒藤女。不過亞麗絲認識柯林，他在貝爾邦的辦公室打工，屬於捲軸鑰匙會。他長相可愛、整齊清潔，濃濃學院風。他比較像是靠超昂貴紅酒放鬆的人，她很難想像他會向市區的毒販買大麻。但以前在原爆點的經歷讓她明白，外表是會騙人的。

透納撫平前襟、袖口，雙手摸一下頭部兩側剃短的地方。她看著他找回偽裝，當他露出笑容時，剛才那個渴望成就的憤怒透納彷彿不曾存在過。「亞麗絲，很高興能和妳談。如果以後還有什麼我能幫得上忙的地方，請儘管告訴我。」

他轉身大步走向巨大方正的警察局。她不喜歡在透納面前裝可憐，她不喜歡被人當成瘋子。但現在她知道塔拉家在哪條路上了，其他部分很容易就能搞定。

*

亞麗絲很想直接去伍德蘭大道找出塔拉的家，但她不想在星期天去做偷偷摸摸的事，因為大家都沒有上班而待在家，很容易被發現。她得等到明天。她希望派出使靈的人認為她還躲在地洞裡——或是死了。不過呢，如果他們在監視她，希望他們有看到她和透納見面。他們會以為她知道的事都告訴警方了，也就沒必要殺她滅口。**除非透納是幕後主使。**

亞麗絲甩掉這個念頭，騎腳踏車回到霍普學院門口。謹慎有好處，但胡亂猜忌等於發瘋。她傳簡訊告訴崔普她把腳踏車放在大門旁邊，然後步行穿過舊校區，思索塔拉與祕密社團的關聯。因為使靈攻擊她，所以她認為書蛇會涉案，但到目前為止，她並未發現塔拉與書蛇會的人交易；因為崔普，骷髏會和她有所連結；因為柯林和那個奇怪的刺青，捲軸鑰匙會也脫不了關係；因為凱蒂，所以手稿會也牽涉其中——手稿會的專長是改變外表。如果那天晚上有人以魔法偽裝成蘭斯，絕對是手稿會搞的鬼。如此一來，就可以解釋為何亞麗絲在塔拉臨終的記憶中看到蘭斯的臉。

但這一切推論的前提，必須是崔普沒有胡說。人在害怕的時候，只要能擺脫困境，什麼都敢亂說。她很清楚。亞麗絲相信崔普為了救自己，絕對會想到誰就說誰。她好像應該去向桑鐸報告這些人可能涉案，說明透納正在調查他們的不在場證明，盡可能說服他重新考慮讓忘川會介入這起案件。不過，如此一來，她就得承認她靠恐嚇的手段，逼骷髏會員說出這些事。

亞麗絲也必須對自己誠實。使靈攻擊事件之後，她心中有個東西鬆脫了——真正的亞麗絲有如一條蛇，藏在她現在的偽裝下。那個亞麗絲咬了沙樂美一口，霸凌崔普，拐騙透納。但她必須小心。**要讓他們看到妳穩定、可靠的一面**，這很重要。她不想給桑鐸任何藉口將她逐出忘川會，如果她想留在耶魯，這是唯一的希望。

亞麗絲爬上通往范德比宿舍的階梯，心中感到一陣放鬆。她想躲在有結界的地方，她想和蘿倫、梅西一起聊男生，她想睡在自己的小床上。但亞麗絲一走進宿舍，立刻聽到哭聲。蘿倫與梅西坐在沙發上，蘿倫摟著梅西，搓揉她的背，梅西哭得很慘。

「怎麼了？」亞麗絲問。

梅西沒有抬頭，蘿倫的表情很不高興。

「妳去哪裡了？」她厲聲問。

「達令頓的媽媽找我去幫一點忙。」

蘿倫翻白眼。顯然家人有事這個藉口已經太老套了。

亞麗絲坐在老舊的茶几旁，碰到梅西的膝蓋。梅西用雙手摀著臉。「告訴我發生了什麼事。」

「可以給她看嗎？」蘿倫問。

梅西再次啜泣。「要看就看吧。」

蘿倫將梅西的手機交給她。亞麗絲滑動解鎖螢幕之後，看到一連串訊息，全都來自一個叫作布雷克的人。

「布雷克・齊利？」如果她的印象沒錯，他是長曲棍球選手。據說他高中的時候，曾經在比賽時踹過對手，當時那名球員已經倒地了。所有大學都撤回他的獎學金——除了耶魯。草地曲棍球校隊連續四年在長春藤聯賽中奪冠，知名潮牌Abercrombie & Fitch相中他當模特兒。布洛威大道上的那家店貼滿他的海報，巨大的黑白照片，他打赤膊浮出山上的湖泊，扛著一棵聖誕樹走在積雪森林中，在熊熊燃燒的壁爐前和小鬥牛犬抱抱。

昨天晚上妳很辣喔，所有兄弟都這麼說。今天晚上再來一次吧。附件是一段影片。

亞麗絲不想按下播放，但她還是按了。手機傳出粗野的狂笑，重節拍的背景音樂。布雷克說：「嘿——嘿——，這裡有正妹喔，今晚要來點異國風菜色，對吧？」

他把攝影機轉向梅西，她大笑。她坐在另一個男生的腿上，絲絨裙子拉到大腿上，她手裡拿著一個紅色的免洗杯。**糟糕**。**奧美加狂歡派對**。亞麗絲答應梅西會陪她去，但她徹底忘記了。

「去別的地方看。」蘿倫說，梅西大哭。

亞麗絲急忙走進臥房關上門。梅西的床沒有整理，比起大哭，這更能證明她有多難過。

影片裡，梅西的裙子被掀到腰間，內褲被扯下。「老天，好茂密的黑森林！」布雷克謔笑，笑聲尖銳亢奮，甚至笑出了眼淚。「好直喔。妳舒服嗎，寶貝？」

梅西點頭。

「有沒有喝醉?現在的妳清醒而且自願，就像他們說的一樣?」

「當然囉。」

梅西的眼睛發亮，清晰、有活力，沒有迷亂或睜不開的感覺。她沒有喝醉，也不像被下藥。

「跪下，寶貝。該來享用中國菜啦。」

梅西跪下，深色眼眸又大又濕潤。她張開嘴，她的舌頭被水果酒染成紫色。亞麗絲按下暫停。不，不是水果酒。她看過那種顏色，手稿會派對上那些侍祭就像這樣。那是梅瑞提魔藥，服從的藥物，侍祭服用之後會喪失自己的意志。

門打開，蘿倫溜進來。「她不肯讓我帶她去健康中心。」

「他們是強暴犯。我們應該去報警。」至少報警之後那些人會乖一點。

「妳也看到影片了。她說她只喝了一點點。」

「她被下藥了。」

「我也這麼認為，但她的行為感覺不像，樣子也不像。妳看過了嗎?」

「一部分。多嚴重?」

「非常嚴重。」

「多少人?」

「只有那兩個。她認為他會傳給其他男生，很可能已經傳了。妳怎麼沒有跟她去？」

我忘記了。亞麗絲不想說出口。因為一個女生慘遭謀殺，亞麗絲受到攻擊，但是說到底，亞麗絲完全沒想起梅西的事，梅西不該發生這種事。梅西應該出去玩樂一個晚上，和男生搞曖昧，或許會認識可愛的男孩子，她願意親吻、也願意帶去參加正式舞會的那種人。亞麗絲當初答應陪她去奧美加狂歡派對就是因為這樣。她虧欠梅西很多，梅西一直對她很好，還幫亞麗絲改報告，從來不會看輕她，只會鼓勵她追求進步。但遭到使靈攻擊之後，她徹底忘記派對這件事。她陷入恐懼與絕望，一心想查出是誰企圖殺她。

「她和誰一起去？」亞麗絲問。

「夏洛特和樓上的那群女生。」蘿倫憤慨低語。「她們把她丟在那裡先走了。」

如果梅西真的受到梅瑞提魔藥的影響，那麼她一定會說沒關係，她們想走就走吧，而她們不夠瞭解她，因此看不出有問題。但假使亞麗絲在，她就會發現梅西的舌頭變成紫色。她可以阻止這一切。

亞麗絲重新穿上外套。她截圖影片畫面，傳到自己的手機，畫面中梅西張開嘴巴，伸出紫色舌頭。

「妳要去哪裡？」蘿倫氣憤地低聲質問。「達令頓的媽媽又需要妳去幫忙？」

「我要去解決這件事。」

「她不希望我們去報警。」

「我不需要報警。布雷克住在哪裡？」

「奧美加會館。」

在林伍德街，很多年前學校將兄弟會踢出校園，他們在那裡蓋了一排邋遢的會館。

「亞麗絲——」

「盡量安慰她，不要放她一個人。」

亞麗絲走出宿舍，穿過舊校區。她想直接去找布雷克算帳，但這樣沒用。一群灰影從她視線邊緣閃過。「Orare las di Korach。」她凶惡地說。這是外婆常用的咒罵，說出來感覺好痛快。**讓他們被活生生吞掉吧**。她的憤怒一定全部集中在那句話裡了，因為那些灰影立刻鳥獸散。

如果是使靈呢？如果那個怪物還在找她，會不會也被嚇跑？如果鬼新郎在，她會安心一點，不過自從在疆界會面之後，他再也沒出現過。

亞麗絲後悔不該激怒透納警探。要不是她惹惱他，說不定他會願意幫忙，說不定他還是肯幫忙。但她不想靠透納、法律或行政單位解決這件事，因為那樣就算能懲罰布雷克，影片依然會外流，更別說布雷克富有、英俊又討喜，他很可能會全身而退，討回公道不等於撥亂反正。

15

冬

萬聖節派對之後，亞麗絲再也沒有去過手稿會。那天晚上，她待在黑榆莊陪達令頓，躺在他的單人床上努力保暖。她醒來時，黎明晨光灑進房間，達令頓蜷起身體躺在她身後。他又硬了，那個部位貼著她的臀部曲線。拇指來回撫摸她的乳尖，慵懶的節奏有如貓咪搖尾。亞麗絲感覺全身發熱。

「達令頓。」她沒好氣地說。

「嗯？」他貼著她的頸背喃喃說。

「醒過來上我，不然就**給我住手**。」

他停止動作，她感覺他醒來。他翻身下床，搖搖晃晃，身上裹著被單。「我不是……對不起。我們該不會……」

她翻個白眼。「沒有啦。」

「那些王八蛋。」

他難得講粗話，但他罵得好。他的眼睛發紅，神情憔悴。早餐時她給他看報告副本，但其實內容和她交給桑鐸院長的那份完全不一樣，要是他發現，一定會氣死。

在正午陽光下，手稿會墓感覺更醜了，亞麗絲往正門走去，磚牆上隱藏的圓圈一下出現、一下消失。麥克．阿沃羅沃揮手要她進去。一樓的大廳和外面的後院感覺寬敞、安全，所有魔法的證據都藏在地底深處。

「妳願意主動聯絡，真是太好了。」他說，不過亞麗絲很懷疑是不是真的。他主修國際關係，整個人有種太過熱烈友善的感覺，很像日間談話節目的主持人。

亞麗絲看看他身後，很慶幸沒有其他人在。因為凱蒂．麥斯特在亞麗絲的嫌犯名單上，所以她不希望狀況更複雜。

「還人情的時候到了。」

麥克的表情萬般無奈，有如坐在牙科診療椅上。「妳要什麼？」

「召回一個東西。影片。」

「如果已經瘋傳了，我們也沒辦法。」

「我認為應該還沒有，但隨時可能發生。」

「有多少人已經看過了？」

「不確定。目前應該只有少數幾個。」

「亞麗絲，那個儀式規模很大，我甚至不確定有沒有用。」

亞麗絲注視他的雙眼。「你們之所以還能運作，全是因為萬聖節那次我寫的報告。」

派對當晚，她和達令頓在盛怒之下衝出會墓——其實只能用走的——打扮成蝙蝠俠和毒藤女的麥克與凱蒂追出來。達令頓站都站不穩，任何太亮的東西都會讓他不停眨眼，他死命抓住她的手臂支撐。

「拜託。」阿沃羅沃哀求。「這不是我們現任會員的主意。一位校友對達令頓不爽，他們只是想開開玩笑而已。」

「什麼都沒有發生。」凱蒂說。

「這叫什麼都沒有發生？」亞麗絲怒斥，拖著達令頓往前走。但阿沃羅沃與麥斯特一路跟隨，先是辯解，然後開條件。於是亞麗絲讓達令頓靠在賓士車上，過去和他們談交易，她願意在報告裡簡單帶過今晚的事件，但他們欠她一個人情。她將下藥說成是意外，因此手稿會除了罰款之外沒有受到其他懲處，否則他們很可能會被禁止舉行儀式。雖然後續沒有更嚴厲的處置，但她知道達令頓終究會發現。不說別的，她自己一定會被狠狠訓一頓，叫她認清道德與倫理的差異。

但後來達令頓失蹤了，那份報告被拋到腦後。她知道這種行為很無賴，但只要她撐過大一，忘川會就由她作主了。她必須用她自己的方式處理。

阿沃羅沃雙手抱胸。「我認為妳那麼做只是為了挽救達令頓的面子。」

「我那麼做，是因為我相信人生在世，凡事都要講人情。」亞麗絲搓搓臉，想要抹去突然來襲的一波疲憊。她舉起手機上的照片。「看看她的舌頭。有人用你們的藥物性侵女生。」

麥克接過手機，蹙眉看螢幕。「梅瑞提？不可能。我們的貨都鎖起來了。」

「說不定有人把配方外流出去。」

「我們很清楚這種魔藥的風險，社團成員都受到嚴格管制，我們不可能到處宣揚我們所做的事。更何況，根本沒有配方。梅瑞提是一種果實，只長在中國的大興安嶺。基本上只有一個供應商，我們花大錢壟斷所有貨源。」

那麼，布雷克那夥人是從哪裡取得的？又是一個謎。

「我會去調查。」亞麗絲說。「不過，現在我必須先解決這件事。」

麥克打量亞麗絲。「這不是忘川會公務，對吧？」亞麗絲沒有回答。「媒體傳播有一道門檻。音樂、八卦、迷因各自不同。不過，一旦跨過那道門檻，就算舉行儀式也無法挽回。我想或許可以將滿杯儀式倒過來進行。我們用滿杯儀式增加企畫的人氣，去年九月米夏的單曲就是這樣運作的。」

亞麗絲想起達令頓如何描述那種儀式：所有會員裸體進入一個大型黃銅缸，念誦咒文的同時，他們腳下看不見的地方會湧出紅酒。滿杯儀式，成功讓一首不怎樣的單曲登上舞曲排行榜第二名。

「儀式需要多少人？」

「至少再三個。我知道可以找誰，但我們需要一點時間準備。這段時間，妳必須盡一切可能阻止散播，否則就算儀式成功也沒用了。」

「好。快去找人，越快越好。」雖然她不希望凱蒂・麥斯特加入，但說出來只會引起不必要的詢問。

「妳確定？」

亞麗絲明白麥克的意思。這麼做違反了忘川會的所有規範。「確定。」

她已經到了門口，麥克叫住她。「等一下。」

他走到擺滿華麗陶甕的一面牆前，打開其中一個，然後從一個小抽屜拿出一個塑膠小密封袋，從甕裡盛了一些銀色粉末放進去。他封好袋子之後交給亞麗絲。

「這是什麼？」

「星光粉，Astrumsalinas。其實是鹽，來自一座受詛咒的湖，很多人因為沉迷於自己的倒影而溺死在裡面。」

「像希臘神話裡變成水仙的納西瑟斯一樣？」

「湖底滿是他們的骨頭。這種粉可以讓妳變得非常有說服力，效果大概可以維持二十五到四十分鐘。妳要保證會幫我查出那個變態怎麼弄到梅瑞提魔藥。」

「怎麼用？用鼻子吸？灑在頭上？」

「吞服。味道很可怕，所以可能會吞不下去。藥效退了之後會劇烈頭痛，和妳接觸過的所有人也是。」

亞麗絲搖頭。這麼強大的力量，就那樣隨便放在牆邊，誰都能拿去用。其他那些甕裡還放了什麼？

「你們不該持有這些東西。」她說，想起達令頓狂亂的眼神、跪在地上的梅西。「你們不該擁有控制別人的能力。」

麥克揚起眉毛。「妳不要？」

「我沒說不要。」亞麗絲將小塑膠袋摺好放進口袋。「不過，要是讓我抓到你們把這種東西用在我身上，我會放火燒了這棟房子。」

*

林伍德街上的那棟會館是白色兩層樓木造建築，一張發霉的沙發將門廊壓得凹陷。達令頓說過，奧美加的會館原本在狼首會後面那條路上，是一棟堅固的石材鄉村風房屋，裡面有閃亮的棕色木質裝潢與高級鉛玻璃。那棟房子的門楣上，依然刻著兄弟會的希臘文符號，整體氣氛很像蘇格蘭老小姐開茶會的地方，亞麗絲很難想像在那裡舉行奧美加狂歡派對，或沙灘性愛派對之類的活動。

「那個時代兄弟會的文化和現在不一樣。」達令頓說。「他們打扮得比較得體，用餐很正式，依然認真看待『紳士學者』那一套。」

「『紳士學者』這個形容感覺很適合你。」

「真正的紳士不會說自己是紳士，而真正的學者忙著做研究，沒那種閒工夫猛灌Dr. Pepper調酒。」

當亞麗絲問到為什麼兄弟會被踢出校園，他只是聳肩，在手中的書上畫線。「時代變了。學校想要房地產，不想負責任。」

「說不定把他們留在校園裡比較好。」

「真想不到，史坦。妳竟然同情兄弟會，妳不是認為他們只會比賽喝酒，憑著莫名其妙的自信欺負人？」

亞麗絲想起洛杉磯賽德羅大道上他們占用的那間公寓。「人一旦被迫活得像禽獸，就會做出禽獸的行為。」

但布雷克・齊利甚至配不上「禽獸」這個詞。

亞麗絲從口袋拿出小塑膠袋，將裡面的粉倒進口中。她立刻作嘔，急忙捏住鼻子、摀住嘴巴，以免把粉吐出來。那個粉有股惡臭而且非常鹹，她很想漱口，但她強迫自己吞下去。

她感覺不出任何改變。老天，難道麥克只是在惡整她？

亞麗絲對著庭院的泥土地面吐一下口水，然後爬上樓梯轉動門把。門沒鎖。客廳有股陳年啤酒臭。另一張破舊的沙發與一張安樂椅放在油漆剝落的茶几旁，桌上滿是紅色免洗杯。印著兄弟會希臘字母的橫幅掛在拼湊出的吧臺上方，前面放著兩張不同的凳子。一個男生在收拾免洗杯，一一丟進垃圾袋，他打赤膊、穿睡褲、反戴棒球帽。

看到她時，他吃了一驚。

「我要找布雷克・齊利。」

他蹙眉。「呃……妳是他的朋友？」

亞麗絲真希望剛才在手稿會有時間問清楚。星光粉到底如何作用？她深吸一口氣，對他露出燦爛笑容。「麻煩幫我叫他，謝謝喔。」

那個男生後退一步。他伸手按住胸口，彷彿心臟遭到重擊。「沒問題。」他真摯地說。「**沒問題**。我很樂意幫忙。」他回她一個微笑，亞麗絲覺得有點噁心，也有點不可思議。

「布雷克！」他對著樓上大喊，打手勢要她跟上。他的腳步很有活力，途中他兩次回頭看她，笑容滿面。

他們到了二樓，亞麗絲聽見音樂聲，有人在打電動，音量非常大。這裡比較聞不到啤酒臭，亞麗絲嗅到一絲殘留的大麻氣味，品質非常差，此外還有微波爆米花和男生的體味。這裡很像以前在凡奈斯區她和里恩一起住的地方，同樣破爛，只是稍微有點不同。這棟建築比較舊、比較黯淡，也沒有南加州驕陽造成的清潔鍍金假象。

「布雷克！」打赤膊的男生再次大喊。他伸手往後握住亞麗絲的手，露出無比開心的笑容。一個巨人開門探出頭。「吉歐，王八蛋。」他罵道。他穿著短褲，和吉歐同樣打赤膊、反戴棒球帽，彷彿那是他們的制服。「你怎麼沒掃廁所？」看來吉歐可能是這個兄弟會的老么，甚至傭人。

「我在打掃樓下。」他解釋。「過來見一下……噢，老天，我不記得妳的名字。」

因為她沒說。亞麗絲只是拋個媚眼。

「媽的，先去掃廁所。」巨人抱怨。「你們這些爛人，馬桶已經堵塞積了屎，你們竟然還繼續拉屎！這個人又是誰——」

「嗨。」亞麗絲說，甩了一下頭髮——因為她從來沒做過這個動作，所以忍不住想試一下。

「我。嘿。嗨。妳好啊。」他把短褲拉上又拉下，脫下帽子，伸手抓一下凌亂的頭髮，然後把帽子戴回去。「嗨。」

「我要找布雷克。」

「為什麼？」他的語氣充滿惆悵。

「幫我找他好嗎？」

「當然好。布雷克！」巨人大吼。

「幹嘛？」下一個房間傳出厭煩的質問。

亞麗絲不知道她還剩多少時間。她甩開佣人吉歐的手，大步往前走，經過廁所時提醒自己千萬不要看。

布雷克・齊利懶洋洋窩在軟墊上，喝著大瓶裝開特利運動飲料，忙著打「決戰時刻」遊戲。至少他有穿上衣。

她感覺到另外兩個男生在她身後流連。

「你的手機在哪裡？」亞麗絲問。

「媽的，妳誰啊？」布雷克昂起頭，傲慢地打量她一眼。

一瞬間，亞麗絲慌了。麥克的魔法粉這麼快就失效了嗎？難道布雷克不受影響？然後她想起星光粉灼痛喉嚨的感覺。她拔掉牆上的電線，遊戲音效戛然停止。

「搞什麼——」

「真是對不起。」亞麗絲說。

布雷克愣住，然後露出慵懶隨和的笑容。**那是他用來拐女生上床的笑容**，亞麗絲想著，考慮是不是應該打掉他的門牙。「沒關係。」他說。「我是布雷克。」

「我知道。」

他笑得更開懷。「我們見過嗎？昨晚我有點醉，不過——」

亞麗絲關上門，他瞪大眼睛。他的表情幾乎有點慌張，但也極度欣喜。聖誕節拆禮物的小孩，聖誕節拆禮物的**有錢**小孩。

「可以給我看一下你的手機嗎？」

他站起來把手機交給她，讓出軟墊上的位子給她。「妳要坐嗎？」

「不了，我希望你站在那裡，一臉混蛋樣。」

他應該要大發雷霆才對，但他只是站在旁邊，露出順從的笑容。

「你好棒喔。」她搖晃一下手機。「幫我解鎖。」

他聽從，她找到他的相簿，播放第一個影片。梅西的臉出現在螢幕上，笑容滿面、急於討好，布雷克用濕潤的龜頭磨蹭她的臉頰，她開心大笑。他將鏡頭轉向自己，再次露出欠揍的蠢笑容，他點點頭，彷彿對觀眾打招呼。

亞麗絲舉起手機。「這段影片你傳給誰了？」

「兩個兄弟而已。傑森和羅德里格斯。」

「把他們叫來這裡，要他們把手機拿來。」

「我在這裡！」那個巨人在門外說。她打開門。「我是傑森！」他甚至真的舉起手來。

布雷克匆忙去找羅德里格斯，巨人傑森耐心等待，亞麗絲找出他傳送的影片，一一刪除，然後乾脆把所有訊息刪光，以防萬一。他把存放影片的相簿取名為「**鮑鮑寶庫**」，裡面有很多影片，全都是不同的女生。她們有的眼睛發亮、舌頭變紫，有的好像只是吸毒或酒醉，眼神朦朧，上衣不是被脫掉，就是被扯開。一個女生嚴重到眼睛後翻，只看得到眼白，布雷克上她的時候，弧形眼白一下出現、一下消失。另一個女生頭髮沾到嘔吐物，臉壓在一灘吐出來的東西裡，他從後面上她。他總是會將鏡頭轉向自己，彷彿忍不住想秀一下燦爛笑容。

亞麗絲把所有照片和影片刪光，但她不確定還有沒有備份。接下來換傑森的手機，他沒有把影片傳出去，可能是還有一絲良知，也可能是宿醉太嚴重。

她聽到走廊上傳來喘氣聲，看到布雷克拽著羅德里格斯跑過骯髒地毯。「你在做什麼？」

「妳不是要我把他找來？」布雷克說。

「把他的手機給我就好。」

她再次迅速檢查。羅德里格斯把影片傳給兩個朋友，無法得知他們又轉傳給什麼人。可惡。亞麗絲只能盼望麥克能順利找到足夠的手稿會員舉行儀式，也希望逆轉滿杯儀式能夠成功。

「他們知道嗎？」亞麗絲問布雷克。「他們知不知道梅瑞提魔藥的事？他們知不知道梅西被下藥？」

「不。」布雷克說，依然滿臉笑容。「他們只知道女生都願意和我上床。」

「你從哪裡弄到梅瑞提魔藥？」

「森林學院的一個人。」

森林學院？山腰上有幾座溫室，配備精良的溫度與濕度調節設備，可以模擬全世界各地的環境——或許其中一個剛好和大興安嶺一樣。崔普怎麼說的？**他們賣的大麻品質一流，我沒看過**

那麼新鮮翠綠的好貨。

「你認識蘭斯・葛瑞生和塔拉・哈欽司嗎？」她問。

「沒錯！就是他們。妳認識蘭斯？」

「你有沒有傷害塔拉？塔拉・哈欽司是不是你殺的？」

布雷克一臉困惑。「不是！我絕不會做那種事。」

亞麗絲真的很好奇，他認為這叫作底線嗎？她右邊的太陽穴開始疼痛，看來星光粉很快就會失效了。她只想快點離開，這棟房子讓她全身發毛，彷彿在這裡發生的所有可悲下流行為，都被牆壁吸收進去了。

她低頭看手中的手機，想起布雷克相簿中那些女生的影片。她還要做一件事。

「過來。」她說，她瞥一眼走廊前面打開的浴室。

「我們要去哪裡呀？」布雷克問，慵懶燦笑擴散，有如破掉的蛋黃。

「我們要拍電影喔。」

16

冬

蘿倫給梅西吃了一顆佐沛眠，然後送她回房睡覺。亞麗絲在房間陪她，在黑暗中不知不覺睡去，她醒來時已經是傍晚了，梅西在哭。

「影片已經消失了。」亞麗絲告訴她，伸手握住她的手。

「我不相信，不可能這麼簡單就消失。」

「如果會瘋傳，應該早就發生了。」

「說不定他想利用影片威脅我，逼我再去那裡……做一些噁心的事。」

「影片消失了。」亞麗絲說。她無法得知麥克的儀式是否有效。滿杯儀式是為了凝聚人氣而不是減弱人氣，但她只能懷抱希望。

「為什麼他會找上我？」梅西一次又一次問，尋找邏輯，尋找模式，讓她能夠歸咎於是她說錯話、做錯事。「他想要哪個女生都沒問題。為什麼要這樣對我？」

因為他不想要那些喜歡他的女生。因為他厭倦了慾望，沉迷於讓他人恥辱的快感。亞麗絲不知道布雷克那樣的男生心裡住著什麼可怕的東西。這麼好看的男孩子應該很幸福才對，他明明什麼都不缺，卻還是想要掠奪。

天黑了，她下床穿上運動衫和牛仔褲。

「去吃晚餐吧。」她求梅西，並蹲在床邊打開檯燈。梅西哭得臉都腫了，她的頭髮披在枕頭上，有如一道黑色斜線。她的頭髮像亞麗絲一樣，髮量很多、髮色很深，怎麼弄也不會鬈。

「我沒胃口。」

「梅西，妳總得吃點東西。」

梅西把臉埋在枕頭裡。「吃不下。」

「梅西。」亞麗絲搖搖她的肩膀。「梅西，妳不能因為這件事休學。」

「我沒有說要休學。」

「妳不用說，我知道妳在想。」

「妳不懂。」

「我懂。」亞麗絲說。「我在加州發生過類似的事。在我還小的時候。」

「後來大家有沒有忘記？」

「沒有，很慘。我任由那件事毀了我的人生。」
「現在妳感覺很不錯呀。」
「其實沒有。不過有妳和蘿倫在，我覺得好多了，所以誰都休想搶走。」
梅西抹抹鼻子。「所以重點是妳？」
亞麗絲微笑。「沒錯。」
「如果有人說閒話——」
「就算只是有人看妳的眼神不對勁，我就會用叉子把他的眼珠子挖出來。」
梅西穿上牛仔褲，為了遮掩吻痕而選了高領毛衣，這身打扮如此保守，幾乎不像她了。她去洗把臉，搽點遮瑕膏掩飾黑眼圈。她的臉色依然慘白，眼睛很紅，但是在紐哈芬深冬的週六夜晚，所有人都一副鬼樣子。
亞麗絲與蘿倫像左右護法一樣將她夾在中間，各自勾著她的一隻手臂走進餐廳。餐廳裡總是很吵，四處響起餐具碰撞的聲音，交談聲此起彼落，但她們進去時，交談聲沒有停止。或許，只是或許，麥克與手稿會成功了。
她們端著托盤找位子坐下，梅西垂頭喪氣撥弄炸鱈魚，亞麗絲滿懷罪惡感地吃起第二個起司漢堡，這時人群中發出笑聲。亞麗絲很熟悉這種笑聲——輕蔑，太高亢，偶爾會因為遮嘴裝害羞而中斷。蘿倫整個人一動也不動，梅西縮進毛衣領口，全身顫抖，亞麗絲繃緊神經等待。
「我們走吧。」蘿倫說。
但就在這時候，伊凡・威立在她身邊坐下。「噢，老天。我快不行了。」
「沒關係。」蘿倫對梅西說，然後憤慨低語。「你想怎樣？」
「我知道布雷克超噁，但我沒想到他竟然噁到這種程度。」
蘿倫的手機震動，亞麗絲的也跟著震動。但沒有人看梅西，大家只是各自在座位上尖叫、作嘔，眼睛緊盯手機螢幕。
「快看吧。」梅西說，雙手摀著臉。「看完跟我說。」
蘿倫做個深呼吸，拿起她的手機。她蹙眉。
「超噁。」她驚呼。
「對吧？」伊凡說。
螢幕上的人是布雷克・齊利，他彎腰站在骯髒的馬桶前。亞麗絲感覺內心的毒蛇拉長身體，溫暖、滿足，彷彿找到最適合曬太陽的岩石，肚子暖烘烘。
「真的？」布雷克說著笑了起來，那種狂野高亢的笑聲，和他那晚說**好茂密的黑森林**時一模一樣。

「好啦、好啦。」他在影片裡接著說。「妳超瘋狂！」但看不見對方是誰。

「不會吧？」蘿倫說。

「噢，我的天。」梅西說。

「**對吧**？」伊凡重複。

在他們眼前，布雷克・齊利把手伸進堵塞的馬桶，撈起一捧糞便，大咬一口。

他咀嚼之後吞嚥，依然笑個不停，然後布雷克望著拍攝的人，露出慵懶的招牌笑容，雪白牙齒染成棕色，嘴唇上也還有屎塊。

亞麗絲的手機再次震動。是阿沃羅沃。

妳他媽的有什麼毛病？

亞麗絲的回答很簡單：XOXOXO（抱抱親親）。

妳沒有權利做這種事。虧我這麼信任妳。

只要是人，都有看走眼的時候。

麥克不會去找桑鐸告狀。他必須說出他自己的會員洩漏了梅瑞提魔藥的祕密，**而且**他本人還給了亞麗絲星光粉。亞麗絲用布雷克自己的手機將影片傳給通訊錄中的所有人，奧美加兄弟會沒有人知道她叫什麼名字。

「亞麗絲。」蘿倫小聲問。「這是怎麼回事？」

在她們四周，整間餐廳裡的人都在和朋友熱烈交談，有人乾嘔著推開餐盤，有人一直在問到底怎麼回事。伊凡已經移動到下一桌了。蘿倫與梅西呆望著亞麗絲，一言不發，手機螢幕朝下放在桌上。

「妳怎麼辦到的？」

「辦到什麼？」

「妳說過會解決。」梅西說，她敲敲手機。「結果？」

「就這樣。」亞麗絲說。

她們這桌沉默了許久。

然後梅西的手朝她伸過去。「妳應該聽人家說過，為了懲罰壞人而去做壞事，壞事也不會變成好事吧？」

「嗯。」

梅西把亞麗絲的盤子拉過去，拿起她沒吃完的起司漢堡咬了一大口。「全是屁。」

捲軸鑰匙會的魔法或許是十字軍東征時期從中東魔法師手中搶來的，但這並非爭議的重點——時代會變，小偷也會變成博物館長——儘管鑰匙會員依然很堅持他們的魔法是以正當手段取得的。捲軸鑰匙會墓的外觀設計向他們魔法的來源致敬，但內部的裝潢卻運用大量亞瑟王神話，甚至在會墓中央還放了一張圓桌，簡直荒謬透頂。有人宣稱製造那塊桌子的石材來自於亞瑟王傳說中的神祕島嶼阿瓦隆，更有人信誓旦旦地說絕對是來自於所羅門神殿，但更多人私下懷疑其實根本來自於紐哈芬附近的石溪村。無論來源究竟為何，許多知名人士都曾經坐在那張桌邊，包括前國務卿迪安・艾其遜、作曲家柯爾・波特，以及一手打造耶魯校園骨幹的建築師詹姆士・甘博爾・羅傑斯。

——引自《忘川人生：第九會之程序與規範》

曬傷使我無法入睡。安迪說我們絕對能在比賽開場前抵達邁阿密，儀式完全遵照書上的程序，並且經過鑰匙理事會與校友會核准。然而，無論他們用的法術是什麼，總之很快就出狀況了。至少現在我去過海地了？

——忘川會日誌，娜歐蜜・法威爾

（提摩西・道特學院，一九八九）

17
冬

星期天晚上剩下的時間，亞麗絲都和梅西與蘿倫待在宿舍客廳，蘿倫的唱盤播放林姆斯基——高沙可夫的樂曲，腿上放著小說《好士兵》。那天晚上，宿舍感覺特別吵鬧，好幾次有人來敲門——但她們全都沒有理會。終於，安娜回到家，像平常一樣憂鬱沒精神。她只是對她們有氣無力地打個招呼，然後就回房間不見人影了。一分鐘後，她們聽見她打電話給德州的家人，她所說的話讓她們摀著嘴狂笑，肩膀抖動，眼淚都流出來了。她說：「我懷疑她們是女巫。」

妳絕對猜不到。

亞麗絲睡得很沉，沒有作夢。半夜她醒來，發現鬼新郎飄浮在她的臥房窗外，結界讓他無法進入。他的表情充滿期待。

「明天再說。」她承諾。她前往生死疆界才過了不到二十四小時。她會處理塔拉的案件，但她必須先照顧梅西。比起亡者，她虧欠活人更多。

我會處理，她想著，再吞兩顆阿斯匹靈之後回去睡覺。*或許不是達令頓會用的方式，但我能搞定。*

星期一早上，她去的第一個地方是權杖居，在每個口袋裝滿墳土，找出所有關於使靈的資料之後花了幾個小時瀏覽。如果書蛇會——或其他派那個怪物來殺她的人——想要再次下手，現在絕對是好時機。她公然發狂、學業落後。如果她突然跳河、跳樓或衝進車流，絕對有很多合理的解釋。

你們認為她有憂鬱症嗎？她很孤僻，不太交朋友。她跟不上課業。全都是真的。但就算她不是這樣的人，會有差嗎？如果她是社交花蝴蝶，他們會說她借酒澆愁。如果她成績頂尖，他們會說她因為求好心切而被自己逼上絕路。女生死掉的時候，總是有各種解釋。

然而，亞麗絲感到莫名安慰，現在她的故事和一年前截然不同。吸毒之後闖入公共游泳池凍死；嘗試新毒品或嗑得太凶而死於用藥過度；也可能只是靜靜消失。失去里恩的保護之後，消失在廣大的舊金山谷區，那裡一排排的灰泥小房子有如墓園裡的小墳。

如果現在可以遠離鬼門關，那就太好了。*這是基本原則*，達令頓一定會這麼說。她和藏書室爭辯了幾個小時，只找到兩個文章段落說明如何對抗使靈，一段是英文、一段是希伯來文，她用了翻譯石才終於看懂，卻發現內容說的其實不是使靈，而是泥靈。不過，既然兩邊都提到要用手錶或懷錶，感覺應該相當正確。

將錶上緊發條，規律的滴答聲響會讓所有非自然出生的人造怪物感到困惑。他們會誤以為指針行走的聲音是心跳，跑去明明沒有人的地方尋找。

這招雖然算不上防護，不過能引開也不錯。

達令頓總是戴著同一支手錶，寬錶帶、珠母貝錶面。她原本猜測應該是傳家寶或紀念品，不過或許也有實用目的。

亞麗絲走進庫房，那是存放亥倫坩堝的地方；巨大的金碗太久沒使用，感覺幾乎有點淒涼。她在一個抽屜裡找到一堆催眠用的擺錘，全都纏在一起，其中有一支懷錶，她拿出來上好發條之後放進口袋。不過她開了好幾個抽屜，才找到她要的鏡子粉盒，包在一團棉花裡。抽屜裡有張卡片說明歷史：這面鏡子原本是在中國製造的，冷戰期間，手稿會的人為了一項中情局任務而將鏡子裝進粉盒裡，而那項任務至今依然是機密。至於這個粉盒為何出現在橘街的忘川會總部，卡片上沒有解釋。鏡子有點髒，亞麗絲呼一口氣，用衣角擦拭。

儘管週末發生了那麼多事，她去上西班文課時反而沒有平常那種隱隱恐慌的感覺，她在史特林圖書館花了兩個小時，拚命讀完莎士比亞課指定的內容，然後像平常一樣吃雙份午餐。她感覺清醒、專注，就像用了顛茄魔藥那樣，但沒有那種心悸不安的感覺。真想不到，原來差點被殺，加上去一趟冥府疆界竟然有這麼好的效果。要是早點知道該有多好。

那天早上，諾斯在范德比宿舍外徘徊，她小聲說吃完午餐之後她才有空。果不其然，她走出餐廳就看到他在外面等，他們一起從學院街走向遠景丘。快要到英格爾斯溜冰場時，她才驚覺一路上沒看到半個灰影——不對，這樣說不太對。她看到他們躲在柱子後面、閃進巷子裡。**他們怕他**，她領悟到。她想起他站在河邊，微笑著說，**史坦小姐，還有比死亡更慘的事**。

亞麗絲必須靠手機導航才順利找到曼斯菲爾德街，她依然無法在腦中掌握紐哈芬的地圖。她知道耶魯校園裡的幾條主要幹道，固定去上課的路線也沒問題，但其他部分她都感到模糊不清。這個街區她曾經來過，但當時是達令頓開那輛老舊賓士車帶她來。他指給她看以前的溫徹斯特連發步槍工廠，一部分改建成時尚公寓，界線很明顯，灰色油漆變成裸露磚牆——建商在這時候沒錢了。他比比科學園區可悲的鐵欄杆——九〇年代耶魯尋求醫療科技投資的嘗試。

亞麗絲看到窗戶釘著木板，停車場空蕩蕩。「看來沒成功。」

「借用我爺爺的說法，這座城市從一開始就搞砸了。」達令頓猛踩油門，彷彿亞麗絲在感恩節餐桌上看到丟臉的家族紛爭。他們經過粗製濫造的連棟房屋與公寓，溫徹斯特工廠倒閉之前，這裡是工人住的地方。再往前繼續爬上科學丘，這裡的房子屬於公司高層，他們的房子是紅磚建築而非木屋，草坪寬敞，樹籬環繞。再往上，距離更遠處，堅固房屋消失，換上堂皇豪宅。最上面則是占地廣大、樹木茂盛的馬許植物園，彷彿解除了魔咒。

但今天亞麗絲不會去到頂端。她走在低矮處，老舊的連棟房屋、荒涼的前院、街角的酒鋪。透納警探說塔拉住在伍德蘭大道，大門前有警員看守，但即使沒有，亞麗絲也能輕易找出塔拉的家。馬路對面，一位婦女靠在她家前院的籬笆上，雙手掛在鐵網上，姿勢彷彿以慢動作跳水，她注視著對面醜陋的公寓大樓，彷彿在等房子開口說話。兩個穿全套運動服的男人站在人行道上聊天，身體轉向塔拉住處公寓前寒酸的草坪，但謹慎地保持距離。亞麗絲不怪他們，畢竟霉運很容易傳染。

「大部分的城市都是朝成夕毀。」達令頓這麼說。她不懂意思，還特地去查字典，試了三次才找出正確的寫法。「蓋了又拆、拆了又蓋，沒有人能記得曾經有過什麼。但紐哈芬的傷疤全部留著。那條蓋錯方向的大公路，那座荒廢的辦公園區，除了電纜線什麼都看不到的觀景臺。沒有人明白那些傷口之間發生過多少悲歡離合，有多少隱藏的潛力。這個城市建造的方式，讓人開車經過時只想加速通過。」

塔拉就住在那樣的傷疤上。

亞麗絲沒有穿她的短外套，沒有把頭髮綁起來。要融入這個環境對她而言並不難，她不想引人注意。

她放慢腳步，走到離公寓有一段距離的地方停住，假裝在等人。她查看手機，瞥一眼諾斯，但已經足以看出他焦慮的神情。

「別擔心。」她喃喃說。**老兄，我不必跟你解釋我的想法。至少我認為不必。**

終於有人從塔拉的公寓出來。他高高瘦瘦，外套上印著愛國者隊的標誌，淺色牛仔褲。他對門口的警察頷首，然後戴上耳機走下紅磚臺階。亞麗絲跟著他繞過街角，走到別人看不見的地方時，她拍拍他的肩膀。他轉身，她舉起手中的鏡子。陽光反射照在他的臉上，他後退一步舉起手遮擋。

「搞什麼鬼？」

亞麗絲啪一聲地闔上粉盒。「噢，老天。真是對不起。」她說。「我以為你是愛國者隊的湯姆・布雷迪。」

那個人臭臉瞪她，然後大步離開。

亞麗絲小跑步回到公寓大樓。接近門口的警衛時，她舉起鏡子，動作很像出示證件。光照在他臉上。

「這麼快就回來了？」警察問，他只看到剛才捕捉到的那個男子的模樣。雖然手稿會的會墓很醜，但他們的魔法很好用。

「忘記拿錢包。」亞麗絲盡可能壓低聲音。警察點點頭，她急忙進去。

亞麗絲將鏡子放進口袋，快步在走廊上前進。她在二樓找到塔拉的家，門口貼著警方封條。

亞麗絲原本擔心可能得撬鎖——她學過一點基本技術，因為媽媽認為要狠下心才是愛她，於是換了鎖不讓她進家門。偷闖進自己家的感覺非常詭異，像鬼魂一樣悄悄溜進去，站在那個可能屬於任何人的空間裡。但塔拉家的門鎖整個不見了，可能是警察拆掉了。

亞麗絲推開門，從封條下面鑽進去。警方搜索過之後，顯然沒有人回來整理。誰會來？住在這裡的人一個死了躺在冰櫃裡、一個在看守所。

每個抽屜都被拉出來，沙發坐墊掉在地上，有些被割開以尋找違禁品。地上一片狼藉：一張裱框的海報被硬拆下來，一根亂丟的高爾夫球桿，還有許多化妝刷。即使如此，亞麗絲看得出來，塔拉曾經用心營造舒適的生活環境。牆上掛著色彩繽紛的百納被，用上各種藍色與紫色。讓人心情平靜的顏色，媽媽一定會這麼說。**海洋系色調**。窗前掛著一個捕夢網，下面放著各種多肉植物。亞麗絲拿起一個小花盆，摸摸肥厚光滑的葉片，她曾經在小農市集買過一模一樣的盆栽。這種植物幾乎不需要照顧，也不用常澆水。小小的生存勇者。她知道她的盆栽很可能被當成垃圾扔了，也可能當作證物帶走，但她喜歡想像盆栽依然在原爆點的窗臺上，靜靜行光合作用。

亞麗絲走過狹窄的走道，進入臥房。這裡也同樣亂七八糟，床邊堆著許多枕頭與填充動物玩偶，五斗櫃的背板被拆掉了。從這裡的窗戶，亞麗絲勉強可以看到馬許樓的高塔，那是森林系使用的校舍，後面長長的山坡蓋了許多溫室——從塔拉家走路過去只要幾分鐘。**塔拉，妳究竟惹上了什麼事？**

諾斯停在浴室外面的走道上，徘徊不去。他說過，要找沾有**津液**的東西。

浴室空間狹長，洗手臺與老舊的浴缸之間幾乎沒有移動的空間。亞麗絲看看洗手臺和垃圾桶裡的東西。牙刷或用過的面紙恐怕行不通，諾斯說過那樣東西要帶有個人情感。亞麗絲打開鏡櫃，裡面沒幾樣東西，不過最上層放著一個藍色塑膠盒。蓋子上的貼紙印著：**更美的笑容、更好的人生**。

亞麗絲打開來看，是塔拉的牙齒矯正維持器。諾斯一臉懷疑。

「你真的知道這是什麼嗎？」亞麗絲問。「你眼前這個小玩意，可是現代牙醫技術的奇蹟呢。」他雙手抱胸。「我就知道你不懂。」

諾斯早生了一百五十年，所以不可能用過，但學校裡的學生很可能也一樣不覺得這有什麼了不起。維持器通常由父母購買，孩子根本不知道要花多少錢，然後在校外教學的途中弄丟，或是扔在抽屜裡遺忘。但對塔拉而言這樣東西很可貴，她很可能得存錢好幾個月才能買得起。她每晚都會戴上，小心不弄丟。**更美的笑容、更好的人生**。

亞麗絲撕下一張衛生紙，將維持器從盒子裡拿出來。「她很重視這個。相信我。」希望上面依然有高品質津液。

亞麗絲把洗手臺的出水口塞住裝滿水。這樣算水體嗎？希望囉。

她將維持器放進水中。東西沉到底之前，她看到出水口旁邊伸出一隻慘白的手，彷彿從洗手臺的裂縫冒出。她抬起頭，維持器出現在諾斯手中，他一臉厭惡地癟嘴。

亞麗絲聳肩。「是你說要有津液的。」她拔掉塞子，將衛生紙扔進垃圾桶，轉身準備離開。

有個男人站在門口。他非常高大，頭幾乎碰到門框，肩膀堵住整扇門。他穿著水電工常穿的那種灰色連身裝，上身的拉鍊拉開，鬆鬆垂在身上。白色汗衫下露出滿是刺青的壯碩手臂。

「我——」亞麗絲開口，但他已經衝過來了。

他用力撞上她，將她整個人壓在牆上。她的頭撞到窗邊凸出的地方，他扼住她的喉嚨，她用指甲抓他的手臂。

諾斯的眼睛變成全黑。他撲向那個人，卻直接穿透。

這個人不是使靈，不是鬼，不是來自界幕另一邊。他是有血有肉的活人，而且想殺她。這次諾斯救不了她了。

亞麗絲用手掌大力拍他的喉嚨。他一口氣喘不過來，手稍微放鬆。她舉起膝蓋頂他的下體，雖然沒有正中目標，但也夠接近了。他痛得彎下腰。

亞麗絲從他旁邊硬擠出去，她經過浴缸時不小心扯掉浴簾，被塑膠布纏住腳。她衝向走道，諾斯緊跟在後，就在快要到大門口的時候，那個人突然又出現在她面前。他不是開門進來的——而是憑空穿透門出現——就像幽靈一樣。傳送門？一瞬間，亞麗絲瞥見他身後有個荒蕪的院子，然後他大步走向她。

她在亂七八糟的客廳裡不停後退，一手抱住腹部，努力思考。她在流血，呼吸會痛。他打斷了她的肋骨，不確定幾根。她感覺到溼溼熱熱的東西流下後頸，她撞到頭的地方流血了。她有辦法去到廚房嗎？去拿刀？

「妳是誰？」那個人咆哮。他的聲音低沉沙啞，很可能是因為剛才被亞麗絲打到氣管。「誰殺了塔拉？」

「她的爛人男友。」亞麗絲不齒地說。

他狂吼一聲撲過來。

亞麗絲往左邊壁爐的方向閃躲，千鈞一髮避開，但他依然擋住她逃向門口的路，他踮著腳上下彈跳，動作很像拳擊手。

他微笑。「沒地方跑了吧，賤貨。」

她還來不及從旁邊鑽過去，已經再次被他扼住喉嚨。她眼前冒出黑點。諾斯在大吼，狂亂揮舞雙手，想幫忙卻無能為力。不，不是無能為力。還有辦法。**讓我進去，亞麗絲。**

沒有人知道她的祕密。諾斯不知道，眼前這個怪獸不知道。道斯、梅西、桑鐸，他們全都不知道。

只有達令頓猜到了。

18

去年秋季

達令頓知道，接到他的電話她很不高興。他幾乎無法責怪她。今天不是星期四，沒有舉行儀式，也不是星期日，她不必為下週的工作預作準備。而且他知道，課業加上忘川會的工作，她應付得很辛苦。他原本很擔心手稿會派對上發生的事會影響他們的工作，但她卻似乎雲淡風輕，不像他那麼在意。她主動提出由她負責寫報告，這樣他就不必回想那些丟臉的事，結束之後她又繼續抱怨忘川會要求太多。她竟然如此輕易放下那天晚上的事，簡簡單單就能原諒，讓他更加不安，也更好奇她以前的人生究竟有多慘烈。她甚至平安度過第二次的奧理略會儀式——在皮博迪博物館醜陋的校區分館舉行，只有日光燈管照明，為專利申請祈福；她也順利完成第一次的骷髏會臟卜儀式。有一瞬間她感覺似乎快不行了，臉色發青，好像會吐得臟卜師滿身都是。但她忍住了，他無法責怪她受不了。他經歷過十二次臟卜，但依然覺得很噁心。

星期二晚上從權杖居出發時，他向她保證：「史坦，今天的事很快就能解決。羅森菲爾干擾了電路網。」

「羅森菲爾是誰？」

「是地方才對。羅森菲爾館，妳應該想起來了吧？」

她調整一下包包的肩帶。「我毫無印象。」

「聖艾爾摩。」他提示。

「對了。被雷打的那個人。」

姑且算答對。聖艾爾摩又稱聖伊拉穆斯，據說他經歷雷擊與溺水都沒死。暴風雨中出現在尖銳物品上的聖艾爾摩之火就是借用他的名字，這個社團原本的會所位在羅森菲爾館的伊莉莎白塔。現在這棟紅磚建築用作辦公室與附屬空間，晚上固定會上鎖，但達令頓有鑰匙。

「戴上。」他交給她一雙橡膠手套和靴套，靴套的樣子很像他家工廠製造的產品。

亞麗絲乖乖穿戴好，跟著他走進門廳。「不能等明天嗎？」

「之前有一次，羅森菲爾出狀況，忘川會沒有及時處理，結果整個校園都停電。」彷彿回應他的話，高樓層的燈光閃爍，大樓發出微微嗡鳴。「這些在《忘川人生》裡都有寫。」

「你以前不是說過，我們不在意沒有會墓的社團？」亞麗絲問。

「沒錯。」達令頓說，很清楚她想說什麼。

「我謹記你的教誨。」

達令頓嘆息，用鑰匙打開另一道門，裡面是個很大的倉庫，堆滿老舊的宿舍家具與廢棄床墊。「這裡原本是聖艾爾摩會的餐廳。」他用手電筒照亮高聳的歌德風拱頂與精細的石雕。「六〇年代，聖艾爾摩會沒錢了，於是學校買下這棟建築，承諾會將地下室租給他們進行儀式。但他們沒有委託奧理略會撰寫正式合約，雙方同意君子口頭之約。」

「這兩位君子改變主意了？」

「他們死了，比較不君子的人接手。耶魯拒絕續約，聖艾爾摩會淪落到林伍德街那棟破爛小房子。」

「心之所在就是家，不要那麼勢利眼。」

「對極了，史坦。聖艾爾摩會的心就在這裡，他們原本的會墓。他們破產了，而且自從搬走之後，幾乎無法使用魔法。幫我搬這個。」

他們移開兩個擋路的床架，後面有另一道門。聖艾爾摩會以氣候魔法聞名，各種大小事都能派上用場，可以操縱期貨價格，也可以改變球賽關鍵進球的結果。自從搬去林伍德街之後，他們連一陣微風都製造不出來。祕密社團的會所都建在魔法能量節點上，沒有人知道如何製造節點，因此不能隨意建造新會墓。世上有些地方魔法不願接近，例如華府的國家廣場便有如月球表面一樣荒蕪；有些地方則強烈吸引魔法，例如曼哈頓的洛克斐勒中心，以及紐奧良的法國區。紐哈芬的魔法節點數量密度異常地高，在這些地方，魔法很容易停駐、累積，有如棍子上的棉花糖。

他們走下一道階梯，一路去到地下三樓，越往下走，嗡鳴變得更響亮。下層幾乎沒什麼東西：紐哈芬動物園退休動物的標本——金融大亨J. P.摩根年少輕狂時胡鬧買下的；老舊的電容器，滿是尖尖的金屬桿，簡直像古早怪物電影裡的道具；大水盆和有裂痕的玻璃缸。

「水族館？」亞麗絲問。

「盛裝風暴的茶壺。」這裡是聖艾爾摩會的學生醞釀氣候的地方。抬高公用事業價格的暴風雪，燒毀農作物的乾旱，使戰艦沉沒的強烈狂風。

這裡的嗡鳴更大聲，無休無止的電氣噪音讓達令頓手臂上的汗毛直豎，牙齒也感受到震動。

「這是**怎麼回事**？」亞麗絲大聲問，雙手摀住耳朵。達令頓從經驗中得知，就算摀住也沒用。嗡鳴來自地面、空氣。如果在這樣的環境待太久，最後會發瘋。

「聖艾爾摩會多年來在這裡召喚暴風雨。不知為何，他們製造的暴風雨會回到這裡。」

「發生的時候，就會通知我們來處理？」

他帶亞麗絲走向老舊電路箱。雖然很久沒用過了，但沒什麼灰塵。達令頓從包包中拿出銀質風向儀。

「手伸出來。」他說，把風向儀放在亞麗絲的掌心上。「吹一口氣。」

她狐疑地看他一眼，然後對著轉臂吹一口氣。風向儀立刻直立起來，像卡通裡夢遊的人。

「再一次。」他指示。

風向儀緩緩轉動，捕捉到風，然後開始在亞麗絲的手掌上高速轉動，彷彿遇上狂風。她的身體稍微往後傾。在他的手電筒照明下，她的頭髮整個飄起來，風與電讓她的頭髮形成一個圈，看起來好像一群黑蛇圍繞她的臉。他想起在手稿會派對上看到的她，籠罩在夜色中，眨了兩次眼睛才甩開腦中浮現的畫面。這段回憶並非第一次回到腦中，每次他都覺得很不安，不確定是因為那一夜殘留的恥辱感，還是因為他當時看到了真實的東西，他早該知道不能直視的東西。

「讓風向儀轉動。」他說明。「然後關掉開關。」他迅速一一撥動開關，一整排全部關上。

「絕不能忘記戴手套。」

他的手指放在最後一個開關上，嗡嗚提高，刺耳聲響搔刮他的頭顱。尖銳、沮喪的哀號，有如不肯乖乖去睡覺的孩子在鬧脾氣。亞麗絲做個苦臉，她流鼻血了。他感覺上唇溼溼的，知道自己也流鼻血了。然後，**啪**，強光照亮整個地下室。風向儀飛起來，喀答一聲固定在牆壁上，嗡嗚瞬間停止，整棟建築彷彿發出嘆息。

亞麗絲鬆了一口氣，哆嗦一下，達令頓遞給她一條乾淨的手帕讓她擦鼻血。

「每次氣候鬧脾氣，我們就得來？」她問。

達令頓擦擦自己的鼻子。「一年頂多一、兩次，有時候更少。能量必須流出，要是我們不加以引導，會造成能量暴衝。」

亞麗絲撿起扭曲變形的風向儀。箭頭尖端稍微融化，支柱也彎了。「這個東西該怎麼辦？」

「放進坩堝裡，加一點助焊劑。四十八小時左右就會恢復原狀。」

「就這樣？只要這樣就好？」

「就這樣。忘川會在羅森菲爾館的地下樓層裝了感應器。氣候回來的時候，道斯會通知我們。絕不能忘記帶風向儀，絕對要戴手套和靴套。沒什麼大不了。現在妳可以回去繼續……妳剛才在做什麼？」

「讀《仙后》[1]。」

達令頓翻個白眼，帶頭往門口走去。「真可憐，史賓賽無聊透頂。妳的報告要討論什麼？」

他的心思不在那首詩上。他想讓亞麗絲保持鎮定，他想讓自己保持鎮定。因為嗡嗚消失之後，他

1 《仙后》（*The Faerie Queene*），英國詩人艾德蒙・史賓賽（Edmund Spenser）於一五九〇年出版的史詩。

聽見奇怪的呼吸聲。

他帶亞麗絲走過滿是灰塵的玻璃、故障的機器，仔細聆聽再聆聽。

他隱約聽到亞麗絲講起伊莉莎白女王，還說他們班上的一個同學花了整整十五分鐘討論偉大的詩人大多是左撇子。

「顯然是一派胡言。」達令頓說。呼吸聲沉重均勻，彷彿熟睡的生物，如此平穩，很容易被當成大樓空調系統的聲音。

「我們助教也這麼說，不過我猜那個同學大概是左撇子，所以他開始滔滔不絕抱怨左撇子被迫用右手寫字的事。」

「古人認為左撇子是惡魔作祟。邪惡之手，諸如此類。」

「真的嗎？」

「什麼？」

「惡魔作祟？」

「沒這回事。惡魔沒有偏好左右。」

「我們該不會得對抗惡魔吧？」

「絕對不會。惡魔被關在界幕後面的地獄裡，能夠掙脫來到人間的那些太強大。憑他們給的薪水，我們沒必要冒險。」

「什麼薪水？」

「就是沒有薪水。」

那裡，那邊的角落，黑暗太深——不是陰影的陰影。是傳送門，在羅森菲爾館的地下室。怎麼會出現在這裡？

達令頓安心了。那個呼吸聲應該是風從傳送門吹出來的聲音，雖然出現在這裡很奇怪，不過他能解決。八成是有人跑來地下室想借用聖艾爾摩會原有的節點，不用想都知道是捲軸鑰匙會。他們取消了上次的儀式，如果之前開啟傳送門去匈牙利失敗的例子可以作為判斷根據，那麼，他們的會墓魔法顯然即將消逝。但他沒有證據，所以不能胡亂指責。現在先用縮限與防禦咒文讓傳送門失去作用，然後他們得回權杖居一趟拿工具，這樣才能將傳送門永遠關閉。亞麗絲一定會很不高興。

「不知道耶。」她正在說。「說不定他們只是覺得用左手寫字老是弄得髒兮兮，才會說左撇子全是惡魔。海莉寫日記的時候我都會知道，因為她的手腕會沾到墨水。」

他自己回來關閉傳送門應該也沒問題。讓她休息一下，好好寫那篇探討枯燥史賓賽的枯燥報告。**《仙后》中的移動模式與犯罪類型**。

「海莉是誰？」他問。但話一出口，這個名字立刻喚醒腦中的記憶。海倫・華森，那個用藥過量死去的女生，亞麗絲被發現時就躺在她身邊。他腦中有個東西不停閃爍，有如壞掉的燈泡。他想起噴濺的恐怖血跡，在寒酸的公寓牆上一次又一次重複，有如殘酷的紡織機。行凶的人是左撇子。

但那天晚上，海倫・華森最先死，不是嗎？她身上沒有血。**兩個**女生都沒有嫌疑。她們兩個都嗑藥到失去意識，而且身材太嬌小，不可能造成那種傷勢，而且亞麗絲並非左撇子。

但海倫・華森是。

海莉。

亞麗絲在黑暗中看著他，她臉上的表情表明她知道自己不小心說太多了。達令頓知道他應該假裝沒察覺。**表現得自然一點**。沒錯，表現得自然一點。他站在地下室裡，魔法暴風雨的電流劈啪作響，旁邊的傳送門天曉得通往哪裡，和他在一起的女生能看見幽靈。不，不只看見。

說不定還能讓他們進入。

表現得自然一點。但他整個人動彈不得，呆望著亞麗絲的黑眸，他的頭腦忙碌搜尋他所知道關於灰影附身的事。忘川會也曾經追蹤過其他具稱可以看見幽靈的人，他們許多人最後都發瘋了，「無法保持穩定」因而難以招募。他聽過許多故事，發瘋的人搗毀病房，或是攻擊照顧他們的人，他們擁有超乎常人的力量——以球棒打死五名成年男子所需的那種力量。發作之後，他們會陷入緊張性精神分裂狀態，無法回答任何問題。但亞麗絲不是一般人，對吧？

達令頓看著她。水精靈溫蒂妮，光滑的黑色長髮，中分線有如裸露的脊椎，還有那雙吞噬一切的眼睛。

「妳殺了他們。」他說。「他們所有人。里納德・畢肯，米契爾・貝茲。海倫・華森，**海莉**。」

沉默蔓延。她眼眸中的黑暗光澤似乎變得冷硬。他不是想要魔法嗎？通往另一個世界的門？仙女？但仙女從不仁慈。**叫我滾**，他想著。**張開那張沒禮貌的嘴，說我錯了，叫我去死。**

但她只是說：「海莉不是。」

達令頓聽到傳送門的風聲、上方建築物尋常的聲響，遠方某處傳來警笛聲。

他早就知道。第一次見到她的那天，他已經知道她不對勁，但他從沒想過竟然嚴重到這種程度。**殺人凶手。**

但說真的，她殺的都是什麼人？死不足惜的人。或許她只是別無選擇。無論如何，忘川理事會不知道他們遇上了什麼人，不知道他們把**怎樣**的人帶進來。

「你打算怎麼做？」亞麗絲問。那雙冷硬黑眸，有如河流中的石頭。沒有懊悔、沒有辯解。

生存是唯一驅使她的力量。

「我不知道。」達令頓說，但他們都知道他在撒謊。他會去向桑鐸院長報告，不可能不說。**問她原因。不，問她怎麼做到的**。照理說，殺人動機應該比較重要才對，但達令頓知道他最在意的絕對是**怎麼做到**，理事會很可能也一樣。但他們絕對不可能讓她繼續留在忘川會。萬一出了事，萬一亞麗絲再次傷人，他們得負起連帶責任。

「再說吧。」他說，轉身走向角落那塊深黑陰影。他不想繼續看著她，不想看她因為知道即將失去多少東西，而在臉上顯露的恐懼。

反正她原本就不可能撐過四年吧？他心中一個無情的聲音說，她原本就不具備加入忘川會、進入耶魯所需的資質。這個西岸來的女生，屬於晴朗的陽光、膠合板與美耐板。

「有人比我們先來了。」他說，因為比起她是殺人凶手這件事，講眼前工作的事比較輕鬆。里納德・畢肯被打到面目全非。米契爾・貝茲的內臟幾乎變成液體，被打成肉泥。後面房間裡的兩個男人胸口穿洞，表明有人用木棍刺穿他們的心臟。球棒的碎片太小，無法採指紋。但亞麗絲非常乾淨，身上沒有血跡。現場蒐證人員甚至檢驗過下水道。

達令頓比比角落的黑影。「有人打開了傳送門。」

「喔。」她說。謹慎、擔憂。過去幾個月來，他們好不容易建立的伙伴情誼與自在關係有如過眼雲煙。

「我先設下結界。」他說。「我們回權杖居慢慢談。」他是真心的嗎？他也不確定。還是其實他想說，**我要先問清想知道的一切，然後將妳交出去，妳最好安靜離開。**今晚她依然會試圖談條件——只要他答應不說出去，她就會告訴他所有事。她是他的但丁，應該納入考量。但**她是殺人凶手、騙子。**「這件事我不能瞞著桑鐸。」

「喔。」她再次說。

達令頓從口袋拿出兩枚磁鐵，在傳送門前方畫出清晰的防禦結界。這樣的魔法門只有捲軸鑰匙會能用，但在不是會墓的地方開啟，這種行為荒謬又危險。儘管如此，他要用他們自己的魔法關閉這道門。

「Alsamt。」達令頓開始念誦咒語。「Mukhal——」他還沒念完，一陣吸抽的力量讓他無法呼吸。

有個東西困住他，達令頓驚覺自己犯了嚴重的大錯。這不是傳送門，絕對不是。

在最後這一刻他才明白，他在這世上的牽繫實在太少。誰能將他留下？誰足夠瞭解他，能夠保有他的心？那些書籍、音樂、藝術、歷史，黑榆莊沉默的石牆、這個城市的街道。**這個城市。**這些都不會記得他。

他想開口說話。想要給予警告？以無所不知的姿態說出最後一句話？**知道所有答案的青年葬身於此**。只是他不會有墳墓。

丹尼望著亞麗絲滄桑的年輕臉龐、那雙有如黑井的眼眸、那對依然張開卻沒有發出聲音的嘴唇。她沒有上前，沒有說出保護的咒文。

他一直懷疑自己最後將獨自落入黑暗，現在果然發生了。

19
去年夏季

那天晚上原爆點為何會出事，已經無從追溯。起因太遙遠。里恩一直想往上爬，努力說服埃丹給他更高級的貨。賣大麻可以溫飽，但巴克利、奧克伍那些私立中學的學生想要聰明藥、莫利、奧施康定、K他命，但無論里恩如何巴結，埃丹始終只給他廉價的大麻。

里恩很愛私下講埃丹的壞話，說他是滑頭的猶太豬，亞麗絲總會心中一揪，想起外婆在安息日點燃祈禱蠟燭的樣子。但埃丹・夏斐爾擁有里恩渴望的一切：金錢、好車，永遠有數不清的小咖模特兒黏在他身邊。他在上流的恩西諾郊區有一棟超大豪宅，裡面的無邊際泳池俯瞰四〇五號公路，保全設備非常瘋狂。問題在於，里恩沒有埃丹想要的東西——直到艾瑞奧來訪。

「艾瑞奧。」海莉說。「那是天使的名字。」

艾瑞奧好像是埃丹的表哥還是親哥哥之類的，亞麗絲一直搞不清楚。他的眼睛距離很開，眼皮厚重，英俊的臉龐上裝飾著精心修剪的短鬍鬚。第一眼見到他，亞麗絲就覺得很緊張。他太安靜，有如狩獵的猛獸，她感應到他內在潛藏的暴力，等候爆發。她看得出來連埃丹也對他敬畏有加，想盡辦法討好他，無所不用其極地想讓他開心，彷彿如果艾瑞奧覺得無聊，會發生很恐怖的事。亞麗絲察覺艾瑞奧其實一直都在，或者該說是他的影響力。埃丹和里恩那種散漫馬虎的男人之所以能夠運作，完全是因為有艾瑞奧那樣的人凌駕在他們之上，他舒服地坐在椅子上，緩緩眨眼的動作有如倒數計時。

里恩逗得艾瑞奧很開心。里恩能讓他大笑個不停，但不知為何，艾瑞奧大笑的時候，感覺不出笑意。他很愛把里恩招到他的桌邊，拍拍里恩的背，讓他自由發揮。

那天艾瑞奧不請自來，里恩說：「這是我們的機會。」

亞麗絲不懂為何里恩看不出艾瑞奧只是在嘲弄他，他們貧困的生活讓他覺得好笑，他們的渴望令他亢奮。她心中的生存本能明白，有些人就是喜歡看別人卑躬屈膝，喜歡測試別人的底線，想知道對方能接受什麼程度的羞辱。埃丹家裡偷偷流傳著警告，女生之間互相提醒：**千萬不要落得和艾瑞奧獨處。他不只是喜歡粗暴，更喜歡殘酷**。

亞麗絲盡力讓里恩看出危險。「不要招惹那個人。」她告訴他。「他和我們不一樣。」

「可是他喜歡我。」

「他只是喜歡玩弄獵物。」

「他會說服埃丹讓我往上爬。」里恩說，他站在原爆點斑駁的黃色流理臺旁。「為什麼每次我發生好事，妳就要來唱衰？」

「有沒有搞錯？那些吩坦尼根本是垃圾。別人都不要，他才會給你。」埃丹很少碰吩坦尼，除非他清楚知道來源。他盡可能不引起警方注意，而害死客戶絕對會引來警察。有人欠他一筆海洛因的分紅，於是用吩坦尼支付，但那批藥經過太多手，非常不安全。

「亞麗絲，不要搞砸我的事。」里恩說。「把這個狗窩弄漂亮一點。」

「我又不會魔法。」

他打她一巴掌，並不用力。只是表達「我是認真的」。

「喂。」海莉抗議。每當海莉說「喂」的時候，亞麗絲通常不太確定她的意思，不過她依然很感激。

「別緊張。」里恩說。「艾瑞奧想要和真實的人一起玩樂，他受夠了埃丹養的那些塑膠娃娃。我們去找戴蒙借喇叭，把家裡打掃乾淨。」他看看海莉又看看亞麗絲。「打扮一下。今天晚上不准鬧脾氣。」

里恩下樓開車，貝恰坐在旁邊，已經點起了一支大麻。亞麗絲立刻說：「我們走。」貝恰的真名叫米契爾，但亞麗絲一直不知道，直到有一次他因為持有毒品被抓，他們想盡辦法湊保釋金，那時她才知道他的本名。亞麗絲認識里恩之前，貝恰已經和他一起混很久了，他一直都在，高大壯碩，軟軟的肥肚腩，下巴總是長滿爛痘。

亞麗絲與海莉步行，往洛杉磯河的水泥河床走去，然後爬上薛曼路，去到公車站，心中沒有特別想去的地方。她們之前也做過這樣的事，甚至發誓要永遠離開。她們去到聖塔蒙妮卡碼頭、巴斯托市，有一次甚至去到遙遠的拉斯維加斯。在那裡的第一天，她們在飯店大廳遊蕩，第二天，她們從玩吃角子老虎的老太太身上偷二毛五硬幣，直到湊齊回洛杉磯的車錢。有空調的客運在十五號公路奔馳，她們靠在彼此的肩頭入睡。亞麗絲夢見百樂宮酒店的花園、水舞秀、空調吹出的香氣、有如拼圖的鮮花。有時候亞麗絲和海莉只會離開幾個小時，有時候一去好幾天，但她們每次都會回去。世界太大了。有太多選擇，一個選擇只會產生更多選擇。人生有如經營事業，但她們兩個都不具備相關技能。

「里恩說，要是艾瑞奧不肯幫忙，我們會失去原爆點。」海莉說，她們搭上快速公車，今天沒有要去太遠的地方。沒有要去拉斯維加斯，只是要去威斯伍區一趟。

「他只是說說而已。」亞麗絲說。

「要是我們沒有打掃，他會很生氣。」

亞麗絲望著髒兮兮的車窗說：「妳有沒有發現埃丹把他女朋友送走了？」

「什麼？」

「艾瑞奧一來，他立刻把英格送走。平常的那些女生也都不在，只剩下谷區來的那些隨便女生。」

「這沒什麼啦，亞麗絲。」

她們兩個都很清楚艾瑞奧來原爆點的目的是什麼。他想要體驗一下貧民窟的樂趣，而亞麗絲與海莉也是樂趣的一部分。

「一直說沒什麼，等到真的有什麼，那就來不及了。」亞麗絲說。她伺候過別的男人。第一次是一個拍電影的傢伙，至少里恩說他是，他有辦法幫他們牽線販毒給好萊塢的人，但後來亞麗絲發現他只是個製作助理，剛剛從電影學校畢業。她整個晚上坐在他腿上，滿心希望不會發生其他事，但最後他帶她走進小浴室，將骯髒的踏腳墊鋪在磁磚上——莫名其妙的紳士舉動——讓她幫他口交的時候可以舒服一點。他坐在馬桶上，她跪在地上。**我才十五歲**，事後漱口、補妝的時候她想著。**十五歲應該是什麼樣子**？會不會有另一個亞麗絲？她去同學家開睡衣派對，在學校舞會上和男生親吻。她能不能爬進洗手臺上方的鏡子，溜進那個亞麗絲的身體？

但她沒事，真的沒事。直到第二天早上，里恩用力甩櫥櫃門，抽菸的樣子彷彿想乾脆吞掉整根菸，最後亞麗絲終於受不了了，厲聲問：「你到底哪裡不對勁？」

「我哪裡不對勁？我的女朋友是婊子。」

亞麗絲太常被里恩罵，幾乎不痛不癢。賤貨、蕩婦，如果他真的很生氣，或是想假裝英國流氓的時候，甚至會罵她臭屄。不過他從來沒有罵她是婊子，他只會用那個詞罵別的女生。

「是你說——」

「我什麼都沒說。」

「你叫我讓他開心。」

「開心不代表要吸他老二吧，婊子？」

亞麗絲覺得頭暈腦漲。他怎麼會知道？那個拍電影的傢伙一走出廁所就大肆張揚？即使如此，里恩為什麼要生氣？她很清楚「讓他開心」是什麼意思。亞麗絲只感到憤怒，這比任何藥物更有用，燒光她心中的疑慮。

「媽的，不然你以為我會做什麼？」她質問，那樣的音量以及篤定令她感到意外。「模仿秀？做動物氣球？」

她拿起里恩用來打蛋白質奶昔的果汁機往冰箱上一砸，一瞬間，她在里恩的眼神中看到恐懼，她非常想讓他繼續害怕下去。里恩罵她是瘋婆子，甩門離開家。他逃離**她**。但他離開之後，亞麗絲體內暴衝的腎上腺素退去，讓她感到無力、孤獨。她不覺得生氣、也不覺得委屈，只覺得可恥，她擔心自己是不是毀了一切、毀了自己，里恩再也不要她了。如果失去他，她該去哪裡？她一心只希望他快點回來。

最後她道歉求他原諒，他們嗑藥之後把冷氣開到最強，在出風口旁邊做愛，冷氣的噪音遮蓋他們的喘息。結束之後里恩說她是乖乖小蕩婦，她不覺得性感或狂野；她覺得好渺小。她擔心會哭出來，也擔心他會喜歡她哭。她把頭轉向出風口，感覺冷氣吹出的冰冷寒風吹開她落在臉上的頭髮。她用力閉上眼睛，里恩在她身後持續抽動。她想像自己在冰河上，全身赤裸、孤孤單單，世界潔淨、渺無人煙，充滿原諒。

但艾瑞奧不是占小便宜的電影系學生。他惡名昭彰。有人說他之所以來到美國，是因為他在臺拉維夫強暴了兩個未成年少女，所以來躲警察，也有人說他經營鬥狗場，他最喜歡的前戲是把女人的肩膀弄脫臼，就像小男生拔掉蒼蠅翅膀那樣。

等里恩回家看到還是一團亂，他一定會很生氣。等他發現她們不打算回原爆點參加派對，他會更生氣。里恩生氣她們不會死，要是被艾瑞奧看上就死定了。

那天在威尼斯海灘，里恩要帶海莉一起回家的時候，亞麗絲知道他期待她吃醋。他沒料到她會喜歡她，海莉溫暖的笑聲、自在摟抱亞麗絲的動作，她喜歡從亞麗絲的書架上隨便拿一本懸疑或科幻小說，然後要亞麗絲讀給她聽。海莉讓這樣的人生變得能夠忍受。亞麗絲拒絕走上會遇到艾瑞奧的路，她也不願意讓海莉走上那條路，因為她直覺地知道，一旦落入他手中，她們兩個休想全身而退。她們的人生並不美好，任何人都不會想像這樣的人生，更不會想要，但她們活得還可以。

她們搭公車過了山丘，經過一〇一號公路、四〇五號公路去到威斯伍區，一路走到加州大學洛杉磯分校，爬上緩坡進入校園，穿過雕塑花園。她們坐在羅伊斯館的漂亮拱門下，看學生玩飛盤、躺在陽光下讀書。**悠閒**。這些閃閃發亮的人追求悠閒，因為他們有太多需要做的事。職業，目標。亞麗絲沒有需要做的事，永遠沒有。這讓她覺得自己彷彿一直在墜落。

這種感覺太嚴重的時候，她就會搬出「**兩年大計畫**」。她和海莉可以找間社區大學，在秋季入學，或者報名線上課程。她們可以一起去購物商場打工，一起存錢買二手車，這樣就不必搭公車了。

通常海莉會配合她，但那天她不肯玩。她心情鬱悶、暴躁，戳破所有夢想。「在購物商場上班永遠不可能負擔得起車子加房租。」

「那我們可以當祕書或找其他工作。」

海莉注視亞麗絲的手臂許久。「太多刺青。」海莉身上沒有。她穿著牛仔短褲躺在羅伊斯館的臺階上，金黃雙腿交叉，樣子就像個大學生。「妳竟然相信那些事會成真，真可愛。」

「會成真的。」

「亞麗絲，我們不能失去那間公寓。我媽把我踢出家門之後，我流浪過一陣子。我不要再回到街頭。」

「不會啦，里恩只是說說而已。就算是真的，我們也能想辦法。」

「不要曬太久，不然妳會看起來像墨西哥人。」海莉站起來拍掉短褲上的灰塵。「我們來抽根大麻，然後去看電影。」

「我們的錢買了電影票就不夠買車票了。」

海莉眨眨一隻眼。「我們可以想辦法。」

她們找到一家電影院，老舊的福斯劇院，亞麗絲有時候會看到員工在新片首映的晚上拉起紅龍。亞麗絲窩在海莉的肩頭，嗅聞她身上甜甜的椰子香，她的肌膚依然有陽光的溫度，絲滑金髮偶爾掃過她的前額。

終於她漸漸睡去，當電影院的燈亮起，海莉不見了。亞麗絲跑去大廳又跑去廁所，都沒看到人，她傳簡訊給海莉，傳了第二封才終於得到回應：**沒事。我想到辦法了**。

海莉回去參加派對了，她回去取悅里恩和艾瑞奧。她讓亞麗絲無法及時趕回去制止。

亞麗絲身上沒錢了，無法回去。她試著攔車，但沒有人停下來。不奇怪，因為她哭得滿臉淚痕，身上穿著髒兮兮的T恤和超短黑色牛仔褲。她在威斯伍大道上來回走了好幾趟，不知道該怎麼辦，最後她將身上的最後一根大麻賣給一個綁髒辮的紅髮男子，他帶著一隻皮包骨的狗。

她回到公寓時，低筒Converse帆布鞋中的雙腳磨出水泡又破掉，弄得鮮血淋漓。原爆點裡，派對正熱鬧，音樂傳到門外，重低音節拍搭配高亢歡唱。

她悄悄溜進去，但海莉和艾瑞奧都不在客廳。她排隊等廁所，希望沒有人會跑去告訴里恩她回來了，最好他已經嗨到沒力氣理她，她在浴缸裡洗腳，然後去後面臥房躺在床墊上。她再次傳訊息給海莉。

妳在嗎？我在房間。

海莉，拜託。

拜託。

她睡著了，但是被海莉進房躺在她身邊的聲響吵醒。巷子裡的保全燈光微微照亮房間，她好像整個人發黃。她的眼睛大而無神。

「妳還好嗎？」亞麗絲問。「很慘嗎？」

「不。」海莉說，但亞麗絲不知道她回答的是哪個問題。「不、不、不、不、不。」海莉摟住亞麗絲，將她拉進懷中。她的頭髮濕濕的，她洗過澡了，身上有Dial肥皂的香氣，失去了平常香甜的椰子體香。「不不不不不。」她不停地說。她傻笑，身體不停發抖，她克制不要笑得太誇張時就會這樣。但她的雙手緊抓住亞麗絲的背，手指陷進肉裡，彷彿擔心會漂走。

幾個鐘頭後，亞麗絲再次醒來。她感覺好像從來沒有好好睡著，也沒有好好醒來，只是短暫瞌睡，半夢半醒。公寓很安靜。海莉在她身邊看著她，她的眼神依然狂亂。夜裡不知何時，她嘔吐弄髒衣服。

嘔吐味讓亞麗絲皺起鼻子。「早安啊，臭臭海莉。」她說。海莉微笑，她的神情如此甜美、如此悲傷。「我們離開這個鬼地方。」亞麗絲說。「永遠不要回來。我們要揮別這裡。」

海莉點頭。

「換掉那件上衣，妳身上全是嘔吐味。」亞麗絲說著，伸手拉她的T恤下襬。她的手穿透，直接穿過原本應該能碰到海莉腹部結實肌膚的地方。

海莉眨了一下眼，她的眼神如此、如此悲傷。

她只是躺在那裡，依然看著亞麗絲，細細研究她，亞麗絲明白這是最後一次了。

海莉走了，但她還在。海莉的遺體就倒在床墊上，距離不到一英尺，緊身T恤上全是嘔吐物，一動也不動，全身冰冷。她的皮膚發青。她的幽靈為了等亞麗絲醒來，躺在那裡多久了？房間裡有兩個海莉，房間裡沒有海莉。

「海莉。**海莉**。海倫。」亞麗絲哭了，在她的遺體旁彎下腰尋找脈搏。她內心有個東西碎裂了。「快回來。」她啜泣，手伸向海莉的幽靈，手臂一次又一次穿透她。每次穿透她都瞥見海莉的人生片段。卡平特里亞市她爸媽家，那棟陽光充足的房子。她長滿老繭的腳踩在衝浪板上。艾瑞奧將幾隻手指伸進她的口中。「妳不必那麼做。妳不必。」

但海莉沒有說話，只是默默哭泣。她臉頰上的淚水有如白銀。亞麗絲放聲尖叫。

里恩用力甩開門，他的上衣沒有紮進去，頭髮凌亂糾結，已經在罵說現在是凌晨三點，他難道不能在自己家裡好好休息。這時他看見海莉的遺體。

他開始不斷重複說：「靠、靠、靠。」就像之前海莉不停說著**不、不、不**，有如鼓聲敲擊。不久之後他摀住亞麗絲的嘴。「閉嘴。媽的，給我閉嘴。老天，白癡賤貨，給我閉嘴。」

但亞麗絲無法停止。她的大聲啜泣有如暴風，胸口劇烈起伏，他摀著她嘴巴的手越來越用力。她無法呼吸。她的鼻水一直流，他的手緊貼著她的嘴唇。他用力一壓，她伸手一陣亂抓。她快昏倒了。

「老天，他媽的。」他推開她，雙手在褲子上抹了抹。「快給我閉嘴，讓我想一想。」

「噢，要命了。」貝恰站在門口，巨大的肚腩垂在籃球短褲外，上衣被擠到胸口。「她該不會——」

「我們得清理她。」里恩說。「把她弄出去。」

一時間，亞麗絲只是點頭，以為他要幫她擦乾淨。海莉滿身都是嘔吐物，不能這樣去醫院。她不能被人看見這副模樣。

「現在還很早，外面沒有人。」里恩說。「我們可以把她搬上車，扔到……我想想，海凡賀斯大道上那家超黑的夜店好了。」

「爆炸夜店？」

「對，我們把她丟在巷子裡。她看起來就是一副嗑太多藥的樣子，身體裡應該還有很多那些鬼東西。」

「嗯。」貝恰說。「好。」

亞麗絲看著他們，耳朵不停嗡鳴。海莉也看著他們，她坐在床墊上自己的屍體旁邊，聽他們討論要把她當垃圾丟棄。

「我要報警。」亞麗絲說。「艾瑞奧一定逼她——」

里恩打她，只是巴掌，但非常用力。「媽的，別蠢了。妳想進監獄？妳想要埃丹和艾瑞奧追殺我們？」他再次打她。

「要命了，老兄，冷靜點。」貝恰說。「別這樣。」但他不打算介入，他絕不會真的出手阻止里恩。

海莉的幽靈仰起頭注視天花板，逐漸往牆壁飄。

「動作快。」里恩對貝恰說。「抓住她的腳。」

「**你不能這樣對她。**」亞麗絲說，她昨晚就該說這句話。每一晚。你不能這樣對她。

海莉的幽靈已經穿透牆壁逐漸消失。

里恩和貝恰合力扛起她的遺體，她像吊床一樣下垂。里恩雙手勾住海莉的腋下，她的頭往旁邊滑。「老天，她臭死了。」

貝恰抓住她的腳踝。一隻珠光粉紅果凍鞋掛在她的腳趾上，她上床的時候沒有脫掉鞋子，她很可能沒察覺。亞麗絲看著那隻鞋從她的腳趾滑落，墜地發出聲響。

「可惡，幫她穿回去。」

貝恰一陣手忙腳亂，先放下她的腳，然後努力把鞋穿回去，有如《灰姑娘》裡的男僕。

「噢，搞屁啊，拿著就好。和她一起扔掉。」

亞麗絲跟隨他們走進客廳，這才發現艾瑞奧還在，穿著內褲睡在沙發上。「吵什麼吵？我要睡覺。」他對他們惺忪眨眼。「噢，靠，她該不會……」

他笑了起來。

他們在門口停下腳步。里恩想開門，卻撞倒了門口的超白癡流氓球棒，他說是為了「安全」才放在那裡。他無法扛著海莉的遺體轉動門把。

「快點。」他厲聲說。「亞麗絲，快來開門。讓我們出去。」

讓我進去。

海莉的幽靈懸在窗戶與天空之間，她逐漸變成灰色。她會跟隨他們一路去到那條汙穢暗巷嗎？「別走。」亞麗絲哀求她。

里恩以為她在跟他說話。「快開門，沒用的賤貨。」

亞麗絲伸手握住門把。**讓我進去**。手中的金屬冰涼。她轉動門把，然後又關上。她鎖上門，轉身面向里恩、貝恰與艾瑞奧。

「搞屁呀？」里恩煩躁地說。

亞麗絲對海莉伸出手。**留在我身邊**。她不知道她提出了怎樣的要求，她不知道她給予了什麼。但海莉懂。

她感覺海莉衝向她，感覺自己被扯裂，空出位子容納另一顆心、另一對肺，容納海莉的意志、海莉的力量。

「你說呢，里恩？」亞麗絲問，她拿起球棒。

＊

接下來發生的事，亞麗絲的記憶很模糊。海莉在身體裡的感覺像憋住一大口氣，手中的球棒感覺好輕、好自然。

她毫不遲疑。從左往右一揮，就像海莉以前在密德威野馬隊打壘球時那樣。亞麗絲的力氣變得太大，以致於動作笨拙。她先打中里恩，他的頭顱發出響亮的聲音。他往旁邊躲，她腳步一晃，因為用力過猛而差點失去平衡。她再次打他，他的頭無法支撐，發出爆裂聲響，有如破碎的玩偶，頭骨碎片與大腦飛散，鮮血四濺。亞麗絲轉向貝恰，他依然抓著海莉的腳踝——她的動作就是這麼快。她先打中他的膝蓋，他慘叫癱倒，然後她毫不留情猛打他的脖子與肩膀。

艾瑞奧站起來，一開始她以為他要拿槍，但他只是後退，眼神驚恐，當她經過玻璃拉門時，終於明白為什麼。她在發光。她追他到門口——不對，不是追。她撲向他，腳彷彿沒有著地。海莉的憤怒在她體內彷彿毒品，讓她熱血沸騰。她將艾瑞奧打倒在地，不停地一次又一次打他，直到球棒斷在他的脊椎上。然後她撿起斷成兩半的球棒，找出剩下的吸血鬼，那兩個男的睡在床上，嗑藥後失去意識，口水直流。

結束之後，沒有人可殺了，她感覺自己的疲憊滲透進海莉無窮盡的力量，是海莉引導她，催促她穿上那雙粉紅塑膠鞋，步行兩英里去到羅斯科大道跨越洛杉磯河的地點。一路上都沒有人。海莉帶她走過一條條空無人車的街道，告訴她該在哪裡轉彎，該在哪裡等候，確定安全了再繼續走，終於她們到了橋下，在黎明的灰暗晨光中爬下去。她們一起走進水中，河水冰涼惡臭。這條河氾濫太多次，於是市政府鐵腕治水，用水泥封起來，讓河流無法再作亂。亞麗絲讓河水洗淨她的身體，殘餘的球棒從她手中漂走，感覺很像種子。她沿著河道，幾乎一路回到原爆點。

她與海莉將遺體放回房間的床墊上，然後一起躺在寒冷的房間裡。她不在乎接下來會發生什麼事，警察來了也無所謂，她會躺在地上凍死也無所謂。

「留下來。」她對海莉說，她們的心臟一起跳動，發出如雷聲響。她感覺海莉鑽進她的肌肉與骨骼。「留在我身邊。」

然而，當她醒來時，一位急救人員拿著手電筒照她的眼睛。海莉走了。

20
冬

達令頓失蹤的那個晚上，亞麗絲在想什麼？她只要把他帶去地洞就好，他們可以好好商量。她會解釋……解釋什麼？那些人死有餘辜？殺死里恩和那些人不只讓海莉安息，也讓她得到些許平靜？這個世界很愛懲罰她們這樣的女生，塔拉這樣的女生，她們每次做錯的選擇、每次犯下的過失。難得一次輪到她給予懲罰。她一直以為自己多少還有良知，不過那天她的良知罷工了。但她絕對不後悔。

不過，她可以說她後悔了。她可以假裝不記得拿著球棒的感覺，她可以保證不會再犯。因為達令頓最怕的是這個——他不怕她壞，而是怕她會造成危害。他害怕混亂。因此，她可以告訴他，她被海莉附身了。她可以把這件事變成一個謎團，需要他們合力找出解答。他一定會喜歡。她會成為等候他整修的東西，一個企畫，就像他心愛的破敗城市，以及那棟日漸崩壞的房子。她依然可以做好人。

但亞麗絲沒機會說出那些謊言，地下室的那個東西讓她不必說。達令頓沒有出國，他沒有去西班牙。她不太相信他只是落入空間的縫隙，就像脫離隊伍的小朋友，只要拉回來就好。道斯與桑鐸院長那天晚上不在現場，他們沒有體會過那種黑暗有多決絕。

「這不是傳送門。」他在羅森菲爾館的地下室說。「是一張——」

前一刻他還在那裡，下一刻已經被黑暗吞噬。

她看到他眼神中的恐懼與哀求。**想想辦法。救我。**

她很想救他，至少她認為她想。她重溫那一刻不下千萬次，自問為什麼她會動彈不得——是因為恐懼？訓練不足？心不在焉？說不定是她選擇不救。藏身角落的那個東西給了她脫身的辦法，能一舉解決達令頓造成的問題。

這件事我不能瞞著桑鐸。達令頓說的這句話彷彿一隻手，捏住她的舌頭，讓她無法呼喊。夜裡，她會想起達令頓完美的臉龐，想起他們一起躺在他的單人床上，在睡得暖暖的被窩裡，他的身體從後面貼著她。

我任由你死去。為了救我自己。我任由你死去。

和一心求生的人來往，就是這麼危險。

*

那個大塊頭彎腰對她微笑。「沒地方跑了吧，賤貨。」

他扼住她喉嚨的手感覺好重，彷彿他的手指即將穿透皮膚陷進氣管。

亞麗絲不願意回想原爆點的那一夜，她不願意回頭看。她甚至不太確定當時發生了什麼事，不知道是海莉讓那件事發生，還是她自己。

讓我進去。

留在我身邊。

或許她擔心要是再打開那扇門，會有恐怖的東西跑進去。不過現在她需要的就是這個，恐怖的東西。

亞麗絲的右手握住棄置的高爾夫球桿——是推桿。她對著諾斯伸出左手，回想那種撕裂自我的感覺，激勵自己再做一次。**亞麗絲，快開門**。她瞬間瞥見他錯愕的神情，然後他黑暗冰冷的感覺湧向她。

海莉是自願的，但諾斯拚命抗拒。她感應到他的困惑，他極度驚恐，努力想掙脫，接著她自身的一股需求吞沒了他的憂慮。

諾斯的感覺與海莉不同。她有如強烈波濤。諾斯的力量黑暗靈巧，像花劍一樣彈性十足。這股力量充滿她的四肢，讓她感覺彷彿融化的金屬在血管中奔流。

她將推桿拿在手中轉一圈，測試重量。**誰說我要跑？**她揮桿。

那個大塊頭及時舉起雙手護住頭，但亞麗絲聽到他的手骨碎裂，發出令人滿意的聲響。他痛呼，往後撞上沙發。

亞麗絲下一次出手瞄準他的膝蓋。大塊頭倒地之後比較好處理，他砰一聲倒下。

「你是誰？」她質問。「誰派你來的？」

「滾開！」他咆哮。

亞麗絲揮桿，卻只打中硬梆梆的地磚。他不見了——好像直接融化穿透地板。她呆望著剛才他躺著的地方，打中地板留下的震盪依然清晰。

有個東西從後面打中她。亞麗絲往前倒，劇痛穿透頭顱。

她落地、翻身，匆忙後退。那個大塊頭的身體一半在牆裡、一半在牆外，身體被壁爐架分成兩半。

亞麗絲跳起來，但下一瞬間他就出現在她旁邊。他揮拳，打中她的下顎發出清脆聲響。幸虧有諾斯的力量，她才不至於昏倒。亞麗絲揮舞推桿，但那個人已經不見了。一個拳頭從另一邊打中她。

這次她倒下了。

大塊頭用力踢她的側腰，靴子踢中斷掉的肋骨。她慘叫。他繼續踢。

「把手舉高放在頭上！」

透納警探。他站在門口，手中握著槍。

大塊頭看看透納，對他比個中指之後消失，融入壁爐架。

亞麗絲靠著牆軟軟癱倒，感覺諾斯衝出她的身體，看到他化作模糊的波浪離開，恢復原本的樣貌，表情驚恐憎惡。她應該要覺得對不起他嗎？

「我知道。」亞麗絲輕聲說。「但我別無選擇。」他伸手摸摸胸前的彈孔，彷彿對他開槍的人就是她。

「快去找塔拉。」她沒好氣地說。「你拿到維持器了。」

「什麼？」透納說。他不停拍打壁爐架與下方用紅磚封起的壁爐，彷彿想找出祕密通道。

「空間移動魔法。」亞麗絲咬牙說。

諾斯再次回頭看她，然後穿過公寓的牆壁消失。劇痛突然湧上，有如以延時攝影拍攝開花，彷彿諾斯在體內能阻擋最嚴重的痛，現在他離開了，疼痛可以瞬間擠進他留下的空位。亞麗絲盡可能撐著身體站起來，透納收好槍。

透納打壁爐架一拳。「不可能。」

「就是有可能。」亞麗絲說。

「妳不懂。」透納說。他看她的眼神像剛才諾斯一樣，彷彿她做了對不起他的事。「剛才那個人是蘭斯・葛瑞生，他是這起命案的嫌疑人。不到一個小時前我還和他在一起。他在牢裡。」

是否有什麼超自然的東西深藏在紐哈芬的經緯中？還是藏在建造樓房的石材裡？難道是高大榆樹汲取水分的河流？一八一二年戰爭期間，英軍封鎖紐哈芬港，倒楣的三一教堂——還不是現在君臨綠原的歌德風殿堂——無法取得建築使用的木材。英國皇家海軍指揮官哈迪得知那批巨大樑木的用處之後，立刻准予放行，經由康乃狄克河漂流至紐哈芬。「如果說這個世界上有什麼地方需要宗教。」他說，「那絕對是紐哈芬。讓樑木通過吧！」

——引自《忘川會傳承錄》

你們認為為什麼這裡要建那麼多教堂？這座城市的男男女女本能得知：他們的街道是其他神明的家。

——忘川會日誌，艾略特・桑鐸

（布蘭福德學院，一九六九）

21
冬

透納拿出手機，亞麗絲很清楚接下來會發生什麼事。她心中有一部分很想不要管，就讓他去。她想聽見醫院機器穩定的嗶嗶聲響，想聞到消毒藥水的氣味，點滴裡摻進最強的止痛藥，讓她睡著，遠離疼痛。她快死了嗎？應該不至於。她已經死過一次了，應該很清楚。只是她覺得**快死了**。

「不要。」她沙啞地勉強說出這句話。她的喉嚨很痛，彷彿依然被蘭斯・葛瑞生的大手扼住。「不要去醫院。」

「妳這是在模仿電影嗎？」

「你要怎麼跟醫生解釋？」

「我會說發現的時候妳就這樣了。」透納說。

「好吧，那**我**要怎麼解釋？還要交代弄亂犯罪現場的事，說明我怎麼進來的。」

「妳**究竟**是怎麼進來的？」

「我不需要醫院。帶我去找道斯。」

「道斯？」

亞麗絲很生氣，透納竟然忘記了道斯的名字。「眼目。」

「去他媽的。」透納說。「你們這些怪人和奇怪的代號，還有一堆祕密和狗屁。」她看得出他的情緒從憤怒跳到恐懼又回到憤怒。他的心靈想要抹去他看到的一切。聽別人說魔法真的存在是一回事，親眼看到魔法對你比中指的感受肯定非常不一樣。

亞麗絲很好奇，忘川會告訴百夫長多少事？他們也發了同樣的那本《忘川人生》給他嗎？寫滿恐怖故事的長長卷宗？印著「**怪物真的存在**」字樣的紀念馬克杯？亞麗絲一生都活在超自然現象中，但就連她也很難接受忘川會的現實。更別說是透納了，他從小相信紐哈芬只是一座平凡的城市——**他的**城市，他的工作就是維護這座城市街頭的秩序，現在卻突然得知連最基本的規則也不適用了。

「她需要看醫生嗎？」一位婦人站在走道上，手裡拿著手機。「我聽到很大的聲響。」

透納亮出警徽。「支援已經快到了，女士。謝謝您關心。」

警徽也是一種魔法。但那位婦女依然直接問亞麗絲：「妳沒事吧，孩子？」

「我很好。」亞麗絲勉強說，即使婦人已經將手機按在胸前緩慢離去，這個穿著浴袍的陌生人依然讓亞麗絲感到一絲溫暖。

亞麗絲想抬起頭，劇痛有如鞭子揮過。「你必須帶我去有結界的地方。他們無法接觸到我的地方，懂了嗎？」

「他們？」

「對，**他們**。幽靈、邪靈、會穿牆的囚犯。這些全都是真的，透納，不只是一群大學小鬼穿上長袍裝神弄鬼。我需要你幫忙。」

最後那句話讓他清醒過來。「外面有位警員在看守，要是我直接抱妳出去，他一定會問一大堆問題——但是妳沒辦法自己走。」

「我可以。」不過呢，老天啊，她一點也不想走。「我的口袋裡有個裝了滴管的小瓶子，幫我拿出來。」

他搖頭，但還是伸手從亞麗絲的口袋取出。「這是什麼？」

「顛茄魔藥。滴兩滴到我的眼睛裡。」

「毒品？」透納問。

「藥物。」

可想而知，這樣他就安心了。童子軍透納。

第一滴藥水進入眼睛，她立刻知道自己計算錯誤。她立刻感覺到精力充沛，準備出發、行動，但顛茄魔藥無法減輕疼痛，反而讓她更清楚感受到痛。她感覺到斷掉的骨頭壓到不該壓的地方，血管爆裂，毛細血管破裂、腫脹。

藥水告訴她的大腦一切平安，她什麼都能做到，只要她想讓傷口癒合，隨時都可以。但疼痛慌亂尖叫，敲打她的意識，有如用拳頭打玻璃。她感覺到精神開始碎裂，有如不該破掉的擋風玻璃出現裂痕。她被人說是瘋子的次數多到數不清，有時候連她也相信自己瘋了，但這是她第一次真正**感覺**失去理性。

她的心臟狂跳。**我會死在這裡**。

沒事。多少個黑暗深夜、漫長午後，她對多少人說過這句話，他們抽太多大麻、吞太多藥丸、吸太多白粉。**深呼吸就好**。**沒事啦**。**沒事**。

「在第爾頓街會合。」她對透納說，然後勉強站起來。他好美。顛茄魔藥有如夏末陽光，點亮他的棕色肌膚。光線在他的小平頭上閃耀。**這玩意才不是什麼藥物咧**。斷裂的肋骨移動，引發尖銳痛楚。

「這樣做不太好吧？」他說。

「這是我唯一的辦法了。快去吧。」

透納無奈嘆息之後離開。

亞麗絲過度活躍的頭腦已經規畫好一條路了，從後面爬出去，走搖搖晃晃的防火梯下樓。她發熱的肌膚接觸到冰涼潮濕的空氣。老舊灰色木板上的每條紋路她都看得清清楚楚，臉頰冒出汗水，一接觸冬季寒風立刻變冷。看來又要下雪了。

她走下狹窄的樓梯。**直接跳下去**嘛，讓身體系統燃燒的魔藥說。

「拜託閉嘴。」亞麗絲喘息。

所有東西感覺都蒙上一層平滑銀白的光澤，有如塗上亮光漆。她強迫自己用走的，不要跑。她的骨頭互相摩擦，有如小提琴弓摩擦琴弦。塔拉家後面的柏油路閃閃發光，垃圾與尿的臭味非常濃，有如可以撥開的濃霧，感覺像在划水。她走過兩排連棟房屋，抵達第爾頓街。沒多久，一輛藍色道奇Charger車繞過街角減速。透納下車，打開後車門，讓亞麗絲坐進後座。

「去哪？」

「權杖居，橘街上的那棟大房子。」

躺下不動幾乎更痛苦。她沉沉躺在透納的真皮坐椅上，嗅著新車的氣味，只能想著一波波來襲的疼痛。她望著車窗外的一角藍天與掠過的屋簷，努力在腦中描繪前往權杖居的路。還有多久？道斯一定在。道斯永遠在，但她知道怎麼救她嗎？**我的工作就是要知道**。

「眼目沒有接電話。」透納說。道斯去上課了嗎？還是在藏書室？「剛才我看到的究竟是怎麼回事？」他問。

「我說過了，空間移動魔法。」她的語氣充滿自信，雖然其實她也不確定。她以為傳送門是用在長途旅行或進入有保全的建築，而不是在打架的時候突襲對手。「傳送門是捲軸鑰匙會的魔法。我認為塔拉與蘭斯可能透過柯林・卡崔和他們搭上線。還有塔拉的刺青。」

「哪一個？」

「**寧死勿疑**。出自《國王之歌》。」她有種奇怪的感覺，好像搶走了達令頓的角色。這是否表示現在他在扮演她的角色？老天，她討厭嗨成這樣。「蘭斯揍我的時候說了些奇怪的話，他問我是誰殺死塔拉。凶手不是他。」

「妳該不會忘記他是罪犯了吧？」

亞麗絲想搖頭，卻痛得不敢動。「他不是隨便胡說。」剛才被襲擊造成的驚慌與恐懼讓她以為又有人盯上她，就像之前使靈那樣。但現在她的想法不一樣了。「他在質問我。他以為我是非法闖入。」

「妳確實是非法闖入。」

「他去那裡不是因為我，他回家是為了其他目的。」

「說到這裡，我不是三申五令禁止妳接近——」

「你想找出答案，還是想繼續嘮叨？蘭斯・葛瑞生沒有殺死塔拉。你抓錯人了。」

透納沒有說話，亞麗絲輕聲笑了一下，可惜製造出的效果不值得她忍痛。「我懂。如果不是你瘋了，那就是我瘋了，我瘋比你瘋好多了。透納，我要告訴你一個壞消息。我們兩個都沒瘋。有人希望你相信蘭斯是凶手。」

「但妳認為他不是。」他沉默許久。亞麗絲聽到轉彎時車子發出的滴答聲響，與她的心跳節奏一致。終於，透納說：「我確認過妳說的那些祕密社團成員案發當時的行蹤。」

原來他調查過了。他太傑出，不可能放過線索。即使是來自忘川會。「結果呢？」

「我們已經知道無法確認崔普・海穆斯的行蹤，因為整個晚上都沒有人看到他。凱蒂・麥斯特宣稱她在會墓待到凌晨三點多。」

車子使過減速丘，亞麗絲悶哼。說話會痛，但也能讓她不去想有多痛。「他們的所有會員應該都在。」她好不容易發出聲音。「那天是星期四。聚會的夜晚。」

「從她的說辭判斷，他們好像狂歡到很晚。那棟建築很大，就算她離開又回來也不會有人發現。」

而且手稿會距離現場只有幾個路口。凱蒂會不會偷溜出去，用法術偽裝成蘭斯去和塔拉見面？會不會是什麼奇怪的遊戲？嗑藥之後失手？凱蒂是否有意殺害塔拉？說不定這一切只是亞麗絲想太多？

「捲軸鑰匙會那個小鬼，柯林・卡崔，妳對他有多少瞭解？」

「他還不錯。」亞麗絲有點驚訝自己竟然會這麼說。「他很和氣，而且像你一樣打扮十分稱頭，只是比較歐洲風。」

「真有用的情報。」

亞麗絲搜索記憶。顛茄魔藥讓她能夠輕易想起捲軸鑰匙會精緻的裝潢、地磚的圖案。通往布達佩斯的傳送門失敗那次，柯林看到她的時候開心揮手，彷彿他們是在兄弟會派對上巧遇。「達令頓說過，柯林非常聰明、非常優秀，雖然還是大學生，但已經在做研究所等級的化學實驗。明年他好像要去很厲害的地方，印象中應該是史丹佛大學。」

「上星期四他沒有去捲軸鑰匙會。他去一位教授家的派對幫忙，貝什麼來著。法國名字。」

她好想笑。「不是派對，是沙龍。」柯林去了貝爾邦的沙龍。亞麗絲說好要去參加下一場……是明天嗎？不，今晚。她的夢幻暑假打工，在寧靜的教授辦公室幫盆栽澆水，此刻感覺變得無比遙遠。不過，那天柯林**真的**去了沙龍嗎？說不定他偷溜出去。亞麗絲希望不是這樣。貝爾邦的世界，她的辛辣香水、溫和交談，感覺有如避風港，或許她沒資格得到這份大禮，但她絕對不會推辭。她不希望那個美好的暑假沾染這團亂。

亞麗絲感覺意識逐漸飄散，顛茄魔藥帶來的燦爛輝煌慢慢消退。她聽到嗶嗶聲響，感覺太大聲，透納拿起對講機說話，解釋蘭斯與塔拉的公寓為何會變得一團亂。有人跑進去找毒品。他徒步追趕，但最後追丟了。透納含糊形容嫌犯，看不清性別，身上的連帽大衣可能是深藍，也可能是黑色。

亞麗絲沒想到他竟然會撒謊，不過她知道他並非為她掩護。他只是不知道該如何說明蘭斯出現和他目睹魔法的事。

最後，透納說：「快到綠原了。」

亞麗絲強迫自己坐起來，告訴他該怎麼走。世界感覺一片紅，彷彿連接觸身體的空氣都想傷害她。

當權杖居的深色磚塊與彩繪玻璃出現在眼前，她說：「開進巷子。」起居室的窗戶透出燈光，**道斯，妳一定要在呀**。「停在後面。」

車子熄火時，亞麗絲閉上眼睛，輕聲嘆息。她聽見透納關上車門，然後來扶她下車。

「鑰匙。」他說。

「沒有鑰匙。」

透納轉動門把的時候，她有點擔心，不確定房子會不會讓他進去。不過或許有她在就夠了，也可能是房子認出百夫長，總之門開了。

她進去時，權杖居發出擔憂的嘎嘎聲響，水晶燈叮咚敲擊。別人或許會以為是因為卡車經過，但亞麗絲感覺到房子的憂慮，她不禁哽咽。或許權杖居只是不高興有那麼多鮮血與創傷進入，但亞麗絲想要相信，這棟房子不喜歡看到自己人受苦受難。

道斯躺在起居室地毯上，身穿過大的運動衫，戴著耳機。

「嗨。」透納說，她沒有反應，於是他重複，「嗨！」

道斯嚇得跳起來，感覺有如看著米色大兔子活過來。她神情錯愕，看到透納和亞麗絲出現在起居室，她緊張地後退幾步。

「她是種族主義者還是生性神經質？」透納問。

「我不是種族主義者！」道斯說。

「道斯，所有人都是種族主義者。」亞麗絲說。「妳到底怎麼念完大學的？」

透納將亞麗絲拖到明亮的地方，道斯張大嘴。「噢，我的天。**噢，我的天**。怎麼會這樣？」

「說來話長。」亞麗絲說。「妳能治好我嗎？」

「妳應該去醫院。」道斯說。「我從來沒有——」
「不行。」亞麗絲說。「我不要離開結界。」
「是什麼東西幹的？」
「一個塊頭非常大的男人。」
「那——」
「他會穿牆。」
「噢。」她抿起嘴，然後說：「透納警探，我……可以麻煩你——」
「妳需要什麼？」
「羊奶。榆樹城超市應該有。」
「要多少？」
「他們有多少就買多少。剩下的就交給坩堝。亞麗絲，妳能上樓嗎？」
亞麗絲瞥樓梯一眼。她不確定能不能上得去。
透納遲疑了一下。「我可以——」
「不。」亞麗絲說。「我和道斯會想辦法。」
「好吧。」他說，已經轉身往後門走去。「算妳走運，這個爛城市變高檔了。要是像以前那樣只有廉價超市，進去說要買羊奶只會被笑吧。」

＊

「妳應該讓他抱妳。」道斯抱怨，她們慢吞吞往二樓前進。

亞麗絲的身體抗拒每一步。「現在他覺得很內疚，因為當初沒有聽我的話。我不能讓他這麼輕易做出補償。」

「為什麼？」

「因為他心裡越是過意不去，越會願意幫我們。相信我。透納不喜歡犯錯的感覺。」再一步，又一步。為什麼這裡沒有電梯？充滿嗎啡的魔法電梯。「說明一下捲軸鑰匙會的狀況。他們的魔法不是衰退了嗎？我和達令頓一起去監督的那次，他們根本無法開啟通往東歐的傳送門。」

「他們最近幾年都不太順，無法取得魔法能量。忘川會認為可能是因為空間移動魔法破壞性太強，以致於侵蝕了會墓底下的能量節點。」

也可能鑰匙會的人只是在騙人，故意裝出魔力減弱的樣子。為什麼？為了偷偷進行儀式，不受忘川會干預？還是說儀式本身就有不可告人之處？柯林・卡崔與塔拉搭上線，是否與這件事有關？崔普只是說塔拉提到過柯林一次。事情肯定沒這麼簡單，那個刺青不是巧合。

道斯扶亞麗絲去到庫房，讓她靠在亥倫坩堝上。坩堝彷彿在微微震動，亞麗絲的皮膚接觸金屬，感覺冰涼。她從來沒用過大金碗，只看過達令頓用來調製靈視魔藥。他的態度愛恨交織，就像毒蟲看待毒品一樣。

「去醫院會比較安全。」道斯說，打開大櫥櫃的幾個抽屜翻找，然後再一一關上。

「拜託，道斯。」亞麗絲說。「妳連蜘蛛蛋都給我喝了。」

「狀況不一樣。那是專門用來治療特定魔法傷害的方法。」

「妳把我壓進水裡溺死都不手軟了，現在只是要幫我治療，這有多難？」

「那時候我是逼不得已。而且沒有專精醫療魔法的社團。」

「為什麼？」如果她繼續講話，說不定身體就不會輕易放棄。「感覺很有賺頭啊。」

道斯不悅蹙眉──那種「學習的目的就是學習」的表情──令她因為想起達令頓而心痛。事實上，她此刻做的所有事都會造成疼痛。

「醫療魔法很亂。」道斯說。「這是外行人最常使用的魔法，如此一來，魔力會更加分散，而不是集中在節點。企圖追求永生更是絕對禁止的行為。更何況，我無法得知妳究竟哪裡有狀況。我不能拍X光片，然後施法讓斷掉的骨頭癒合。說不定妳有內出血，但我無法得知。」

「妳會想出辦法。」

「我們先試試逆轉術。」道斯說。「我可以讓妳回到……一個小時夠了嗎？兩個小時？希望羊奶夠多。」

「難道……妳要回到過去？」

道斯一手按著抽屜停止翻找。「妳在開玩笑吧？」

「當然囉。」亞麗絲急忙說。

「我只是要讓妳的身體回到之前的模樣。消除傷害。這種方法比製造新的血肉骨頭簡單多了。這其實是一種傳送魔法，所以別忘了感謝捲軸鑰匙會。」

「我會寄感謝函給他們。最長可以回到多久以前？」

「不太久。我們的魔力不夠，人手也不夠。」

消除傷害。帶我回到過去。讓我成為從來沒有受過傷害的人。能逆轉多久就多久。讓我變成全新的人。沒有瘀血。沒有傷疤。她想起盒子裡的蛾。她想念她的刺青，以前的衣服。她想念和海莉一起坐在陽光下。她想念媽媽家的沙發，溫柔老舊的弧度。亞麗絲說不出她究竟想念什麼，只知道她渴望著一種她從來沒有做過的事、沒有成為的人。

她伸手撫摸坩堝。**這個東西能讓我變成新的人嗎？讓我再也不必看見幽靈或灰影，或他們給予的其他稱呼？**現在她真的希望這樣嗎？

亞麗絲想起貝爾邦問她想要什麼。安全。有機會成為正常人。那一刻她想到的只有這些——貝爾邦寧靜的辦公室、窗臺上茂盛的香草、精緻杯組，而不是被開除時帶走的缺口馬克杯，或行銷贈送的便宜貨。她想要從窗戶灑入的陽光，她想要平靜。

騙人。

平靜就像吸毒，效果無法持久。只是幻覺，只要一被打斷，就會永遠失去。只有兩種東西能讓人永保平安：金錢與力量。

亞麗絲沒有錢，但她有力量。一直以來，她害怕這份力量，不敢直視那個鮮血淋漓的夜晚。害怕會感到後悔或羞恥，害怕得要再次向海莉道別。然而，當她終於回顧那一夜，允許自己回想，她發現了什麼？唉，或許她的內心真的損壞乾枯了，因為她只感到一種深刻的鎮定，知道自己能做出怎樣的事。

她一生都無法擺脫灰影糾纏，甚至害她的人生天翻地覆，但經過這麼多年的折磨，他們終於給予一點回報。她受到虧欠，現在她要利用這份力量，甚至利用諾斯在身體裡的奇怪感受。蘭斯驚訝的表情讓她感覺很痛快，里恩也是，貝恰也是。**你們以為很瞭解我。快看看我的真實面貌吧。**

「妳得脫掉衣服。」道斯說。

亞麗絲解開牛仔褲鈕釦，努力勾住褲腰。因為疼痛，她的動作非常慢。「我需要妳幫忙。」

道斯不太情願地離開櫥櫃，過來幫忙亞麗絲脫掉牛仔褲。但是褲子拉到腳踝時，道斯才發現應該先脫掉靴子才對，於是亞麗絲穿著內褲站在那裡，讓道斯幫忙解開她的鞋帶、拔掉靴子。

她站起來，視線從亞麗絲瘀血的臉跳向她髖部的雙蛇刺青，以前她的鎖骨上有一模一樣的兩條蛇。海莉說她心裡藏著一條響尾蛇，所以她刺了這個圖案。里恩想要在廚房幫她刺青。他從網路上買了刺青機和墨水，堅持說消毒過了。但亞麗絲不信任他，也不信任他們骯髒的公寓，更不想讓他在她身上留下無法去除的痕跡，至少不能留在皮膚上。

「妳可以把雙手舉高嗎？」道斯問，有點臉紅。

「呃呃。」亞麗絲悶哼。就連說出完整的字都很痛苦。

「我去拿剪刀。」

不久之後，她聽到剪刀聲響，感覺上衣被剝除。因為血快乾了，所以有點黏住。

「別擔心。」道斯說。「進入坩堝之後就會舒服很多。」

亞麗絲發現自己哭了。她差點被掐死、真的被溺死、挨揍，又差點被掐死，但現在她才哭——為了一件上衣。那是她來耶魯之前在Target百貨買的。布料柔軟、尺寸合身。她沒有太多新買的東西。

亞麗絲感覺頭很重。她好想閉上眼睛休息一分鐘，一整天。

她聽見道斯說：「對不起，我沒辦法把妳放進去。得請透納幫忙。」

他已經從超市回來了?她沒有聽見他進來的聲音。她一定是昏過去了。

有個柔軟的東西接觸到亞麗絲的肌膚，她領悟到是道斯用床單將她包起來——淺藍色，但丁房間裡的床單。**我的房間**。感謝道斯。

「她身上那個該不會是殮衣吧？」透納的聲音。

亞麗絲強迫自己睜開眼睛，看到透納和道斯忙著將一盒盒羊奶倒進坩堝。透納的頭像探照燈一樣不停來回轉動，觀察二樓各種奇怪的東西。亞麗絲以權杖居為榮，這裡有裝滿珍奇物品的櫥櫃，中央放著奇特的黃金浴缸。

她很想勇敢咬牙撐過痛楚，但透納抱起她時，她依然忍不住慘叫。下一瞬間，她沉到清涼的液體中，床單鬆開，鮮血形成粉紅線條染紅羊奶。感覺很像草莓聖代，附上木湯匙的那種。

「不要碰到羊奶！」道斯大喊。

「我只是擔心她會溺死！」透納大喊回去。他雙手撐著她的頭。

「我沒事。」亞麗絲說。「讓我沉下去。」

「妳們兩個都瘋了。」透納說，但她感覺到他鬆手。

亞麗絲感覺自己沉到水面下。清涼的羊奶彷彿直接滲入肌膚，覆蓋疼痛。她盡可能憋氣。她想待在水底，感受羊奶像繭一樣包覆她。但最後她還是踩著坩堝底部一推，重新回到水面上。

她一出來，道斯與透納同時對她大吼。她一定待在底下太久了。

「我沒有溺死。」她說。「我很好。」

她確實很好。雖然還是會痛，但已經減輕很多，她的思緒清晰多了——羊奶也不一樣了，變得比較清澈，也比較稀。

透納的表情好像快嘔吐了，亞麗絲大概知道為什麼。魔法會讓人頭昏眼花。看到一個重傷垂死的女生被放進浴缸，幾秒之後出來時變得健康完整，這對他而言，應該就像暈車的人終於在這個彎道憋不住了。

「我要回局裡去。」他說。「我——」

他轉身走出去。

「道斯，他好像不喜歡我們。」

「沒關係。」道斯撿起亞麗絲染血的衣物。「我們的朋友已經有點嫌多了。」

*

道斯去幫亞麗絲準備餐點，她說逆轉過程一旦完成，她會非常餓。「我不在的時候小心別溺死。」她說，離開庫房之後沒有關上門。

亞麗絲躺回坩堝裡，感受身體的變化，痛楚逐漸流失，某個東西——可能是羊奶，也可能是道斯施法之後產生的東西——充滿她的身體。她聽見老舊的音響系統傳出音樂，但雜音太重，很難分辨曲調。

她再次把頭放到水面下。這裡很安靜，她睜開眼睛，感覺好像身在濃霧中，看著最後一絲羊奶與魔法消失。一個慘白的形狀出現在眼前，逐漸清晰。是一張臉。

亞麗絲倒抽一口氣，被水嗆到。她急忙離開水面，不停嗆咳，雙手抱胸遮羞。鬼新郎的倒影在水面上看著她。

「你怎麼會出現在這裡？」她說。「明明有結界——」

「我說過。」他的倒影回答，「只要有任何水體，我們就能溝通。水是傳送的要素與媒介。」

「難道以後你要和我一起洗澡？」

諾斯冰冷的表情沒有變化。她在倒影中看到他身後的黑暗河岸，感覺和她第一次去的時候不一樣，她想起道斯說過，每種信仰都有不同的冥府疆界。這次看到的肯定不是埃及——至少不是上次她去到尼羅河中央的那個埃及。但亞麗絲可以看到岸上的黑影，像人類，也不像人類。她很慶幸他們無法跟來這裡。

「在塔拉家妳對我做了什麼？」諾斯說。他的語氣比平常更高傲，口音更冷冽。

「我不知道該怎麼告訴你。」亞麗絲說，因為這個解釋感覺最真實。「當時我來不及先取得你的許可。」

「可是妳**到底**做了什麼？怎麼做到的？」

留在我身邊。

「其實我也不清楚。」她完全不懂是怎麼回事，不懂這種能力來自何方。為什麼她能看見別人看不見的東西？是否深藏在她的血緣中？來自素未謀面的生父？還是外婆的骨肉？灰影從來不敢靠近愛絲翠雅・史坦的家，外婆的窗前總是點著蠟燭。如果外婆長壽一點，是否能找到辦法保護亞麗絲？

「我借給妳我的力量。」諾斯說。

不對，亞麗絲想，**是我搶走的**。但要是說出來，諾斯恐怕不會太高興。

「我知道妳對那些人做了什麼。」諾斯說。「妳讓我進去的時候，我看到了。」

亞麗絲哆嗦。羊奶浴注入體內的溫暖，無法抵擋想到灰影窺探她記憶的惡寒。鬼新郎還看到了什麼？**無所謂**。諾斯和達令頓不一樣，無法將她的祕密公諸於世。無論他穿透多少層界幕，他依然被死亡所束縛。

「銀河．史坦，妳在界幕的這一邊有很多敵人。」他接著說。「里納德．畢肯、米契爾．貝茲、艾瑞奧．赫羅。妳把好幾個人送來黑暗的河岸。」

丹尼爾．阿令頓。

但他說過，達令頓不在彼岸。鬼新郎身後的黑影喃喃低語，和她在尼羅河中央聽到的一樣。**尚恩．杜蒙**。**強納森．孟特**。甚至可能不是人名。音節感覺很奇怪、不對勁，彷彿發自於不該說人類語言的嘴。

海莉呢？她在那裡過得好嗎？她有沒有躲開里恩？還是說他們在彼岸又互相遇見，繼續在那裡製造悲哀？

「嗯，是啦，我在這邊也有很多敵人。有時間去找我的舊朋友，你該認真找塔拉才對吧？」

「妳為什麼沒有去找達令頓的筆記本？」

「我很忙。反正你哪裡也去不了。」

「妳可真是善辯，自信滿滿呢。曾幾何時，我也有同樣的信心，但是被時間奪走了。時間終究會奪走一切，史坦小姐。但我不必去找妳的朋友。妳在塔拉．哈欽司家對我做了那件事之後，他們自己來找我。他們在我身上聞到妳的力量，就像沾染煙味一樣。妳加深了我們之間的連結。」

這下可好，她最不樂見的狀況發生了。「快去找到塔拉就對了。」

「我原本希望那個噁心的東西會吸引她來找我。但她死得太慘，很可能躲起來療傷了。對於剛過世的人而言，彼岸是個很不愉快的地方。」

亞麗絲沒有想到這一層。她以為一旦去到彼岸，自然能夠理解。無縫接軌。她再次望著水面上鬼新郎搖晃的倒影，以及她身後那些像是怪物的黑影，她哆嗦。

海莉如何去到那個世界？她的死法……呃，相較於塔拉、里恩、貝恰、艾瑞奧，她的死法還算相當平和。

但依然是死亡，依然是英年早逝。

「找到她。」亞麗絲說。「找到塔拉，這樣我才能知道是誰殺死她，讓透納把他抓去關，免得他接著來殺我。」

諾斯蹙眉。「我不認為那位警探適合參與這次調查。」

亞麗絲往後靠在坩堝的弧形壁上。她想出去了，但不確定該怎麼做。「不習慣看到黑人配戴警徽？」

「史坦小姐，這一百多年來，我並沒有整天躲在墳墓裡。我知道世界改變了。」

他的墳墓。「你葬在哪裡？」

「我的遺骨在長青墓園。」他冷笑。「那裡已經變成熱門景點了。」

「黛西呢？」

「她的家人將她葬在果林街的家族陵墓。」

「所以你才經常在那裡瞎晃。」

「那不是瞎晃。我是去致敬。」

「你去那裡，是因為希望她看見你懺悔之後會原諒你。」

諾斯生氣的時候臉會改變，感覺比較不像人類。「我沒有傷害黛西。」

「哎唷，脾氣真壞。」亞麗絲低聲說，但她不想繼續刺激他。她需要他，因此必須示好求和。

「對不起，在塔拉家我不該那麼做。」

「才怪，妳根本不覺得抱歉。」

枉費她想要求和。「沒錯，我不覺得。」

諾斯轉過頭，他的側臉彷彿硬幣上的人像。「其實那樣的體驗也不算太惡劣。」

這下她真的感到意外了。「是嗎？」

「其實……我已經忘記了在身體裡的感覺。」

亞麗絲思考片刻。她不該繼續加深連結，但既然他進入她體內時，可以看到她的記憶，說不定她也能看到他的。之前因為驚慌打鬥，她沒有餘裕。「如果你想再進來也可以。」

他猶豫了。為什麼？因為這種行為感覺太親密？還是因為他想隱瞞什麼？

道斯匆匆忙忙進來，手中的托盤堆滿食物。她把托盤放在地圖櫃上。「我簡單弄了一些東西。馬鈴薯泥、起司通心麵、番茄湯、生菜沙拉。」

香味一飄過來，亞麗絲的肚子立刻開始大聲叫，口水直流。「感謝老天有妳在，道斯。我可以出去了嗎？」

道斯看看坩堝裡。「好像完全透明了。」

「如果妳要吃東西的話，那我要留下來。」諾斯說。他的語氣很平常，但倒影中的眼神充滿渴望。

道斯遞給亞麗絲一條毛巾，扶她爬出坩堝，她的動作很笨拙。

「可以出去一下嗎？」

道斯瞇起眼睛。「妳要做什麼？」

「沒什麼，只是吃東西。假使妳……聽到奇怪的聲音，不用敲門，直接進來。」

「我會在樓下。」道斯警戒地說，出去之後關上門。

亞麗絲靠在坩堝上。諾斯在水面等候。

「要進來嗎？」她問。

「把手伸進水裡。」他輕聲說，彷彿要求她寬衣解帶。不過，當然啦，她已經脫光了。

她把手伸到水中。

「我不是殺人犯。」諾斯說，將手伸向她。

她微笑，握住他的手。「當然囉。」她說。「我也不是。」

*

她站在窗前往外看。她感到很興奮，一種前所未有的得意與安適。世界屬於她。這家工廠非常現代化，遠勝過布魯斯特和胡克的工廠。眼前的城市，還有身邊的女人。

黛西。她美極了，臉龐細緻秀麗，鬈髮輕觸連身裙的高領，嫩白小手藏在狐皮手筒裡。她是紐哈芬第一美女，甚至在整個康乃狄克州也是豔冠群芳，而她屬於他。屬於她。**屬於我**。

黛西轉向他，深色眼眸閃耀淘氣。她有時感覺太聰明，讓他很緊張。雖然這項特質不太淑女，但他知道這就是她與榆樹市其他名媛的不同之處。或許她的容貌並非真正完美。她的鼻子略嫌太尖，嘴唇過薄——但她說出的話多麼精彩，風趣機智，偶爾使點小壞。她的身段與慧黠笑容都毫無缺陷。她比他認識的所有人更活力四射。

這些評價在他腦中一閃而過。他總是忍不住細數她的優點，因為這些想法讓他感到高人一等、心滿意足。

「小柏，你在想什麼？」她以嬉戲的語氣問，悄悄靠近他。只有她會這樣稱呼他。她的女僕也一起來了，因為這樣才合乎禮教。但格拉迪絲剛才沒有跟進來，現在他透過窗戶看到她往綠原走去，軟帽拿在手中，緞帶隨風飄逸，她隨手摘下一枝山茱萸。他幾乎沒有和格拉迪絲講過話，但以後他會更用心。僕役什麼都知道，而這個女僕更是最親近他未婚妻的人。

他轉身背對窗戶看著黛西，新辦公室裡光亮的木質裝潢襯托下，她感覺有如白瓷般溫潤光亮。他的辦公桌與全新的保險箱都是為了新辦公室特別訂製的。環境非常舒適，他已經好幾次在這裡工作到深夜。「當然是在想妳囉。」

她拍拍他的手臂，靠得更近。她的步態有種搖曳生姿的感覺，換作其他女人一定會顯得下流，但黛西不一樣。

「你不用再甜言蜜語了。」她舉起左手，動動手指，翡翠戒指熠熠生輝。「我已經答應要嫁給你了。」

他在半空中握住她的手，將她拉過去。她的眼眸中閃耀著一種感覺，是什麼呢？慾望？擔憂？有時候她很難解讀。掛在壁爐架上方的鏡子映出他們的身影，那畫面令他激動。

「婚禮結束之後，我們去波士頓吧。我們可以駕車沿著緬因河旅遊，蜜月就這樣吧。我不想坐那麼久的船。」

她只是揚起一道眉毛微笑。「小柏，我們約好要去巴黎。」

「為什麼？我們有很多時間可以慢慢欣賞這個世界。」

「你有很多時間。但我婚後就會生下你的孩子，成為媽媽，也要以女主人的身分款待你的生意伙伴。不過蜜月這段時間……」她踮起腳尖，幾乎貼上他的嘴唇，她的體溫幾乎可以觸及，她握住他的手臂。「我可以單純做個第一次去巴黎的女生，我們可以單純做一對情侶。」

這個詞帶來的震撼有如重槌。

「那就去巴黎吧。」他笑著說，吻她一下。這並非他們第一次接吻，但和黛西在一起，每個吻感覺都有新意。

樓梯發出嘎嘎聲響，然後是一陣腳步聲，好像有人蹣跚走來。

黛西退開。「格拉迪絲真的很不會選時間。」

但隔著黛西的肩膀，諾斯看到格拉迪絲依然在綠原悠閒漫步，在山茱萸的襯托下，軟帽白得發亮。

他轉身，看到——什麼都沒有，沒有人，門口空空如也。黛西驚愕地倒抽一口氣。

他的視線變得模糊，一個黑點逐漸擴大，有如角落被燒到的紙張，漸漸侵蝕邊緣。諾斯驚呼，一種像劇痛、也像烈火的感覺刺穿他的頭顱。有一個聲音說：**他們把我切開。他們想看我的靈魂。**

「黛西？」他驚呼。那些話說得又急又亂。他躺在手術室裡。幾個人圍著他——都還只是半大男孩。

不對勁，其中一個說。

快結束！另一個大喊。

他往下看。他的腹部被切開。他能看到，噢，老天，他能看到自己，他的內臟，器官的血肉，有如放在肉鋪櫥窗的下水。其中一個男孩伸手進去翻。**他們把我切開**。

他尖叫，彎下腰。他抱住腹部。他完整無缺。

他在一個陌生的房間，好像是辦公室，到處都是亮晶晶的木頭。氣味很新。陽光太耀眼，他的眼睛很痛。但他還沒逃離那些男孩，他還沒有得到安全。他們會追來這裡。他們想殺死他。他原本待在火車維修場那個舒服的好地方，他們把他抓走。他們說要給他錢。他知道他們想要找樂子，但想不到會這樣，想不到。他們切開他。他們想搶走他的靈魂。

他不能讓他們把他抓回那個冰冷的房間。這裡有可以防身的東西。他要找出來。他伸手打開辦公桌抽屜。感覺好遙遠，好像他的手變短了。

「小柏？」

那不是他的名字。他們企圖把他搞糊塗。他低頭往下看，發現手中有個黑色的東西。像是影子，但很有分量。他知道這個東西的名字，努力在腦中擠出那個字。

他拿著的東西是槍，旁邊的女人在尖叫。她哀求。但她不是女人，她是可怕的怪物。他看到夜晚凝聚環繞著她。那些男孩派她來抓他回去，他們要再次切開他。

閃電竄過，但天空依然碧藍。黛西。他應該要保護她。她在地上爬。她在哭。她想逃走。那裡，有個怪物在壁爐架上方注視著他，慘白的臉上滿是驚恐與憤怒。他們要來抓他，他必須阻止。只有一個辦法。他必須讓他們玩不下去。他反轉手中的黑影，按在肚子上。

另一道閃電。暴風雨什麼時候來的？

他低頭，看到胸口裂開。他成功了。現在他們不能把他切開。他們不能偷走他的靈魂。他倒在地上。他看到陽光透過百葉窗形成交錯線條，一隻甲蟲爬過滿是灰塵的地板。黛西——他認識她——躺在他身邊，一動也不動，臉頰漸漸失去紅潤，淘氣活潑的眼眸變得冰冷。

22
冬

亞麗絲搖搖晃晃後退，差點撞翻道斯放在桌上的托盤。她抓住胸口，以為會出現一個大洞。她嘴裡塞滿食物，這才意識到剛才她經歷諾斯死亡的過程時，她的身體站在托盤前大口猛吃起司通心麵。她依然能感覺到他在體內，對發生的事一無所知，沉迷於一百多年來第一次吃東西的快感。她用上所有意志力將他推出去，重新關緊讓他進入的縫隙。

她吐掉通心麵，大口喘氣，蹣跚走到坩堝邊。水面上只有她自己的倒影。她拍拍水面，看著漣漪擴散。

「你殺了她。」她小聲說。「我看到你殺死她。我親自感受到了。」

但說出這些話的同時，她也知道那一刻行凶的人並非諾斯。有其他人進入他的身體。

亞麗絲跌跌撞撞走到樓下的但丁臥房，拿出一套忘川會運動服穿上。之前肋骨斷掉的地方依然殘留著痠痛，這是她挨過那場痛揍唯一的證明。但她覺得好累。每一天都感覺像一年，她不確定是因為身體的傷痛，還是因為過量接觸魔法與幽靈所導致。

午後陽光透過彩繪玻璃灑落，在光亮的地磚上映出藍色與黃色圖形。乾脆今晚留在這裡睡好了，雖然明天得穿運動服去上課。她真的快沒衣服穿了。一次次死裡逃生毀了太多件衣服。

大臥房附設的浴室有兩個立柱式洗手臺，還有一個很深的四腳浴缸，她從來沒用過。達令頓用過嗎？她很難想像他躺在滿是泡泡的浴缸裡放鬆。

她開水龍頭用手捧水喝，但一入口馬上吐掉。亞麗絲往後一縮——水是粉紅色的，漂著一些奇怪的渣渣。她急忙塞住出水口以免流掉。

眼前這是諾斯的血。絕不會錯。是他一百多年前死去時吞下的血。

還有歐芹。

一點點碎屑。

她想起麥克・雷耶斯無意識躺在手術臺上，骷髏會員圍著他。**白鴿的心臟可以讓占卜結果更清晰，天竺葵的根，以及各種苦味香草**。這是進行臟卜前為媒介預作準備的食物。

那天在工廠，諾斯體內有另外一個人——那個人被骷髏會抓去用作臟卜的媒介，那時代還沒有忘川會負責監督。**他們把我切開。他們想看我的靈魂**。他們任由他死去，她十分確定。一個無名的流浪漢，消失了也沒人會覺得奇怪。**再無死遊。再也不會有死遊民**。她在《忘川會傳承錄》看到的那句話。第九會老男孩之間的笑話。之前亞麗絲還不太相信，儘管她親眼看到麥克・雷耶斯被放在手術臺上切開。她應該去探望他，確認他平安無事。

亞麗絲放掉洗手臺的水。她再次漱口，用乾淨毛巾包起濕答答的頭髮，然後坐在窗邊的古董小書桌前。

骷髏會成立於一八三二年。二十年後才建造會墓，儘管如此，並不表示他們之前沒有舉行過儀式。那個時代還沒有人監督祕密社團，她記得達令頓說過，舉行儀式時魔法會流竄出去。會不會是早期的臟卜出了錯？會不會是灰影干擾儀式，以致於媒介的靈魂胡亂飛出去？會不會是那個靈魂找到諾斯？他似乎甚至不知道他拿的東西是槍——**我手中的黑影**。

驚恐的媒介進入諾斯，諾斯進入亞麗絲。他們就像超自然俄羅斯娃娃。幽靈特別選了諾斯的身體作為逃脫方式嗎？還是說他和黛西只是剛好倒楣，兩個無辜的人被他們無法理解的力量所害？達令頓在調查的就是這件事嗎？流竄的魔法造成諾斯與惠洛克兩人喪生的命案？

亞麗絲去三樓。她很少來這裡，但她只弄錯一次就找到了味吉爾的房間。位置就在但丁臥房的正上方，但更加奢華。亞麗絲猜想，假使她在忘川會和耶魯撐過三年，有一天這裡也會成為她的房間。

她走到書桌前一一打開抽屜，找到一本筆記本，裡面只有幾行詩句，一些印著忘川會獵犬圖案的信封信紙，除此之外就沒有什麼了。

桌上放著一本統計學課本。是他們去羅森菲爾館那天晚上，達令頓留下的嗎？

亞麗絲赤腳回到樓下，去到看守藏書室的書架前。她抽出阿貝馬雷之書。書頁飄出馬匹的氣味，傳來馬蹄踏在石板路上的聲音，以及一小段希伯來文——那是她搜尋泥靈留下的印象。達令頓經常使用藏書室，紀錄中有好幾排他寫的搜尋關鍵字，但大多是關於紐哈芬。他沉迷於研究這座城市——製造業歷史、土地契約、城市規畫。也有幾筆道斯的搜尋，全都關於塔羅牌與古代密教，就連桑鐸也留下了幾筆。她終於找到了，秋季學期剛開始的時候，達令頓潦草的筆跡寫下兩個名字：柏川・博伊司・諾斯與黛西・惠洛克。鬼新郎說得沒錯，達令頓確實在調查他的案件。但他的筆記本去了哪裡？該不會放在背包裡，那天晚上在羅森菲爾館一起消失了吧？

「達令頓，你在哪裡？」她低語。**你能原諒我嗎？**

「亞麗絲。」

她嚇得跳起來。道斯站在樓梯口，耳機掛在脖子上，手裡拿著抹布。「透納回來了。他要給我們看一個東西。」

*

亞麗絲回庫房穿上襪子，然後去起居室和透納與道斯會合。他們並肩坐在一臺感覺很笨重的筆電前面，蹙眉的表情一模一樣。透納換上牛仔褲與襯衫，但依然感覺很稱頭，尤其是坐在道斯身邊。

他招手要亞麗絲過去，身邊放著一大疊檔案夾。

亞麗絲看到螢幕上的畫面，那好像是監獄的走廊，一排囚犯沿著牢房中間的走廊前進。

「看看時間標籤。」透納說。「那是妳闖進我的犯罪現場的時間。」

透納按下播放鍵，那群囚犯慢吞吞往前走。一個塊頭巨大的人進入畫面。

「那是他。」亞麗絲說。絕不會錯，是蘭斯·葛瑞生。「他要去哪裡？」

「他在前面轉彎之後就消失了。」他按了幾個鍵，畫面變成另一條走廊，角度也變了，但亞麗絲到處都沒看到葛瑞生。「有太多、太多我不明白的事，但最重要的問題是：為什麼他要回去？」透納再次按鍵，亞麗絲看到像病房的畫面。

「葛瑞生回監獄了？」

「沒錯。他因為手骨折所以進了診療所。」

亞麗絲想起她用推桿打中他的手，發出清脆聲響。然而，為什麼葛瑞生會回看守所候審？

「這些是要給我的嗎？」亞麗絲比比那疊檔案。

透納點頭。「這是我們目前掌握到關於蘭斯・葛瑞生與塔拉・哈欽司的所有資料。儘管看吧，不過今晚我就要帶回去。」

亞麗絲拿起那疊檔案，過去坐在絲絨沙發上。「為什麼突然這麼大方？」

「雖然我很頑固，但並不笨。我知道我看到什麼。」透納往後靠在椅子上。「所以說來聽聽吧，亞麗絲・史坦，妳認為葛瑞生不是凶手。那麼，凶手是誰？」

亞麗絲翻開最上面的檔案。「我不知道，不過我確實知道塔拉至少與四個祕密社團有牽扯，沒有人會為了廉價的大麻殺人，所以不是大麻交易引發殺機。」

「妳怎麼算出有四個社團？」

「我去拿白板。」道斯說。

「是魔法白板嗎？」透納酸溜溜地說。

道斯凶巴巴看他一眼。「所有白板都有魔法。」

她回來時，帶著一大把麥克筆和一個白板，她把白板立在壁爐架上。

透納用一隻手搓搓臉。「好，告訴我妳懷疑哪些人。」

亞麗絲突然感覺侷促不安，好像要在全班面前上臺解一道複雜的數學題，但她接過道斯手中的藍色麥克筆，走到白板前。

「古八會中有四個可能與塔拉有關連：骷髏會、捲軸鑰匙會、手稿會、書蛇會。」

「古八會？」透納問。

「界幕八會，有會墓的祕密社團。你應該要讀《忘川人生》。」

透納揮手要她繼續。「先從骷髏會開始。塔拉賣大麻給崔普・海穆斯，但我不認為他有殺人動機。」亞麗絲說。「她也和崔普上床了。」

「妳認為他們的關係不只是玩玩而已？」

「應該不可能。」亞麗絲說。

「會不會塔拉以為他是真心的？」道斯羞澀地說。

「我猜塔拉應該很清楚。」一定要的。必須隨時看清現實。「儘管如此，崔普出身於真正的名門望族，說不定她想從他身上弄到點什麼。」

「這個動機未免太像狗血劇。」透納說。

他不會輕易買帳。「不過，如果他們賣更厲害的東西呢？不只是大麻？有一個大四生，叫作布雷克・齊利，我知道他從他們手上弄到一種叫作梅瑞提的藥物。」

「不可能。」道斯說。「梅瑞提魔藥只生長在——」

「我知道，一座高山上。但布雷克從塔拉和蘭斯手中買到。崔普說她看過塔拉和凱蒂・麥斯特在一起，凱蒂是手稿會的人——唯一能取得梅瑞提魔藥的社團。」

「妳認為凱蒂把梅瑞提魔藥賣給塔拉和蘭斯？」道斯問。

「不。」亞麗絲在腦中反覆思索。「我認為凱蒂給塔拉錢，要她設法種植。蘭斯和塔拉的家很接近森林學院和馬許溫室。凱蒂想要省下付給中間人的那筆錢，自己的貨自己種。」

「可是……布雷克怎麼會弄到手？」

「說不定他們自行種出一批賣給布雷克。不賺白不賺。」

「可是那樣很……」

「不道德？」亞麗絲問。「不負責任？就像製造出魔法大刀，然後送給精神變態的幼兒？」

「這種藥物的效果是什麼？」透納的語氣很勉強，似乎不確定想不想知道。

「會讓人……」亞麗絲欲言又止。**服從**似乎不太對，**急於討好**似乎也不足以形容。

「會讓人成為侍祭。」道斯說。「一心只想為主人服務。」

透納搖頭。「讓我猜猜，這種物質沒有列管，因為根本沒有人聽過，也就無從列管。」他一臉想吐的表情，就像看到亞麗絲被坩堝治癒時那樣。「你們這些小鬼愛玩火，等房子燒起來的時候又一臉驚訝。」他伸手搓搓臉。「回到白板上吧。因為崔普，所以塔拉與骷髏會有關，因為凱蒂・麥斯特與這種藥物，所以和手稿會有關。柯林・卡崔是她與捲軸鑰匙會唯一的關連嗎？」

「不是。」亞麗絲說。「她的手臂上刺了一行文字，出自於一首叫作《國王之歌》的詩，鑰匙會墓裡到處是這首詩的內容。」她將塞滿照片的檔案夾遞給道斯。「右手臂。」

道斯看看記錄塔拉身上刺青的驗屍照片，然後匆匆翻過其他內容。

「感覺不像巧合。」亞麗絲說。

「這是什麼？」道斯問，點點塔拉臥房的照片。

「只是一堆製作首飾的工具。」透納說。「她經營的小副業。」

可想而知。年輕女生發現自己的人生一塌糊塗時就會這麼做。她們會想找一個窗口爬出去，社區大學、手工肥皂、經營一點首飾小副業。

道斯用力咬下唇，亞麗絲擔心她會咬出血來。亞麗絲靠過去看照片，一堆堆廉價假寶石，放在小碟子裡的彎彎耳環鉤，還有幾支鉗子。其中一個碟子感覺不太一樣，比較淺，金屬搥打過，沒有其他加工，底端有殘留的灰，也可能是一圈石灰。

「道斯。」亞麗絲問。「妳覺得這看起來像什麼？」

道斯推開檔案夾，彷彿希望再也不要看見。「坩堝。」

「塔拉用來做什麼？加工梅瑞提魔藥？」

道斯搖頭。「不。梅瑞提魔藥不必加工。」

「嘿。」透納說，「先裝作我不懂好了，解釋一下坩堝是什麼東西。」

道斯將一束赭紅髮絲塞到耳朵後面，說話時沒有看他。「那是一種容器，魔法和化學實驗都會用到。通常是以純金製作，可以促進反應。」

「道斯剛才把我放進去的那個金色大浴缸就是坩堝。」亞麗絲說。

「難道說，塔拉的家裡有真正的黃金？而且有菸灰缸那麼大。葛瑞生和他女友絕對負擔不起。」

「如果是別人送的，那就有可能。」亞麗絲說。「這也就表示他們用坩堝製造的東西，比黃金更值錢。」

道斯將運動衫的袖子往下拉，蓋住手掌。「傳說中，聖人可以用西洛西賓——也就是魔幻菇——打開通往其他世界的門戶。但那種藥物必須加以萃取……要用坩堝。」

「門戶。」亞麗絲想起和達令頓去監督捲軸鑰匙會儀式，結果魔法失敗的那次。「傳送門嗎？妳之前提過，據說捲軸鑰匙會的魔法快要耗盡了。蘭斯和塔拉該不會偷偷製藥幫他們吧？」

道斯長嘆一聲。「嗯。理論上，那樣的藥物有助於開啟傳送門。」

亞麗絲拿起那個小坩堝的照片。「這個東西在你們的，呃……扣押室之類的地方嗎？」

「證物保管室。」透納說。「沒錯。如果裡面殘留的物質足夠實驗分析，就可以比對塔拉體內驗出的迷幻藥物。」

道斯取下掛在脖子上的耳機。她放在腿上抱著，彷彿那是睡著的小動物。

「怎麼了？」亞麗絲問她。

「妳說過蘭斯會穿牆，說不定用了空間移動魔法攻擊妳。如果捲軸鑰匙會的成員讓外人進入會墓，如果他們讓蘭斯與塔拉參與儀式……這是界幕八會公認最無法饒恕的行為。絕對禁止。」

亞麗絲與透納對看一眼。

「讓外人使用魔法會受到什麼懲罰？」

道斯握住耳機。「失去會墓並解散社團。」

「妳知道這感覺像什麼嗎？」透納說。

「嗯。」亞麗絲回答。「殺人動機。」

是柯林・卡崔告訴蘭斯和塔拉社團的祕密嗎？這會不會是某種報酬，而他不願意繼續支付？塔拉被殺就是因為這件事？亞麗絲很難想像整潔開朗的柯林犯下暴力罪行。不過，他擁有大好前程，說不定他會因此而不惜殺人。

「今晚我要去貝爾邦教授的沙龍。」亞麗絲說。她其實比較想待在這裡，在壁爐前好好睡一覺，但教授是唯一為她的未來著想的人，她不想惹惱她。「柯林在貝爾邦辦公室打工。我可以查出塔拉遇害當晚，他在教授家待到什麼時候。」

「亞麗絲。」道斯輕聲說，終於抬起頭。「假如達令頓發現了藥物的事，發現柯林與鑰匙會的其他人和蘭斯、塔拉交易，說不定……」她沒說完，但亞麗絲懂她的意思：說不定那天晚上在羅森菲爾館的地下室，捲軸鑰匙會設下傳送門陷阱，故意害達令頓消失。

「達令頓**究竟在哪裡？**」透納問。「要是妳們說西班牙，我會立刻收拾東西回家。現在我的床感覺很舒服。」

道斯在座位上不安地動了動。

「他出了一點狀況。」亞麗絲說。「我們不確定到底怎麼回事。我們會舉行儀式尋找他，但只能在新月之夜進行。」

「為什麼要等到新月？」

「時間很重要。」道斯說。「要讓儀式順利，最好選在吉時或吉地。新月象徵隱藏的物品即將顯現。」

「桑鐸要妳們保密？」透納問。亞麗絲點頭，心中感到內疚。她自己也不太想到處張揚。

「達令頓的家人呢？」

「達令頓是我們的責任。」道斯厲聲說，始終充滿保護欲。「我們會把他找回來。」

或許吧。

透納傾身向前。「也就是說，妳們認為捲軸鑰匙會可能涉及殺人加上綁架？」

亞麗絲聳肩。「就當作是綁架吧，不過，也不能排除手稿會的嫌疑。說不定凱蒂・麥斯特發現塔拉賣梅瑞提魔藥給布雷克・齊利，而他用來迷姦女生，也可能是她們的交易出了差錯。假使蘭斯真的沒有殺害塔拉，那麼，凶手肯定以魔法變成他的樣子。手稿會有很多把戲和道具，可以讓凱蒂變成他的樣子幾個小時。但這些都無法解釋為什麼有人派使靈來殺我。」亞麗絲伸手進口袋，穩定行走的懷錶給她安心感。

透納的表情好像很想自殺。「妳剛才說的是什麼鬼東西？」

「就是在榆樹街上追我的怪物。不要擺出那種表情，真的發生了。」

「好吧，真的發生了。」透納說。

「使靈是死者的僕役。」道斯說。「他們只是跑腿小廝。」

亞麗絲臉色一沉。「會殺人的跑腿小廝。」

「給他們簡單的任務，他們會確實完成。書蛇會用他們來回界幕兩邊傳訊。他們太暴力、太難以掌握，所以無法派上其他用場。」

當然還有其他用場，例如讓一個女生看起來像瘋子，或是讓她永遠閉嘴。

「也就是說，書蛇會也可能涉案。」透納說。「動機不明。妳們應該知道這些都不能證明什麼吧？我們只掌握到崔普告訴妳的那些事，無法確切證實那些社團涉案。我甚至沒辦法申請搜索令去調查森林系的溫室。」

「我猜想，百夫長應該能透過各種關係讓上級屈服。」一道陰影飄過透納的臉。「只是你不想這麼做。」

「事情不是這樣做的。而且我不能去找隊長商量，他對忘川會一無所知。我得一路往上找到局長才行。」透納絕不會那麼做，他必須先確定他們的想法站得住腳，而不只是在白板上鬼畫符。亞麗絲很難責怪他。「塔拉家附近有間酒鋪，說不定他們用那裡的電話進行交易，我會去調出通聯紀錄。塔拉和蘭斯的手機通話紀錄裡都沒有凱蒂・麥斯特的號碼。柯林・卡崔和布雷克・齊利也都沒有。」

「如果塔拉和蘭斯用溫室栽種，那麼，肯定有森林系的人和他們合作。」道斯說。「無論有沒有搜索令，我們都要查出是誰。」

「我是學生。」亞麗絲說，「可以正大光明進去。」

「妳不是要我拉關係嗎？」透納說。

沒錯，不過現在她想清楚了。「這部分我們自己可以處理。要是你跑去要求長官幫忙，搞不好會有人通報桑鐸。」

透納揚起一條眉毛。「不行嗎？」

「我想知道案發當晚他在哪裡。」

道斯挺直背脊。「亞麗絲——」

「道斯，他施壓要我停止調查。忘川會的存在就是為了監督祕密社團。為什麼他要那麼拚命阻止我？」

吾等乃牧者，這個使命是忘川會的根基。真的嗎？忘川會真的打算保護任何人嗎？還是他們只想做表面功夫，製造界幕八會受到監督的假象，維持一定的標準，卻從不認真查驗祕密社團的法力？**今年是經費年**。桑鐸是不是心裡有數，知道如果太仔細調查，就會發現塔拉與好幾個社團都有牽連？骷髏會、書蛇會、捲軸鑰匙會、手稿會——八個負責忘川會經費的社團當中，四個有嫌疑。如此一來，便事關維持忘川會所需的一半經費——因為貝吉里斯會從不出錢，所以實際上超過一半。對桑鐸而言，忘川會有這麼珍貴嗎？

「忘川會付多少薪水給桑鐸院長？」亞麗絲問。

道斯一愣。「我不清楚。不過他有終身教職。大學給的薪水就夠多了。」

「賭博？」透納說。「毒品？欠債？」

道斯的背脊似乎挺得更直了，彷彿她是一支天線，拉長準備接收訊息。「離婚。」她勉強地緩緩說出。「兩年前他太太離開。之後他們就一直在打官司。儘管如此——」

「說不定沒什麼。」亞麗絲說，雖然她懷疑應該真的有什麼。「不過呢，知道一下他那天晚上的行蹤也沒有壞處。」

道斯又在咬下唇。「桑鐸院長絕不會做出損害忘川會的行為。」

透納站起來動手收拾檔案夾。「如果價錢夠好，說不定就會。妳以為我為什麼會答應擔任百夫長？」

「這是一種榮譽。」道斯爭辯。

「這是一份**工作**，更別說我已經有一份很辛苦的工作了。但有了這筆錢，我可以付清我媽的房貸。」他將檔案夾放進一個信差包。「我試試看在不引起他注意的條件下，查出關於他的事。」

「我來吧。」道斯輕聲說。「我可以問他的管家。要是你去問，葉蓮娜會立刻告訴桑鐸。」

「妳真的可以？」透納的語氣充滿懷疑。

「她行的。」亞麗絲說。「我們只是要看一下他的行程表。」

「金錢是我最喜歡的動機。」透納說。「簡單明瞭。沒有這些裝神弄鬼的狗屁。」他穿上大衣，往後門走去。亞麗絲與道斯跟上。

透納開門之後停下腳步，路燈照進屋內。「我媽不肯收下支票。」他露出惆悵的笑容。「她知道警察沒有分紅。她想知道那筆錢是從哪來的。」

「你有沒有告訴她？」亞麗絲問。

「這些事？當然沒有。我說是在快活賭場贏來的。但她依然知道我絕對惹上了不該惹的事。」

「媽媽都是那樣。」道斯說。

真的嗎？亞麗絲想到上星期媽媽傳來的照片，她請朋友幫她在家裡用手機拍的。米拉穿著耶魯的大學衫，身後的壁爐架上堆滿水晶。

「妳知道我媽說什麼嗎？」透納說。「她告訴我沒有惡魔不知道的門。他總是等著要進去。我原本不相信，但今晚我的想法改變了。」

透納拉起衣領，走進寒冷夜色中遠去。

23

冬

亞麗絲腳步沉重地上樓去庫房找她的靴子。雖然坩堝治癒了她的傷，但她嚴重睡眠不足，她的身體很清楚。儘管如此，假使她有選擇的餘地，她寧願再打一架，就算對手是蘭斯那種大塊頭也行。她不想去今晚的沙龍，也不想去上明天的課，還有後天的課——大後天的課。她為生存搏鬥時，只有存活或死亡兩種結果。她只要活下來就贏了。即使是剛才在起居室和道斯、透納在一起，她也覺得像是在趕進度，而不是一起討論。她不想繼續感覺自己是個冒牌貨。

但妳依然只是在假裝，她提醒自己。道斯和透納並不認識真正的她，他們從來沒猜到達令頓猜到的那件事。萬一新月儀式成功呢？萬一兩天後達令頓回來呢？萬一他說出所有真相，到時候會有人幫她說情嗎？

亞麗絲在但丁房間的床上發現一堆衣服。

「我從我家拿來的。」道斯站在門口說，雙手藏在袖子裡。「雖然不時髦，但至少比運動服好。我知道妳喜歡黑色，所以……」

「非常完美。」其實不然。牛仔褲太長，上衣洗得太多次，變成比較像灰色而不是黑色，但道斯其實不需要借她衣服。亞麗絲想趁還能享受善意的時候好好珍惜。

亞麗絲出發前往貝爾邦的家，總覺得心神不寧。她將懷錶上緊發條，以防使靈還在找她。她在背包裡塞進一罐墳土，在口袋放兩枚磁鐵，仔細研究如何暫時關閉傳送門。這些東西感覺有如小小的護身符。塔拉命案的嫌犯也是可能威脅她生命的人，那些傢伙掌握太強大的魔法火力。

貝爾邦住在聖羅南街，從權杖居往北步行二十分鐘，離神學院不遠。她家在那條街上算是比較小的房子，兩層樓高，紅磚建築上滿是灰色紋路，有如老婦的頭髮。亞麗絲從花園的門進去，穿過白色格子圓拱，一種平靜的感覺降臨，就像在貝爾邦的辦公室那樣。花園有薄荷與墨角蘭的香氣。

亞麗絲在小徑上停下腳步。小徑的地面是碎石子，顏色像石板。透過大窗戶，她看到一群人圍坐在一起，椅子款式各自不同，有幾個人擠在鋼琴長凳上，幾個坐在地上。她瞥見一杯杯紅酒，許多人腿上放著盤子，一個留著大鬍子和瘋狂鬈髮的年輕人在朗讀。她感覺彷彿看到另一個耶魯大學，除了忘川會與祕密社團之外的耶魯大學，如果她能學會這裡的儀式與密碼，這個世界就會對她敞開大門，甚至不會關上。在達令頓家，她覺得像做賊。但這裡不一樣，她是受邀前來。她或許不屬於這裡，但至少會得到歡迎。

她輕輕敲門，沒有人回應，於是她輕輕推門。門沒鎖，彷彿誰都可以進去作客。一排勾子上層層疊疊掛著大量外套，地板上到處是靴子。

貝爾邦看到亞麗絲在門口徘徊，於是揮手要她去廚房。

亞麗絲終於明白了。她是工作人員。

她當然是工作人員。

感謝老天，她只是工作人員，不需要假裝成別的角色。

透過貝爾邦的肩頭，亞麗絲看見桑鐸院長和兩個學生坐在沙發上講話。她悄悄溜進廚房，希望他沒有看見她，然後又納悶為什麼不想被他看見。她真的認為他殺害了塔拉？真的相信他能做出如此殘暴的事？在權杖居的起居室裡，感覺不無可能，但在這裡，在這個氣氛溫暖、大家自在交談的地方，亞麗絲無法思考這種可能。

廚房很大，白色櫥櫃、黑色流理臺、乾淨的黑白相間地板。

「亞麗絲！」柯林看到她，開心打招呼。到處都有殺人嫌疑犯。「我不知道妳會來！我們很需要幫手。妳穿的是什麼？黑長褲沒問題，但下次要配白襯衫。」

亞麗絲沒有白襯衫。「好。」她說。

「快過來，幫忙把這些放到烤盤上。」

亞麗絲很快就進入狀況，聽他們的命令幫忙。貝爾邦的另一個助理，伊莎貝兒・安德魯，她也在場，忙著排水果和酥皮點心，還有裝在不同大盤子上的一堆堆神祕肉類。柯林要她把起司端給他，她愣了許久才發現就在她眼前：不是放在盤子上的切塊切達起司，而是不規則的大塊狀，有如石英和堇青石，旁邊放著一小壺蜂蜜、一些杏仁。全都是藝術。

「朗讀、談話結束之後，就要上甜點。」柯林說明。「她每次都會準備馬林糖和迷你蘋果塔。」

「桑鐸院長上星期也有來嗎？」亞麗絲問。假使他來了，亞麗絲就能將他從嫌犯名單上刪除，而假使柯林不知道，那就表示那天晚上他**其實**不在沙龍。

不過他還來不及回答，貝爾邦教授從雙向門飄然進來。

「他當然來了。」她說。「那個人最愛喝我的波旁威士忌。」她拿起一個小小的野草莓放進口中，然後在毛巾上擦擦手。「他對卡謬的評論愚蠢至極。不過，評論卡謬的時候，很難不顯得愚蠢。真不懂為什麼我以為他會有獨到見解——他可是把波斯詩人魯米的詩句裱框掛在辦公桌旁呢。我看了就難受。柯林，親愛的，麻煩你隨時注意還有沒有紅白酒。」她舉起一個空瓶，柯林臉色發白。「沒關係，孩子。拿一瓶酒來加入我們。這裡的工作交給亞麗絲和其他人，他們能做得很好，對吧？你有沒有帶要朗讀的稿子？」

「我……有。」柯林輕飄飄離開廚房，彷彿腳踝生了翅膀。

「打發的蛋白。」伊莎貝兒命令。

「打發的蛋白。」亞麗絲重複，走向攪拌器，將攪拌盆交給伊莎貝兒。她用手機拍了一張廚房的照片傳給媽媽，寫下：**打工**。這就是她希望米拉看到的樣子：快樂、正常、安全，亞麗絲以前不曾擁有的一切。她也傳訊息給梅西與蘿倫，**來貝爾邦的沙龍幫忙，希望有剩菜可以打包回去**。

「真不敢相信今晚柯林竟然能朗讀。」伊莎貝兒不滿地說，用擠花袋將蛋白擠到烤盤上。「我比他先來一個學期，而且在她的女性與產業主義研討會上，我的表現也沒話說。」

「下次一定會輪到妳。」亞麗絲輕聲安慰，在迷你蘋果塔上刷一層融化的奶油。「上個星期也這麼多人嗎？」

「對，整個晚上柯林抱怨個沒完。我們留下來整理到兩點多。」

看來柯林的說辭站得住腳，亞麗絲鬆了一口氣。她喜歡柯林，喜歡酸溜溜的伊莎貝兒，喜歡這間廚房、這棟房子、這個舒適的空間。她喜歡世界的這個角落，沒有命案，沒有魔法。她不想看到這個世界被惡行摧毀。儘管如此，捲軸鑰匙會依然有嫌疑。即使柯林沒有殺塔拉，他依然認識她。而且有人教蘭斯使用空間移動魔法。

「上個星期桑鐸一直在這裡，直到結束嗎？」

「沒錯，討厭死了。」伊莎貝兒說。「他每次都喝太多。聽說他離婚搞得很慘烈。貝爾邦教授把他帶去書房休息，幫他蓋上毯子。洗手間的馬桶被他弄得都是尿，柯林得去清理。」她哆嗦。「現在想想，柯林確實有資格朗讀。亞麗絲，妳的未來充滿驚奇呢。」

伊莎貝兒沒理由撒謊，看來桑鐸院長準頭不佳的毛病反而成為不在場證明。道斯一定會很高興，亞麗絲也有些慶幸。自己是殺人凶手是一回事，幫殺人凶手工作又是另外一回事。

廚房的工作很辛苦，而且弄到很晚，但亞麗絲沒有一絲埋怨。在這裡做事感覺像在為未來努力。凌晨一點左右，上菜結束，他們開始清理廚房，將酒瓶拿去回收，貝爾邦給他們飛吻作為道別。他們悄悄走進夜色中，各自端著一大盤剩菜。經歷過這幾天的暴力與怪誕，今晚感覺像禮物。有如美味的試吃品，讓亞麗絲體驗一下可能的未來，讓她見識到一般的耶魯人根本不把魔法社團放在心上。在這裡工作只要付出時間和一點專注力，沙龍的賓客都是好人，他們只沉溺於裝模作樣。

亞麗絲看到前方有個穿直排輪的灰影，她在路燈之間滑行，越來越接近。她的頭和身體好像都被車碾過，粗心大意的駕駛在她身上留下深刻的痕跡。

Pasa punto，pasa mundo，亞麗絲低語，幾乎很和氣，看著那個女孩消失。**錯過一瞬間，錯過全世界**。真輕鬆。

*

第二天早上，亞麗絲沒課。她早起吃早餐，打算先看看書，然後散步去馬許植物園。然而，當她快要吃完那一大盤炒蛋配辣醬的時候，鬼新郎出現了。她吃完又去拿了一份熱巧克力醬聖代，他一臉嫌棄地看著她，但每間餐廳的每一餐都有冰淇淋，不吃太可惜。

吃完早餐，她鑽進強艾學院大餐廳旁邊的洗手間，在洗手臺放水。她其實不太想和他講話，她還沒做好心理準備，不想討論在他記憶中看到的事。但她想知道他有沒有找到塔拉。

很快諾斯的臉就出現在水面上。

「說吧。」她說。

「我還沒找到她。」

亞麗絲用手指彈彈水面，他的臉扭曲變形。「看來你不太行嘛。」

水面靜止之後，諾斯的表情很不快。「妳呢?妳查出什麼?」

「你說得沒錯，達令頓確實在研究你的案子。但他的筆記本不在權杖居的書桌抽屜裡。明天晚上我要去黑榆莊，順便找一下。」為了舉行新月儀式。說不定到時候達令頓可以親自回答鬼新郎的問題。

「還有呢？」

「什麼？」

「史坦小姐，妳跑進我腦袋的時候看到了什麼？妳把我趕出去的時候非常激動。」

亞麗絲思忖要告訴他多少。「諾斯，死亡的那瞬間，你有多少記憶？」

他的表情彷彿凝結，她這才驚覺她說出了他的名字。**可惡**。

「妳看到的就是那個？」他慢吞吞問。「我死亡的瞬間？」

「快回答我的問題。」

「完全不記得。」他承認。「前一刻我還站在新辦公室和黛西說話，然後……我就什麼都不是了。失去了人間的世界。」

「那時候你去了另一邊。」亞麗絲能夠理解，這樣的狀況會讓人發瘋。「你有沒有在界幕那邊找過格拉迪絲・歐唐納修？」

「誰？」

「黛西的女僕。」

諾斯蹙眉。「警方找她問過話。她發現我們的……遺體，但她不在現場，沒有看到經過。」

「而且她只是區區女僕？」亞麗絲說。像他這樣的人絕不會留意下人。但諾斯說得沒錯，亞麗絲親眼看到格拉迪絲在外面享受春光。假使格拉迪絲真的看到或聽到什麼奇怪的事，為了自保，她一定會告訴警察。而且亞麗絲懷疑根本沒有人看得見——只有看不見的魔法亂竄，遭到骷髏會員殘害的可憐人變成驚恐鬼魂，就那麼不巧，跑進了諾斯體內。「等我去過黑榆莊，會告訴你在那裡找到什麼。不要再跟著我，去找塔拉。」

「史坦小姐，妳在我的腦袋裡看到什麼？」

「抱歉，訊號不太好！」亞麗絲拔掉洗手臺的塞子。

她離開餐廳，發簡訊告訴透納她準備去馬許植物園的溫室。在路上，她打電話去醫院詢問麥克・雷耶斯是否平安。她應該早點確認骷髏會臟卜媒介的狀況，但實在發生太多事了。到處轉接花了一點時間，但最後吉恩・加度拉來接聽，告訴她雷耶斯恢復得很順利，再過兩天就可以出院回家。亞麗絲知道所謂的「家」其實是哥倫布之家，是距離校園很遠的收容所。希望骷髏會至少會給他一筆錢，彌補他們造成的不便。

馬許植物園位在科學丘頂端，古老大宅上有座像鐘塔的東西，以前的莊園一路延伸到山坡下塔拉與蘭斯同居的公寓附近。這裡沒有什麼保全設施，而且許多學生出入，亞麗絲順利混進去。

靠近後門的地方，矗立著森林系的四座大型溫室，四周還有幾座比較小型的。亞麗絲原本擔心會找不到塔拉種植危險作物的地點，但她繞了一圈，很快就發現超自然活動的獨特惡臭，連肥料與土壤的氣味也蓋不住。這座小溫室的模樣非常平凡，亞麗絲懷疑這裡殘留著偽裝法術——很可能是凱蒂・麥斯特和手稿會的傑作。不然塔拉怎麼能夠自由出入而不引起懷疑？

然而，當亞麗絲打開門，卻發現裡面一棵植物也沒有，桌上滿是倒扣的花盆。有人來清理過了。凱蒂？柯林？其他人？難道是蘭斯在監獄裡打開傳送門跑來湮滅證據？

一個翻倒的塑膠箱旁邊留著一根細細的植物觸鬚。亞麗絲伸手碰一下，那根小小的鬚展開，葉片之間冒出一個白色花苞。花瓣綻開，亮晶晶的種子飛散，有如煙火，發出非常輕微但能夠聽見的「啵」聲，然後迅速萎縮。

亞麗絲在外面找到一個瘦瘦的女生，她穿著牛仔褲配工作夾克，戴著手套翻攪一桶護根用的木屑。

「嗨。」她說，「妳知不知道那間溫室是誰在用？」

「詩薇塔・麥爾斯，她是研究生。」

亞麗絲沒有在塔拉的資料裡看到那個名字。

「妳知道要去哪裡才能找到她嗎？」

那個女生搖頭。「她兩天前離開了。這個學期剩下的時間都休學。」

詩薇塔・麥爾斯被嚇跑了。或許是她親手毀了溫室。「妳有沒有看過她和一對情侶在一起？女生金髮，體格嬌小，男的塊頭非常大，像是住在健身房一樣。」

「我經常在這裡看到那個女生。她好像是詩薇塔的表妹還是姪女之類的親戚。」亞麗絲認為絕對是騙人的。「那個男的我可能看過一、兩次。怎麼了嗎？」

「謝謝妳幫忙。」亞麗絲說完就離開。

走下山坡的路上，她努力想甩開失望的心情。原本希望能在植物園找出更多塔拉的祕密，最後卻只看到一堆像新墳一樣的土。

透納和亞麗絲約好在溜冰場外見，她看到他的車怠速停在路邊。車上像天國一樣溫暖。

「有發現嗎？」他問。

她搖頭。「有人清掉了整間溫室，原本使用的學生也突然休學離開紐哈芬。她叫作詩薇塔・麥爾斯。」

「沒印象，我試試看能不能找出來。」

「我去查一下校友聯絡資料，確認她是否與任何祕密社團有關。」亞麗絲說道。「我想找蘭斯・葛瑞生談談。」

「妳怎麼又想去見他了？」

亞麗絲差點忘記之前假裝想見葛瑞生。「我們查到了新線索，總得有人去問他。」

「如果這件案子開庭——」

「那就來不及了。有人派怪物來殺我。他們殺了塔拉，偷走她的植物。說不定他們也找上詩薇塔・麥爾斯。他們在斬草除根了。」

「就算我能安排和葛瑞生談話，我也不會帶妳去。」

「為什麼？我們要讓葛瑞生相信，我們對這起案件的瞭解比他所想的更深入。如果你一個人去，只要三十秒，他就會發現你根本屁都不知道。」

「妳的用詞也太粗魯。」

「透納，你在塔拉家的反應我看得一清二楚。蘭斯穿牆出現的時候，你嚇得差點尿褲子。」

「妳真的很會說話，妳知道吧，史坦？」

「你是迷上我的魅力，還是我的外表？」

透納在駕駛座上轉身注視她。「妳不必每次說話都這麼嗆。妳到底為什麼這麼憤怒？」

亞麗絲感覺到一股令人心煩的尷尬。「所有事都讓我憤怒。」她嘀咕，望著結霧的擋風玻璃。「總之，你很清楚我是對的。」

「或許吧，不過蘭斯聘請了律師。除非律師在場，否則我們都休想見他。」
「你想見他嗎？」
「當然想。我也想來客三分熟牛排，享受片刻安靜，沒有妳在旁邊囉唆。」
「辦不到。不過，我或許可以設法讓你見葛瑞生。」
「假設是真的好了，但我們問出來的內容都不能在審判時作為證據。就算蘭斯・葛瑞生告訴我們他殺了塔拉十二次，我們也無法將他定罪。」
「但我們能得到答案。」
透納戴著手套的雙手放在方向盤上。「我相當確定妳就是我媽所說的惡魔。」
「我很可愛好嗎？」
「如果我答應，要準備什麼？」
透納的西裝已經夠稱頭了。「你有公事包嗎？」
「我可以借到。」
「很好。那我們只需要這個了。」她從口袋拿出之前進入塔拉家用的粉盒。
「妳要我拿著粉盒走進監獄？」
「沒這麼簡單，透納。」亞麗絲打開粉盒秀出鏡子。「我要你相信魔法。」

24
冬

計畫比亞麗絲想像中棘手。粉盒可以唬過他們遇到的警衛，但騙不了看守所的監視器。道斯伸出援手，炮製出真正的「茶壺裡的風暴」。之前和達令頓去羅森菲爾館的時候他提過，但當時亞麗絲以為只是比喻，不過顯然在聖艾爾摩會的全盛時期，他們曾經嘗試過各種有趣的**魔法**。

第二天，道斯解釋給亞麗絲與透納聽。她站在權杖居的流理臺前，面前放著一個金茶壺和珠寶濾茶器。「重點不在於容器，而是茶本身。」她慎重量好茶葉的量，茶葉罐上印著聖艾爾摩會的會徽，那是個很怪的圖案，他們稱之為「山羊與船」。

「達令頓說過他們正在爭取新會墓。」亞麗絲說。

道斯點頭。「失去羅森菲爾館之後，他們一敗塗地。他們已經吵了很多年，宣稱自己的魔法有各種創新用途。不過，既然已經沒有節點了，蓋了新會墓也沒意義。」她把水倒在茶葉上，設定手機計時。電燈開始閃。「如果泡得太濃，整個東岸電網都會故障。」

「為什麼會墓這麼重要？」透納問。「不過是房子罷了，讓他們可以玩……魔法。」他舔舔牙齒，似乎不喜歡那個詞的滋味。

「忘川會使用的魔法是以咒語和法器為基礎，全都是借來的法術，非常穩定。我們不依賴儀式，所以我們可以使用結界。其他祕密社團使用的魔力非常強大——預知未來、與死者通話、改變物質。」

「大型魔法。」亞麗絲說。

透納往後靠在流理臺上。「也就是說，他們有機關槍，而你們只能用弓箭？」

道斯錯愕地抬起頭。她搓搓鼻子。「呃，比較像十字弓，不過，沒錯。」

計時器響了。道斯迅速取出濾茶器，將茶水倒進保溫瓶。她交給亞麗絲。「最強的干擾功效應該可以維持兩個小時。那之後……」她聳肩。

「應該不至於讓整座看守所斷電吧？」透納問。「要是監獄突然停電，我可不想在裡面。」

「哇，你進步真快！」亞麗絲說。「現在你竟然會擔心魔法**太強**呢。」

道斯拉拉運動衫的袖子，剛才泡茶時的篤定自信完全消失。「如果我沒弄錯，應該不會。」

亞麗絲接過保溫瓶放進包包，然後將頭髮紮成很緊的包頭。她跟梅西說要去面試工作，借了她的高級黑色長褲套裝。

「祝妳錄取。」梅西說，給亞麗絲一個大大的擁抱，非常用力，她覺得骨頭都快變形了。

「我也希望能錄取。」亞麗絲回答。她很高興可以玩扮裝遊戲，很高興有個小小的冒險可以打發時間，雖然可能有危險。新月儀式原本感覺還很久、難以想像地遙遠，但今晚就要舉行了。她沒辦法思考其他事。

她看看手機。「沒訊號。」

透納也看看他的手機。「我也是。」

亞麗絲打開早餐室的小電視，只有雜訊畫面。「妳泡了一壺好茶呢，道斯。」

道斯一臉得意。「祝你們好運。」

「我可是要拿職業生涯去賭呢。」透納說。「只靠好運恐怕不太夠。」

*

前往監獄的車程很短。那裡的人都沒見過亞麗絲，所以她不用擔心會有人認出她。那套借來的行頭，讓她看起來完全是律師助理的模樣。透納卻得費一番功夫。今天上午他特地去法院一趟，「巧遇」葛瑞生的律師，將他的影像存在粉盒裡。

他們順利通過安檢。

警衛護送他們走過一條寒酸的走道，日光燈管不停閃爍。亞麗絲低聲說：「不要一直看監視器。」

「我覺得好像運作正常耶。」

「雖然運作正常，但只會錄到雜訊。」亞麗絲說得很有信心，但其實她也不確定。保溫瓶放在她的包包理，壓著她髖部的重量令人安心。

進入會見室之後，他們終於安全了。律師會見當事人的時候，禁止錄音、錄影。

他們進去的時候，蘭斯已經坐在桌邊了。「你想幹嘛？」一看到透納他立刻問道。透納將粉盒裡的鏡子對臭臉警衛一閃，然後收進口袋。

「只有一個小時。」警衛說。「別拖太久。」

葛瑞生將椅子往後一推，看看透納又看看亞麗絲。「媽的，搞什麼鬼？你們兩個怎麼會一起出現？」

「一個小時。」警衛重複，出去之後鎖上門。

「我知道我的權利。」葛瑞生說著站起來。他比在公寓的時候感覺更巨大，他的手雖然包著繃帶，但亞麗絲並沒有因此安心。她一直謹慎避免和葛瑞生這樣的人在小空間共處。永遠說不準他們什麼時候會突然發飆。

「坐下。」透納說。「我們需要聊聊。」

「我的律師不在場，你不能跟我談話。」

「昨天我還看到你穿牆咧。」透納說。「難道那就符合規定？」

這句話讓蘭斯露出幾乎難為情的模樣。**他知道他不該使用空間移動魔法**，亞麗絲想。而且更不該被警察看到。蘭斯不可能知道透納為忘川會工作。

「坐下，葛瑞生。」透納重複。「不然等一下你會後悔。」

亞麗絲很好奇，蘭斯會不會乾脆吞顆蘑菇穿過地板消失。不過他慢吞吞、氣呼呼地坐下。

透納與亞麗絲在他對面坐下。

蘭斯咬牙用下巴比比亞麗絲。「妳為什麼去我家？」

我家。不是我們家。她沒有說什麼。

「我想查出是誰殺死塔拉。」透納說。

蘭斯舉起雙手。「既然你知道我是清白的，為什麼不放我出去？」

「你敢說自己清白，未免太好笑。」透納的語氣，和善中暗藏輕蔑，短短幾天前他也用這種語氣對亞麗絲說話。「或許這次的案子真的不是你幹的，倘若真是如此，我非常樂意撤銷你的殺人罪名。不過現在呢，我想先說清楚，沒有人知道我們來這裡。警衛全都以為你在會見律師，你應該明白，我們想對你做什麼都可以。」

「我應該要害怕嗎？」

「沒錯。」透納說。「你應該要害怕。但不是怕我們兩個。」

「嘿，他想怕我們也可以啦。」亞麗絲說。

「當然可以，但他有更大的問題要煩惱。既然你沒有殺塔拉，那就是別人幹的。那個人在等機會幹掉你。現在你還有用，可以揹黑鍋。但他會讓你活多久？塔拉知道了不該知道的事，或許你也一樣。」

「我屁都不知道。」

「你要說服的人不是我。你親眼見識過這些人有多厲害。你不過是塊屎渣，他們不費吹灰之力就能滅了你。只要能讓他們夜裡安心好睡，他們絕對會毫不遲疑除掉你、你的朋友，甚至整條街的人，你以為他們不敢？」

「像你我這樣的人，他們根本不放在眼裡。」亞麗絲說。「一旦沒用了，就會變成垃圾。」

蘭斯小心地將受傷的手放在桌面上，身體往前傾。「他媽的，妳是哪根蔥？」

亞麗絲迎視他的雙眼。「我是唯一相信你沒有殺塔拉的人。所以幫我查出來是誰幹的，要是拖太久，透納會嫌煩，把我拽出去，讓你自己慢慢關到爛。」

蘭斯來回看著亞麗絲與透納。終於他說：「我沒有殺她。我愛她。」

說得好像愛她就不可能殺她一樣。「你們從什麼時候開始和詩薇塔・麥爾斯合作？」

蘭斯在座位上動了動。他們竟然知道這個名字，顯然讓他很不安。「不記得了。兩年前？山丘上舉辦植物特賣會，塔拉去逛，碰巧和她聊起來。她們一拍即合，聊些社區花園之類的鬼東西。一開始我們只是賣貨給她，後來開始一起種，讓她抽成。」

「告訴我們梅瑞提魔藥的事。」亞麗絲說。

「什麼藥？」

「你們種的東西不只大麻而已。你們幫布雷克・齊利種的東西是什麼？」

「那個當模特兒的傢伙？他老愛在塔拉身邊轉來轉去，炫耀他多有錢，自以為是明星。我受不了那個王八蛋。」

沒想到她竟然和蘭斯・葛瑞生看法一致，她不知該作何感想。

「你們幫他種什麼？」透納逼問。

「不是幫他種的。一開始不是。我們原本賣草給他們兄弟會的人——這些話都不能當作呈堂證供吧？全都沒有紀錄吧？」透納揮手要他繼續說。「沒什麼特別的。便宜貨，一袋十元，一次二十袋。很普通的東西。今年有個叫作凱蒂的女生跑來——」

亞麗絲往前靠。「凱蒂・麥斯特？」

「對。金髮，很漂亮，可是有點肥？」

「繼續呀，我很想聽聽你喜歡哪種女生。」

「真的？」

「當然不是啦，笨蛋。凱蒂找你們做什麼？」

「她想知道我們的貨種在哪裡，問塔拉能不能在溫室分一點空間種別的植物。藥草之類的鬼東西，需要一堆很特別的條件，濕度之類的，我不懂。塔拉和詩薇塔很認真種。雖然花了不少時間，但後來長得很不錯。我自己試過一次，一點也不嗨。」

老天。蘭斯・葛瑞生曾經得手梅瑞提魔藥，而他竟然完全不知情。要是他明白這種果實能讓他控制別人，亞麗絲無法想像後果會有多恐怖……不過，布雷克搶先他一步。

「你認為那種果子沒用。」亞麗絲說。「不會嗨。所以你賣給布雷克。」

「嗯。」葛瑞生笑嘻嘻地說。

「後來他又找你買，你覺得是為什麼？」

葛瑞生聳肩。「有錢賺我就爽，管他那麼多。」

「凱蒂・麥斯特知道你把梅瑞提魔藥賣給布雷克嗎？」

「不知道。她很嚴肅，跟我們說那玩意有毒，千萬不能亂搞。我知道要是她發現，一定會超火大。可是布雷克一直來找我們要，後來他又帶了另外一個人來，問我們能不能弄到蘑菇。」

「誰？」透納問蘭斯。但亞麗絲已經知道蘭斯會說什麼了。

蘭斯在座位上動了動。他的表情很不安，幾乎害怕。

「是柯林・卡崔，對吧？」亞麗絲說。「捲軸鑰匙會的。」

「對。他……」蘭斯往後縮，之前的虛張聲勢完全消失。他望著牆壁，彷彿以為那裡會有答案。時間一分一秒過去，但亞麗絲與透納都沒有催他。「那時候，我不知道我們惹上了什麼事。」

「說吧。」透納說。「從頭說給我聽。」

「塔拉整天待在溫室。」蘭斯欲言又止地說。「每天都很晚回來，待在那裡調製一種鬼東西，把蘑菇和其他玩意混在一起，我不知道是什麼。柯林給她一個金黃色的小碟子，塔拉說那是她的巫婆鍋。柯林迷上她做出來的藥，不停回來購買。」

「藥？」透納說。「你們不是賣迷幻菇而已？」

「塔拉提煉那玩意。不是搖頭丸。我也不知道是什麼。」蘭斯用沒受傷的手搓搓另一隻手臂，亞麗絲看得出來他冒雞皮疙瘩了。「我們想知道柯林用那種藥做什麼，但他怎樣都不肯說。所以塔拉就威脅說以後不幫他們做了。」蘭斯伸出雙手，彷彿向亞麗絲哀求。「我勸過她。我勸她不要好奇，賺柯林的錢就好了。」

「可是她不滿足。」亞麗絲說。**寧死勿疑**。塔拉察覺背後一定有更大的利益，她想加入。

「後來呢？」

「柯林認輸了。」亞麗絲無法分辨他的語氣是得意或懊悔。「一個週末，他和幾個朋友來公寓接我們。我們全都吃了塔拉做的藥，然後他們蒙上我們的眼睛，帶我們進去一棟房子，一個房間。那裡真的好漂亮，很多屏風，上面有像是猶太星星的東西，天花板打開，可以看到天空。」亞麗絲去過那個房間，那次他們要開啟通往布達佩斯的傳送門，但沒有成功。他們是不是明知道沒有塔拉的藥就無法成功，還作戲給他們看？「我們圍著一張圓桌站著，然後他們開始念咒，聽起來好像是阿拉伯文之類的，我不知道，然後桌子……裂開了。」

「像通道那樣？」透納問。

蘭斯搖頭。「不是、不是，你不懂。看不到底。下面是黑夜——其他地方的黑夜——上面也是黑夜，我們的黑夜。到處都是星星。」他的語氣滿是藏不住的讚嘆。「我們穿過去，然後就到了一座山頂。可以眺望好幾英里，空氣非常乾淨，甚至能看到地平線的圓弧。非常神奇。不過第二天我難受得快死了。還有，老天，我們好臭，好幾天都洗不掉。」蘭斯嘆息，接著說：「大概就是從這時候開始的。柯林和那些人希望塔拉繼續幫他們製藥。而我只想到處鬼混。我們去過亞馬遜、摩洛哥、冰島的溫泉池，也去紐奧良跨年。感覺就像最棒的電玩。」蘭斯笑了幾聲。「柯林想不出塔拉如何製造出那種東西。他裝作覺得很好笑的樣子，但我知道他其實很不爽。」

亞麗絲試著想像這樣的柯林——貪心、嫉妒，與毒販糾纏不清，和她在貝爾邦家中看到的柯林完全不同——在那裡的他，滿懷抱負、儀表完美。他認為這件事會有怎樣的結局？

「布雷克和柯林怎麼會互相認識？」亞麗絲問。他們不像是會一起混的人。

蘭斯聳肩。「長曲棍球之類的鬼東西？」

長曲棍球。柯林感覺完全不像運動選手，所以很難想像。他是不是看到布雷克拍的下流影片，像她自己一樣發現他用了梅瑞提魔藥？鑰匙會的魔法開始衰退，他們會墓下方的節點逐漸失去作用，於是不擇手段想找出開啟傳送門的辦法。而柯林——聰明、友善、彬彬有禮的柯林——發現布雷克濫用梅瑞提魔藥，卻沒有向忘川會報告。他沒有阻止他危害女性，反而抓住機會為自己和社團謀求好處。

「崔普・海穆斯呢？」透納問。提起那個臉色紅潤、開朗樂觀的骷髏會員感覺很怪，但亞麗絲很慶幸他並未隨便認定他沒有嫌疑。

「誰？」

「有錢小鬼。」亞麗絲說，「帆船隊，永遠曬得很黑的那個？」

「耶魯一大堆這種人。」

亞麗絲認為他不是在裝傻，但她無法確定。

「那天你從監獄裡開啟傳送門。」透納說。

「你們來抓我的時候，我在身上藏了一小包藥。」蘭斯笑嘻嘻地說。「那個東西很小，隨便都能藏。」

「為什麼不乾脆逃跑？」透納問。「去古巴之類的地方？」

「我去古巴要幹嘛？」蘭斯問。「更何況，要傳送去遠的地方，一定要用那張桌子。」

「等一下。」亞麗絲說。「你只有一包藥，結果你用來跑回家，就這樣浪費掉？」

「我想說回去拿錢，說不定可以跑路，至少也能在這裡買點東西，可是你們這些臭警察把整個地方弄得亂七八糟。」

「你為什麼不先傳送去會墓——那張桌子那裡——然後再去你想去的地方？」

蘭斯愣住。「靠。」他頹然往後一癱。「靠。」他注視亞麗絲，表情慘到不行。「你們會幫我吧？你們會保護我吧？」

透納站起來。「葛瑞生，你最好保持低調。只要你繼續揹黑鍋待在這裡，就會平安無事。」

亞麗絲以為蘭斯會大吵大鬧、討價還價，甚至威脅他們，沒想到他只是靜靜坐在那裡，巨大的身體在日光燈下一動也不動，有如石像。透納敲門要警衛來開門的時候，他一言不發，他們離開時，他連頭都沒抬。他去過亞馬遜叢林，探索過摩洛哥馬拉開西的市場。他見識過世上的各種神祕，但世上的神祕卻完全沒有留意到他。經歷過這麼多，最後他依然淪落至此。門關上了，空間移動魔法消失了。蘭斯．葛瑞生哪裡也去不了。

*

透納與亞麗絲回校園的路上沒有交談，車子的暖氣開到最強才能對抗酷寒。她傳簡訊給道斯，讓她知道他們平安出來了，還有她八點之前一定會到黑榆莊。然後，她脫掉跟梅西借來的高跟鞋。這雙鞋小了半號，她的腳快痛死了。

下高速公路時，透納才終於問：「妳怎麼看？」

「我認為現在的動機比一開始更複雜了。」

「我還不打算排除葛瑞生的嫌疑。要先找到真正的犯人才行。不過柯林．卡崔和凱蒂．麥斯特的嫌疑越來越重。」他戴著手套的手指輕敲方向盤。「不過，涉案的人不只有柯林和凱蒂，對吧？他們全都有份。那些穿長袍、戴兜帽，假裝自己是魔法師的小鬼。」

「他們不是在假裝。」不過亞麗絲懂他的意思。柯林是捲軸鑰匙會與塔拉之間最直接的關連，但捲軸鑰匙會讓外人使用魔法，並且隱瞞忘川會，這部分所有成員都有錯。如果塔拉對社團造成威脅，他們之中任何一個都可能決定要殺她滅口。凱蒂・麥斯特也不可能背叛手稿會。亞麗絲記得麥克・阿沃羅沃說過那種藥有多罕見，說不定他們一致認為，不要繼續讓大興安嶺的供應商賺錢，直接種自己的貨源。得知梅瑞提魔藥外流時，阿沃羅沃似乎真的很驚訝，但也可能只是在演戲。

「妳認為誰的嫌疑最大？」透納問。

亞麗絲盡可能不表現出驚訝。透納或許只是想藉此整理自己的想法，但被問的感覺還是很棒。她多希望能有更好的答案。

亞麗絲伸展一下疼痛的雙腳。「手稿會的所有成員都可以用偽裝術，讓塔拉以為她見到的人是蘭斯。而且，既然鑰匙會的人依賴塔拉供應祕密藥物，他們沒有理由殺她吧？過去幾年他們的魔法根本行不通。他們需要她。」

「除非她逼得太緊。」透納說。「我們不清楚她和柯林真正的關係如何，我們甚至不知道她做的那些藥究竟是什麼成分。現在的問題，已經不只是魔法蘑菇那麼簡單了。」

這是真的。或許化學小神童柯林覺得不爽，區區一個市區女生竟然比他厲害。被勒索而被迫分享魔法，捲軸鑰匙會的人應該全都很不甘心。也可能有人破解了塔拉的配方，決定再也不需要她了。

「柯林・卡崔那天晚上有不在場證明。」亞麗絲說。「他在貝爾邦的沙龍。」

「難道他不能開個方便的小小傳送門，鑽出去殺死塔拉，然後神不知、鬼不覺地回來？」

亞麗絲很想揍自己一拳。「很聰明，透納。」

「感覺簡直像我是個好警察呢。」

亞麗絲知道她應該自己先想到這種可能。要不是她太希望柯林沒有涉及這起案件最黑暗的部分，她一定會想到。她太希望在貝爾邦那裡工作，不想讓那個充滿希望的完美暑假沾染塔拉命案的醜惡。

透納將車開上查普街，停在范德比宿舍的大門外。她看到諾斯在門口臺階旁徘徊，他等了多久？他是不是在另一邊找到塔拉了？她忽然想到，他被殺的地點——或者該說殺害美麗黛西之後自殺的地點——距離她坐著的地方只有幾個路口，她不禁全身發毛。

「如果我說我的宿舍外面有個鬼，你會怎麼想？」亞麗絲說。「就在中庭裡。」

「真的？」透納問。「在這幾天我見識過這麼多怪事之後？」

「嗯。」

「我還是認為妳在唬我。」

「要是我說他在幫我們調查呢？」

透納真正的笑聲和他的假笑完全不一樣，那是發自腹部的低沉笑聲。「我有過更詭異的線人。」

亞麗絲把腳塞進太小的鞋子，打開車門。夜晚的空氣太冰，吸進去會痛，頭頂的天空一片漆黑。新月之夜。她必須在一個小時內趕往黑榆莊。亞麗絲原本以為他們會在權杖居舉行儀式找回達令頓，或許還會用到坩堝。但桑鐸確確實實要帶他回家。

「明天我去刺探一下凱蒂・麥斯特。」透納說。「柯林・卡崔也一樣。說不定他們會洩漏口風。」

「謝謝你送我回來。」亞麗絲關上車門，目送透納倒車離開查普街。不知道她還有沒有機會再和透納警探說話。

說不定今晚一切都會改變。亞麗絲一直盼望達令頓能回來，但她也很害怕——她無法將這兩種心情分離。她知道，一旦他告訴桑鐸院長她做過的事，揭露她的真面目，她就不可能繼續待在忘川會。她很清楚。但她也知道只有找回達令頓，塔拉才有機會洗刷冤情。他擅長這個世界的語言，明白其中的規範。他能看出其他人遺漏的關鍵。

她承認，她確實很想念他愛炫耀自己無所不知的死樣子。但不只如此。他會保護她。

這個念頭實在太可恥。生存者亞麗絲、響尾蛇亞麗絲，她不該這麼軟弱。但她累了，不想繼續搏鬥。她和道斯這段時間受到的刁難，達令頓絕對不會容許。或許他不認為她屬於忘川會，但她知道他相信她應該受到忘川會的保護。他承諾過會為她——為他們所有人——挺身抵擋恐怖黑暗。這絕不是小事。

諾斯保持距離，在路燈的金黃光暈下飄浮，無論他是殺人犯還是受害者，總之他是伙伴。至少現在還是。

她對他點點頭，沒有多說什麼。今晚她要償還別的債。

25
冬

亞麗絲一進房間，梅西立刻問：「面試順利嗎？」她盤腿坐在沙發上，旁邊放著一堆書。亞麗絲愣了一下，才想起來她之前說要去面試。

「不知道耶。」她回臥室換衣服。「好像不錯。那份工作很有趣。這條褲子太緊了。」

「是妳的屁股太大了。」

「我的屁股剛剛好。」亞麗絲回嘴，穿上黑色牛仔褲。她只剩幾件完好的長袖T恤，她拿出一件穿上，外面再套上一件黑毛衣。她考慮要不要編個藉口說要去參加讀書會，但最後選擇梳好頭髮、搽上深紫口紅。

一看到亞麗絲的打扮，梅西問：「妳要去哪裡？」

「我約了人喝咖啡。」

「等一下。」蘿倫從臥房探出頭。「亞麗絲・史坦要去約會？」

「亞麗絲・史坦先是去面試工作，」梅西說，「然後現在還要去約會呢。」

「亞麗絲・史坦，妳究竟是個什麼鬼？」

我自己都不知道。「如果妳們鬧夠了，快點招認是誰偷了我的大圈圈耳環。」

「他屬於哪個學院？」蘿倫問。

「他是市區的人。」

「哇噢。」蘿倫說。她將亞麗絲的假銀耳環放在她手中。「亞麗絲愛上有工作的人呢。那個口紅有點太誇張。」

「我喜歡。」梅西說。

「她好像想吞了他的心喔。」

亞麗絲戴上耳環，用面紙沾掉一些口紅。「一點也沒錯。」

「二月俱樂部快要結束了。」梅西說。二月的每天晚上都有團體或組織舉行活動，對抗嚴冬的陰鬱。「星期五我們去參加最後一場吧？」

「真的？」亞麗絲問，擔心梅西還沒準備好。

「真的啦。」梅西說。「雖然最好不要待到太晚，不過……我想去。借我妳的口紅。」

亞麗絲笑著拿出手機叫車。「那我們就去吧。」**如果明天我還是耶魯的學生**。「不要等門喔，老媽。」

「妳這個美豔小蕩婦。」蘿倫說。

「當心點。」梅西說。

「是**他**該當心才對。」亞麗絲說完之後關上門。

*

她請司機讓她在黑榆莊的石柱前下車，步行走過長長的車道。車庫門開著，亞麗絲看到達令頓的酒紅色賓士停在裡面。

一樓和二樓都燈火通明，亞麗絲透過廚房窗戶看見道斯，她站在爐臺前攪著一鍋東西，她一進去，立刻聞到檸檬香。雞蛋檸檬湯，達令頓的最愛。

「妳早到了。」道斯回頭說。「打扮很漂亮喔。」

「謝謝。」亞麗絲突然有點害羞。耳環和口紅是否就像她的檸檬湯？

亞麗絲脫掉外套，掛在門邊的勾子上。她不確定今晚會發生什麼事，不過，她想趁其他人出現之前，找機會去搜一下達令頓的書房和臥房。她很高興道斯把燈全打開了。上次她來的時候，這裡寂寞的氣氛讓她覺得心情很沉重。

亞麗絲先去書房，這個房間的牆上鑲著木飾板，書架塞滿了書，正下方是日光室，她之前就是在那裡針對塔拉的命案寫報告交給桑鐸。書桌相當整齊，最下面的大抽屜裡塞滿了與黑榆莊有關的文件。亞麗絲在最上層的抽屜裡找到一本老式的行事曆，以及一包捏扁的Chesterfield香菸。她無法想像達令頓抽這種廉價菸。

接著，她去三樓翻找那間像修道院的臥房，一樣一無所獲。柯斯莫跟著她進去，一臉鄙夷地看著她翻箱倒櫃，檢查一本本書。

「對，我侵犯了他的隱私，柯斯莫。」她說。「不過我是為了做好事。」

顯然對貓咪而言這樣就夠了，牠跑來在亞麗絲雙腿間鑽來鑽去，用頭抵她的戰鬥靴，大聲呼嚕。她搔搔貓的耳朵中間，一邊翻找最靠近達令頓床鋪的那堆書——全部在講新英格蘭工業。她看到一本像古老馬車型錄的東西，拿起來看，紙張泛黃、邊緣破裂，裝在塑膠套裡以防受環境影響。諾斯的家族事業就是製造馬車。

亞麗絲小心地從塑膠套裡拿出來。仔細看過之後，她發現那好像是紐哈芬幾家馬車製造商與相關產業間的商業情報雜誌。裡面有手繪的圖片，車輪、鎖定裝置、吊燈，第三頁以粗大的字體宣布諾斯父子公司新廠完工，附設展示間供顧客參觀。在書頁邊緣，達令頓獨特的字跡寫著：**第一個？**

「就這樣?拜託，達令頓，第一個什麼?」

亞麗絲聽到輪胎壓過碎石的聲音，於是往下看車道，兩輛車開進來——一輛有點老舊的奧迪，後面那輛則是閃亮的藍色Land Rover。

奧迪開進車庫，停在達令頓的賓士旁，不久後，桑鐸院長和一個年輕女人下車，她肯定是蜜雪兒・阿拉梅丁。亞麗絲不確定她期待什麼，但那個女生感覺十分平凡。濃密鬈髮散落肩頭，國字臉，眉毛修得很優美。她身上的黑大衣剪裁高尚，黑色靴子長到膝蓋。她感覺很紐約風，雖然亞麗絲從沒去過紐約。

亞麗絲將馬車型錄放回塑膠套中，匆忙下樓。桑鐸與蜜雪兒已經在玄關掛好外套了，後面跟著一位比較年長的女士，和一個感覺很笨拙的高個子男生，他留著龐克頭，背著一個很大的背包。亞麗絲迷惑了很久，她沒看過他們穿一般服飾的模樣，但最後她想起來了：奧理略會的現任會長喬許・齊林斯基，以及去年秋天為小說家進行儀式時的督導校友艾美莉雅。那次的儀式差點出大事。

達令頓讓奧理略會的人相信是他們的問題，而不是亞麗絲犯錯。那天晚上，亞麗絲與達令頓喝了很多昂貴紅酒，醉醺醺地砸爛了整櫃無辜的水晶器皿——以及一堆磨損的俗氣瓷盤，這些盤子活該被砸。他們害道斯很困惑。她還記得自己站在滿是玻璃與瓷器碎片的廚房裡，心裡非常痛快，她很多年沒有這種感覺了。達令頓看看遍地狼藉的慘狀，在杯子裡倒滿酒，然後口齒不清地說，**史坦，這是一種隱喻。等我酒醒了再慢慢思考。**

大家互相介紹之後，桑鐸開了一瓶紅酒，道斯送上一盤起司配切片蔬菜。感覺好像超爛晚宴的前奏。

「那麼，」蜜雪兒說，拿起一片小黃瓜放進嘴裡。「丹尼把自己搞不見了？」

「他說不定死了。」道斯輕聲說。

「不會啦。」蜜雪兒回答。「要是他死了，一定會變鬼煩死她。」她用拇指比比亞麗絲。

「那時候妳和他在一起，對吧？」

亞麗絲點頭，感覺胃揪成一團。

「而且妳是可以看到灰影的神奇少女。他有出現嗎？」

「沒有。」亞麗絲說。諾斯也沒有在彼岸看到他。達令頓還活著，只是不知道在哪裡，今晚他就會回來了。

「多麼非凡的天賦。」艾美莉雅說。她的金棕色豐盈秀髮長度到下巴下方，穿著藏青色兩件式上衣搭配筆挺牛仔褲。「忘川會能找到妳真是太幸運了。」

「是啊。」桑鐸慈愛地說。「我們確實很幸運。」

喬許・齊林斯基搖頭。「真瘋狂。他們真的到處飄來飄去嗎？現在這裡也有嗎？」

亞麗絲喝了一大口酒。「嗯。有一個正在摸你的屁股。」

齊林斯基猛轉身。桑鐸的表情好像頭很痛。

但蜜雪兒大笑。「達令頓得知妳的能力時，一定開心到尿褲子吧？」

桑鐸清清嗓子。「感謝各位來幫忙。」他說。「你們所有人。這個狀況很棘手，我知道大家都很忙。」

現在又不是開什麼狗屁董事會，亞麗絲好想大吼。**他消失了**。

蜜雪兒重新斟酒。「老實說，接到電話的時候，我並不意外。」

「是嗎？」

「達令頓大一的時候，我整天都忙著阻止他弄死自己或放火燒東西。無論他在哪裡，八成都覺得很興奮，事情終於變刺激了。」

桑鐸嗤笑。「可不是嗎？」

亞麗絲覺得好煩。她不喜歡桑鐸和蜜雪兒微笑緬懷達令頓。他不該受到這種對待。

「他喜歡找刺激？」艾美莉雅問，似乎也有點興奮。

「不算是。」蜜雪兒說。「他只是隨時都願意投身危險中。他自認是騎士，是拿著劍看守冥界之門的勇者。」

每次達令頓這樣形容自己或忘川會，亞麗絲都會冷笑。但現在感覺一點也不蠢了，當她想到塔拉，想到梅瑞提魔藥那種藥物、布雷克那種人渣。界幕八會掌握太大的力量，而他們設下的規範，其實只是讓人無法輕易取得魔法，而不是限制魔法造成的破壞。

「那不就是我們嗎？」亞麗絲脫口而出，來不及制止自己。「不是說**吾等乃牧者**嗎？」

蜜雪兒再次大笑。「妳該不會被他傳染了吧？」她勾住桑鐸的臂彎，他們一起悠閒地走出廚房，齊林斯基與艾美莉雅跟在後面。「真希望我能早點來，在天還亮的時候欣賞這棟房子。他投入很多心血。」

道斯輕觸亞麗絲的手，她吃了一驚。這只是個小動作，但亞麗絲也同樣用指節輕觸她的手。達令頓說得**很對**，忘川會確實有必要存在，確實有責任監督。他們不該只是商場警衛，他們的工作不該只是約束愛搗蛋的小鬼。他們應該是偵探、士兵。蜜雪兒和桑鐸不懂。

我懂嗎？亞麗絲自問。曾經她只想得過且過，什麼時候變成了聖戰士？雖然不知道這段時間達令頓躲在哪裡偷懶，但等他們把他帶回來，又會發生什麼事？

說不定她這麼認真調查塔拉・哈欽司的案子多少能夠加分，但她不相信他會說，**這麼主動積極，表現很好；過去的事一筆勾銷**。她會道歉，她會說，在原爆點的那個凌晨，她不知道海莉打算做什麼。只要能牢牢抓住這裡的生活，她什麼都願意說。

他們走上二樓時，蜜雪兒問：「你們認為他在哪裡？」

「不知道。我們好像得用獵犬術。」桑鐸的語氣幾乎是志得意滿。亞麗絲有時會忘記院長曾經是忘川會成員，而且非常擅長這份工作。

「非常好的想法！要用什麼製造他的氣味？」

「黑榆莊的地契。」

「奧理略會施過法嗎？」

「據我所知沒有。」艾美莉雅說。「但我們可以發動文字，召回簽署的人。」

「任何地方都可以？」蜜雪兒問。

「任何地方都可以。」齊林斯基自滿地說。

他們花了很長的時間描述合約的機制，只要簽署的人對合約抱持遵守的心意，並且對內容懷有感情，召喚就能夠進行。

亞麗絲與道斯對看一眼。至少這件事絕對可以肯定：達令頓愛著黑榆莊。

二樓的宴會廳東西南北四個角落都放了提燈。達令頓做運動用的墊子和器具都先堆到旁邊。

「這個地方不錯。」齊林斯基說，打開背包拉鍊。他和艾美莉雅拿出用棉胎包裹的東西。

「不需要找人來開啟傳送門嗎？」亞麗絲悄悄問道斯，看著喬許打開棉胎，裡面是一個很大的銀質手搖鈴。

「如果桑鐸的想法沒錯，達令頓真的只是困在兩個世界中間，或某個空洞裡，那麼，發動合約文字的力量，應該就足夠將他帶回來。」

「萬一他錯了呢？」

「那麼下次的新月儀式就要找捲軸鑰匙會幫忙。」

不過，萬一那天晚上在地下室的傳送門就是他們開的，那會怎樣？萬一他們不想讓達令頓回來，又會怎樣？

「亞麗絲。」桑鐸喊她，「麻煩過來幫忙畫符文。」

亞麗絲畫防禦圈的時候有種奇怪的感覺，好像她回到過去，變成桑鐸的但丁。

「北邊開著。」他說。「真北引導他回來。妳恐怕得一個人看守灰影。雖然可以服用靈視魔藥……但我年紀大了，風險太高。」他的語氣有些難為情。

「我能應付。」亞麗絲說。「會用到血嗎？」她不希望又引來大量灰影。

「不會。」桑鐸說。「不需要用到血。而且達令頓在黑榆莊四周種植了有防護功效的植物。不過妳也知道，強烈的心願會引來灰影，而要帶他回來，我們需要強烈的心願。」

亞麗絲點頭，在北方就定位。桑鐸站在南方；道斯與蜜雪兒・阿拉梅丁一東一西面對面站著。因為只有燭光照明，模糊光影讓宴會廳顯得更大。這個空間廣闊而冰冷，為了讓賓客讚嘆而建造，只是那些人早已不在了。

艾美莉雅和喬許站在防禦圈中央，手中拿著一疊紙——黑榆莊的地契——然而，除非桑鐸的獵犬術成功，否則他們派不上用場。

「準備好了嗎？」他問。沒有人回答，桑鐸直接開始，喃喃念誦咒文，先是英文，然後是西班牙文，接著是一種氣音很重的語言，亞麗絲認出是荷蘭文。接下來那個是葡萄牙文？再來則是中文。她領悟到，他用了所有達令頓懂的語言。

她不太確定是她想像力過盛還是真的，但她好像聽見動物的腳步聲與喘氣聲。**獵犬術**。她想到忘川會的獵犬，第一次去權杖居那天，達令頓放出的那群胡狼。她沒想到胡狼竟然是那麼漂亮的動物。**我原諒你**，她在心裡想，**快回來吧**。

她聽見突然傳來的嗥叫，然後是非常遙遠的吠叫。

燭光閃爍，燭火變成鮮綠色。

「找到他了！」桑鐸大喊，聲音顫抖。「發動契約！」

艾美莉雅用蠟燭碰一下放在防禦圈中央的紙張。綠色火光點燃、揚起，在文件周圍形成一個圈。她將一個東西扔進去，火焰爆出火星，彷彿煙火。

鐵，亞麗絲懂了。以前學校自然課做過類似的實驗。

鐵粉繼續爆出火星，文字彷彿懸在文件上方的綠色火焰中。

謹見證

上述授與人

合法對價

與情感對價

合法

合法

文字彷彿往內蜷縮，在火中升起，如煙消逝。

燭火燒得更旺，然後開始閃爍。合約周圍的火焰突然消失，宴會廳一片黑暗。

接著黑榆莊突然活了過來。一瞬間，所有壁燈同時點亮，角落的喇叭播放音樂，屋裡某處的電視啟動，新聞報導的聲音傳到走道上。

「是誰把燈全打開了？」一個老人說道，站在防禦圈外。他瘦得可怕，頭髮稀疏，睡袍敞開，露出削瘦胸膛與皺縮生殖器，嘴裡叼著一根菸。

平常亞麗絲看到的灰影都色彩清晰、輪廓分明，但他……呃，很灰。感覺好像隔著好幾層雪紡紗。**界幕**。

她知道那個人是丹尼爾・泰博・阿令頓三世。不久後他就消失了。

「成功了！」喬許大喊。

「快搖鈴。」艾美莉雅大聲說。「叫他回家！」

亞麗絲拿起放在腳邊的手搖鈴，看到其他人也做出同樣的動作。他們搖鈴，甜美的鈴聲在防禦圈四角響起，蓋住幽微的音樂以及屋裡的雜音。

窗戶全部被風吹開。亞麗絲聽到下方某處傳來輪胎摩擦地面的聲音，和巨大撞擊聲。她看到四周有許多人在跳舞。一個留著厚重八字鬍的青年飄過，他長得非常像達令頓，身上的服裝感覺應該放進博物館。

「停！」桑鐸大喊。「不對勁！快停下來，不要搖了！」

亞麗絲抓住鈴舌想讓聲音停止，其他人也一樣。但鈴聲沒有停。她感覺到鈴在手中持續震動，彷彿還在搖，鈴聲越來越響亮。

亞麗絲感覺臉頰發燙。剛才宴會廳非常寒冷，但現在她卻在流汗。空氣中充斥硫磺的臭味。一個奇怪的聲響彷彿穿透地面而來——低沉的喀喀聲響。她想起冥府疆界那些鱷魚彼此呼喚的叫聲。那個東西，進入宴會廳的東西，比鱷魚更大。大很多、很多。聲音感覺很飢餓。

銀鈴發出刺耳聲響，有如憤怒的群眾、準備起義的暴民。震動讓亞麗絲的手掌發麻。

砰。整棟房子晃動。

砰。艾美莉雅站不穩，抓住齊林斯基以免跌倒，她手中的銀鈴落地，依然不停發出聲響。

砰。臟卜當晚亞麗絲聽過同樣的聲音，有東西企圖穿透防禦圈，闖進人間。那天晚上，手術室裡的灰影穿透界幕、捏碎欄杆。她以為他們企圖破壞防禦圈，但會不會他們其實想要進去？會不會是因為他們害怕那個企圖闖入的東西？低沉聲響再次撼動宴會廳，感覺像古老生物張開下顎的聲音。

亞麗絲反胃、乾嘔，硫磺的臭味太濃，甚至嘴裡也有。一股腐臭。

謀殺。一個聲音，嚴厲響亮，壓過鈴聲——達令頓的聲音，但比較低沉，嘶吼咆哮。憤怒。

謀殺，他說。

唉，**去他的**。她還希望他能保密呢。

接著她看到了，有個東西雄踞在防禦圈上方，彷彿沒有天花板、沒有三樓、根本沒有房子。那是一隻怪物——沒有別的詞可以形容——尖角獠牙，無比巨大的身體遮住夜空。野豬。公羊。身體像蠍子一樣分節，尾端揚起。她的心思在各種恐懼間亂竄，完全無法理解任何一部分。

亞麗絲察覺自己在尖叫，所有人都在尖叫。牆壁彷彿著了火。

亞麗絲感覺高溫灼痛臉頰，手臂上的汗毛乾縮。

桑鐸大步向前走到防禦圈中央。他扔下銀鈴，高聲喊：「Lapidea est lingua vestra！」他敞開雙臂，動作彷彿指揮交響樂團，火光將他的臉映得金黃。他感覺好年輕、好陌生。「Silentium domus vacuae audito！Nemo gratus accipietur！」

宴會廳的窗戶往內炸開，玻璃碎裂。亞麗絲跪倒在地，雙手抱頭。

她等待，心臟在胸口劇烈跳動。這時她才意識到鈴聲停了。

寂靜輕輕落在她的耳朵上。亞麗絲睜開眼睛，看到蠟燭重新點亮，所有東西都籠罩著溫和燭光。彷彿什麼都沒有發生，好像剛才的一切只是豪華幻術秀——除了地上滿滿的碎玻璃。

艾美莉雅與喬許跪在地上啜泣。道斯倒在地上縮成一團，雙手摀著嘴。蜜雪兒・阿拉梅丁不停來回踱步，口中念念有詞：「見鬼了、見鬼了、見鬼了。」

風從失去玻璃的窗戶灌進來，與剛才的硫磺惡臭相比，夜晚的氣息顯得清涼甜美。桑鐸呆站在原處，抬頭望著剛才怪物現身的地方。汗水浸透他的襯衫。

亞麗絲強迫自己站起來走向道斯，靴子踩在碎玻璃上發出碎裂聲響。

「道斯？」她蹲下，一手按住她的肩膀。「潘蜜？」

道斯在哭，無聲淚水緩緩滑下臉頰。「他死了。」她說。「他死了。」

「可是我聽到他的聲音。」亞麗絲說。「不然就是像他的聲音。」

「妳不懂。」道斯說。「那個怪物——」

「那是地獄獸。」蜜雪兒說。「牠用他的聲音說話，這表示牠吃了他。有人把地獄獸放進我們的世界，張大嘴像山洞一樣等他走進去。」

「誰？」道斯問，抹去臉上的淚水。「怎麼做到的？」

桑鐸摟住她的肩膀。「我不知道。但我們會查出來。」

「不過，要是他死了，應該會出現在彼岸。」亞麗絲說。「他不在那裡。他——」

「他死了，亞麗絲。」蜜雪兒說，語氣很嚴厲。「他不在彼岸。他不在界幕後面。他被吃了，靈魂和整個人都是。」

那不是傳送門，那天晚上在羅森菲爾館的地下室，達令頓說出這句話。現在她懂他的意思了，在被那個東西吞掉之前，他想說的話。**那不是傳送門，那是一張嘴**。

達令頓不是失蹤。他是被吃掉了。

「沒有人被吃掉之後還能活下來。」桑鐸說，聲音很沙啞。他摘下眼鏡，亞麗絲看著他抹眼睛。「沒有靈魂能夠撐過去。我們召喚出的只是靈聲，只是回音。就這樣罷了。」

「他死了。」道斯重複。

這次亞麗絲沒有爭辯。

*

他們收拾好奧理略會的手搖鈴，桑鐸院長說，明天早上他會找人來先把宴會廳的窗戶用木板釘起來。開始下雪了，但現在時間太晚，沒辦法處理。更何況，也沒有人在乎了。唯一照顧、捍衛黑榆莊的人，再也不會回來了。

他們慢吞吞走出去。到了廚房，道斯哭得更慘了。那裡的東西感覺起來無比愚蠢、充滿盼望：喝到一半的紅酒、整齊排列的蔬菜、爐子上那鍋湯。

到了外面，他們發現達令頓的賓士撞上艾美莉雅的Land Rover。之前亞麗絲聽到的撞擊聲就是這個，他們召喚來人間的回音，附身於達令頓的車。

桑鐸嘆息。「艾美莉雅，我叫拖車來，我留下來陪妳等。蜜雪兒——」

「我叫車去車站。」

「對不起，我——」

「沒關係。」她說。她似乎魂不守舍、迷迷糊糊，好像怎麼想都不對勁，彷彿她現在才明白，在忘川會服務的那些年，其實她隨時可能送命。

「亞麗絲，可以幫忙送道斯回家嗎？」桑鐸問。

道斯用袖子抹抹滿是淚痕的臉。「我不想回家。」

「那就去權杖居吧。我會盡快過去。我們……」他沒有說完。「我不知道我們該怎麼辦。」

「沒問題。」亞麗絲說。她拿出手機叫車，然後摟著道斯的肩膀帶她走過車道，蜜雪兒走在前面。

她們默默站在石柱前，黑榆莊在她們身後，四周的雪越積越高。

蜜雪兒的車先來了。她沒有提出順便送她們，但上車時，她轉身對亞麗絲說話。

「我在哥倫比亞大學巴特勒圖書館的禮品與失物部門工作。」她說，「如果要找我，就打去那裡。」

亞麗絲還來不及回答，她已經上車了。車子緩緩駛離，因為下雪而謹慎慢行，車尾燈越來越小，只剩兩個紅點。

亞麗絲一直摟著道斯，生怕她會掙脫。在這一刻之前、在今晚之前，原本還有無限的可能。亞麗絲真心相信，他們一定會想出辦法，就算這次不成功，或許下次的新月儀式，就能讓達令頓回來。

現在希望破滅了，再多的魔法也無法恢復。
忘川會金童死了。

26
冬

「妳會留下來吧？」道斯問。她們一走進權杖居的門廳，整棟房子就發出嘆息，彷彿感應到她們的悲傷。它知道嗎？它是不是從一開始就知道，達令頓永遠不會回來？

「當然。」她很感激道斯希望她留下。她不想獨自一人，但也不想為了室友而擺出開朗的假象。現在她沒有力氣偽裝。她依然無法克制地想要抓住一絲希望。「或許我們弄錯了。說不定是桑鐸搞砸了。」

道斯打開燈。「他花了將近三個月的時間規畫。這次的儀式沒有問題。」

「哼，搞不好是他故意犯錯。有可能他根本不想讓達令頓回來。」她知道這只是毫無根據的猜忌，但她能做的只有這個。「如果他真的幫忙掩蓋塔拉的命案，絕不會希望達令頓那種英勇騎士來調查，我好應付多了。」

「可是妳已經很英勇了，亞麗絲。」

「比較有能力的英勇騎士。桑鐸中止儀式的時候說的那句話是什麼意思？」

「**你的舌頭是石頭做的**——他用那句咒語讓鈴安靜下來。」

「其他的呢？」

道斯解開圍巾，把大衣掛在勾子上。

她背對著亞麗絲說：「**聆聽空屋的寂靜。這裡不歡迎任何人。**」

達令頓竟然永遠被禁止回到黑榆莊，光是想就讓人難以忍受。亞麗絲揉揉疲憊雙眼。「骷髏會臟卜的那天晚上，我真的聽到有個人——有個**東西**——用力敲門想闖進來，而且發生在塔拉遇害的同時。那個聲音和今晚的很像。說不定是達令頓，說不定他看到塔拉遭到殺害，所以想警告我。如果他——」

道斯已經開始搖頭了，她鬆鬆紮在後頸的包頭散開。「妳也聽到他們的解釋了。那個……那個東西吃了他。」她的肩膀顫抖，亞麗絲領悟到她又哭了，道斯緊抓著掛在牆上的外套，彷彿要是少了這個支撐，她就會癱倒。「他死了。」這句話有如副歌，在悲傷結束之前，她們必須一直重複。

亞麗絲按住道斯的手臂。「道斯——」

但道斯站直，用力吸一下鼻子，抹掉眼眶中的淚水。「不過桑鐸錯了。理論上，被地獄獸吃掉不一定會死。只是人類辦不到。」

「那麼，什麼可以不死？」

「惡魔。」

憑他們給的薪水，我們沒必要冒險。

道斯顫抖著深吸一口氣，將落在臉上的頭髮往後撥，重新紮好包頭。「妳覺得桑鐸到了以後會想喝咖啡嗎？」她問，從起居室地板上拿起耳機。「我想工作一下。」

「進度如何？」

「我的論文？」道斯緩緩眨眼，低頭看手中的耳機，彷彿納悶自己怎麼會拿著。「我不知道。」

「我來叫披薩。」亞麗絲說。「我要先洗澡。我們兩個都好臭。」

「我開瓶紅酒。」

樓梯走到一半時，亞麗絲聽見有人敲門。一瞬間，她以為是桑鐸院長來了。但他為什麼敲門？她加入忘川會這半年來，橘街這棟房子從來沒有人敲門。

「道斯——」但她來不及說完。

「讓我進來。」一個男人說，宏亮憤怒的聲音穿透門板。

亞麗絲的腳自己動了起來，到了門口她才驚覺不對。*使役。*

「道斯，不要開！」她大喊。但道斯已經開鎖了。

門鎖發出喀答一聲，然後門猛地往內打開。道斯被甩到樓梯柱上，耳機從手中飛出去。她的頭撞上柱子，亞麗絲聽到響亮的*喀啦*一聲。

亞麗絲沒有停下來思考。她撿起道斯的耳機戴上，用雙手緊緊壓住，然後轉身往樓上跑。她回頭看了一眼，布雷克・齊利——俊美的布雷克・齊利，羊毛大衣的肩膀處沾染白雪，感覺彷彿從時尚雜誌走出來。他從道斯身上跨過，視線鎖定亞麗絲。

*道斯不會有事，*她告訴自己。*她一定不會有事。要是控制不住自己，就沒辦法幫她。*

布雷克用了星光粉之類的東西。剛才隔著門亞麗絲就感覺到那股力量。因為魔法的影響，道斯才會開門。

她往庫房狂奔，拿出手機撥打透納的號碼，然後用力一拍藏書室旁邊牆上的老舊音響控制面板，希望這次系統會乖乖聽話。或許權杖居想和她並肩作戰，因為走道上傳來音樂聲，非常響亮、非常清晰，以前從來沒有這樣過。達令頓在的時候，系統會播放珀賽爾或普羅高菲夫的古典曲目。但現在系統播放的是道斯最後一次聽的歌——莫里西的吉他顫音響徹權杖居，要不是亞麗絲太害怕，一定會笑出來。

因為她戴著耳機，所以聽不清歌詞，她自己的呼吸聲也非常大聲。她衝進庫房，打開一個又一個抽屜。道斯在樓下流血。透納遠水救不了近火。亞麗絲不願意思考布雷克打算對她做什麼，又會命令她做什麼。是因為之前她做的事，所以他要來報仇？難道他查出她的身分，而且一路跟蹤她來這裡？還是因為塔拉的事，所以他才找上門？亞麗絲太專注調查祕密社團，沒有想到近在眼前的另一個嫌犯——內心腐敗的俊美男孩，不喜歡聽別人說**不**。

她需要武器，但她的敵人是配備超級魅力的活生生人類，庫房裡沒有適合的武器。

亞麗絲回頭一看，布雷克已經來到她身後了。他說話，幸好音樂很大聲，她聽不見。她從抽屜裡隨便拿起重物就扔，甚至不知道那些飛向他的東西是否價值連城。一個星盤、一個閃亮的鎮紙，一片海洋鎖在裡面。

布雷克揮手拍開那些東西，一把抓住她的後頸。因為打長曲棍球與虛榮心，他非常壯。他扯下耳機。亞麗絲用盡全力尖叫，同時用指甲抓他的臉。布雷克痛呼，她逃到走道上。她曾經和怪物肉搏，她贏了，但不是靠自己。她必須出去，離開結界，這樣就能借用諾斯的力量，或是找其他灰影幫忙。

房子彷彿在嗡鳴，傳達焦慮的心情。陌生人進來了、殺人凶手進來了。電燈閃爍，發出爆裂聲響，音響系統的雜音變大。

「冷靜。」亞麗絲對房子說，她不停奔跑，衝向樓梯。「你太老了，不能這麼激動。」

但房子繼續嗡鳴、震動。

布雷克從後面撲倒她。亞麗絲重重撞上地板。「不要動。」他在她耳邊柔聲說。

亞麗絲感覺四肢鎖死。她不只是停止動作——她很高興能夠為他服務，甚至感到激動。她絕對不能動，要像雕像一樣靜止。

「道斯！」她大喊。

「安靜。」布雷克說。

亞麗絲緊閉嘴巴。她很樂意能夠為他做這件事。這是他應得的，他想要的都該得到。

布雷克將她翻過來，矗立站在她身邊。他不可思議地高大，他的金色亂髮後面能看見格子天花板。

「妳毀了我的人生。」他說。他舉起腳，靴子落在她的胸口。「妳毀了我。」她的頭腦有個部分在尖叫，**快逃，推開他，想想辦法**。但那個聲音太遙遠，無法抵抗強烈的服從意念。可以聽從他的命令，她好開心，非常開心。

布雷克的靴子往下重壓，亞麗絲感覺肋骨彎曲。他很高大，整整兩百磅的肌肉，所有重量感覺都集中在她的心臟下方。房子歇斯底里瘋狂震動，彷彿能夠感覺到她的骨頭哭喊。亞麗絲聽到某個地方有張桌子倒了，盤子從架子上跌落。權杖居代替她恐懼吶喊。

「妳憑什麼那麼做？」他說。「回答我。」

他給予許可。

「梅西和之前那些被你糟蹋的女生。」亞麗絲不齒唾罵，即使如此，她的心卻在哀求他再給一個命令，再給她一次機會取悅他。「她們給我權利懲罰你。」

布雷克抬起靴子，用力往下踩。劇痛爆炸，亞麗絲尖叫。

於此同時，屋內的燈光全部熄滅。音響也隨之關閉，音樂消失，四周黑暗、寂靜，彷彿權杖居就此死去。

在寂靜中，她聽見布雷克吼叫。他的左手握拳，好像要打她。但從窗戶照進來的路燈映在一個銀色的東西上。刀。

「妳可以安靜嗎？」他問。「跟我說妳可以安靜。」

「我可以安靜。」亞麗絲說。

布雷克嘻笑，那種高亢的嘻笑，和她在影片中聽到的一樣。「塔拉也這麼說。」

「她說了什麼？」亞麗絲低語。「她做了什麼讓你這麼生氣？」

布雷克彎下腰。他的臉龐依然俊美，立體的線條幾乎像天使。「她自以為比其他女生高級。

不過，所有人都只能從布雷克這裡得到一樣的東西。」

難道他蠢到把梅瑞提魔藥用在塔拉身上？她是不是發現他拿去做什麼了？現在這些重要嗎？亞麗絲快死了。到了最後，她還是像塔拉一樣傻，一樣無法保護自己。

「亞麗絲？」樓下某處傳來桑鐸院長的聲音。

「不要上來！」她大叫。「快報警！他有——」

「給我閉嘴！」布雷克收回腳，用力踢她的側腰。亞麗絲安靜下來。

反正已經太遲了。桑鐸出現在樓梯頂，表情迷惑。從她躺著的地方，亞麗絲看到他察覺她躺在地上，布雷克站在旁邊，手裡拿著刀。

桑鐸往前衝，但他太慢了。

「停！」布雷克大喊。

院長整個人定住，差點摔倒。

布雷克轉向亞麗絲，露出笑容。「他是妳的朋友？要不要我讓他摔下樓梯？」

亞麗絲沒有出聲。他要求她安靜，她只想讓他高興，但她的心智像騾子一樣狂踢她的頭顱。

今晚他們全都會死。

「過來。」布雷克說。桑鐸迫不及待地往前大步走，腳步輕快。布雷克對亞麗絲一撇頭。

「我要你幫我一個忙。」

「只要能幫你，我什麼都願意。」桑鐸說，語氣彷彿邀請前程似錦的新生去他的辦公室。

布雷克遞上刀。「刺她。刺她的心臟。」

「我的榮幸。」桑鐸接過刀，跨騎在亞麗絲身上。

敞開的門吹進一股冷風，亞麗絲發燙的臉感覺到了。她無法言語，無法抵抗，無法逃跑。她可以看見桑鐸身後的大門頂端，以及外面的紅磚小徑。亞麗絲想起達令頓第一次帶她來這裡的那天。她想起達令頓的口哨，她想起那群胡狼，靈獸獵犬，為忘川會成員效力。

吾等乃牧者。

亞麗絲一手按著地面，感覺到掌心下冰涼光滑的木地板。*求求你*，她默默向權杖居哀求。*我是忘川會兒女，壞蛋已經上門來了。*

桑鐸高舉持刀的那隻手。亞麗絲張嘴——她沒有要說話，不，她沒有要說話——孤注一擲在絕望中吹響口哨。*派獵犬來吧。*

胡狼從前門衝進來，齜牙咧嘴、呼嗥吠叫。牠們衝上樓梯，爪子發出噠噠聲響，腳掌打滑。

太遲了。

「快。」布雷克說。

桑鐸往下揮刀。有個東西跑過來，將他從亞麗絲身上撞開。走道上突然擠滿胡狼，咆哮著從她身上踩過。其中一隻撞上布雷克。胡狼的重量讓亞麗絲無法呼吸，牠們踩到她斷裂的骨頭，她大聲慘叫。

牠們因為亢奮與嗜血而狂亂，開始吠叫亂咬。亞麗絲不知道如何控制牠們，她從來沒必要知道。牠們毛皮發亮、牙齦漆黑、口冒白沫。她努力想站起來，往旁邊躲開。她感覺一張嘴咬住她的側腰，長長尖牙陷入肉裡，她慘叫。

桑鐸大喊一串她聽不懂的文字，亞麗絲感覺咬住她的那張嘴鬆開，溫熱鮮血從身體湧出。她眼前發黑。

胡狼退卻離開，在樓梯上彼此推擠。她看到桑鐸的大腿被胡狼咬穿，露出的白色骨頭看起來很像塊根。他的腿血流如注。他喘著氣掏口袋，想要找到手機，但動作很遲緩。

「桑鐸院長？」她氣喘吁吁地問。

他的頭軟軟垂在肩上，手機脫手落在地毯上。

布雷克爬向她。他也在流血，她看到他的二頭肌和大腿都被咬傷。

他撐起身體壓在她身上，整個人貼著她，動作彷彿是她的情人一樣。他的那隻手依然握拳。他打她，一次、又一次。另一手抓住她的頭髮。

「去吃屎。」他對著她的臉頰低語。他坐起來，一手抓住她的頭髮，將她的頭往地上砸。她眼冒金星。他再次拉起她的頭，拽著她的頭髮，將她的下巴往後拉起。「去吃屎，去死。」

亞麗絲聽到濕漉沉重的聲響，懷疑是她的頭顱裂開了。接著布雷克往前倒，壓在她身上。她推他，亂抓他的胸口，他實在太重了，她好不容易才把他從身上推開。她伸手摸摸後腦。沒有流血，沒有傷口。

但布雷克就不是這樣了。他完美的臉龐一側凹陷，鮮血淋漓。他的頭被打凹了。道斯站在他旁邊，哭得很慘。她手中緊握著一個大理石半胸像，亥倫・賓漢三世，忘川會的守護聖人，他嚴肅的側臉沾上鮮血與碎骨。

道斯鬆手，雕像滑落，掉在地板上往旁邊滾。她轉身背對亞麗絲，跪下嘔吐。

布雷克・齊利注視天花板，雙眼無神。他外套上的雪融化了，羊毛反光，感覺像是更高級的布料。他的模樣有如戰敗的王子。

胡狼走下樓梯，從權杖居大門離開之後就消失了。亞麗絲很想知道牠們去了哪裡，平常狩獵什麼東西。

遠處傳來聲響，可能是警笛，也可能是迷失的生物在黑夜中嗥叫。

27
冬

亞麗絲醒來時，以為自己回到凡奈斯區的醫院。雪白牆壁，嗶嗶作響的機器。海莉死了。所有人都死了。她要被抓去關了。

錯覺迅速消逝。側腰燒灼的劇痛帶她回到現實。在權杖居發生的恐怖事件一幕幕模糊掠過：紅燈閃爍，透納和其他警察衝上樓。看到警員，她心中一陣恐慌，但後來……**妳叫什麼名字，孩子？跟我說。可以告訴我發生了什麼事嗎？現在沒事了。沒事了**。他們對她說話的語氣多溫柔，他們對待她的方式多和善。她聽見透納說：**她是學生，大一**。這句話起了神奇的作用。耶魯大學覆蓋她，有如殮衣、盾牌。**鼓起勇氣；人皆有死**。短短幾個字竟然有如此大的力量，魔法咒語。

亞麗絲掀開毯子，拉扯病患袍。每個動作都引發疼痛。側腰的傷口縫合了，用紗布包起來。她覺得嘴裡很乾，像是塞了棉花。

一位護理師進來，滿臉笑容，用乾洗手清潔雙手。「妳醒了！」她開朗地說。

她的手術服上掛著名牌，亞麗絲一看到她的名字，心中立刻發毛。吉恩。她該不會是吉恩・加度拉吧？骷髏會雇用來照顧麥克・雷耶斯的護理師，她照顧所有臟卜的媒介。這絕不是巧合。

「妳覺得怎樣，親愛的？」護理師問。「很痛嗎？」

「我沒事。」亞麗絲說。她不想被注射止痛藥。「只有一點昏昏沉沉。潘蜜拉・道斯在這裡嗎？她沒事吧？」

「在前面的病房。她受驚過度，正在接受治療。我知道妳們兩個一起經歷了很可怕的事，但現在妳需要休息。」

「好。」亞麗絲說，眨眨眼睛、闔上眼皮。「我想喝果汁，可以嗎？」

「沒問題。」吉恩說，「馬上就來。」

護理師一離開，亞麗絲強迫自己坐起來，慢慢下床。疼痛讓她只能淺淺呼吸，喘氣聲讓她覺得自己好像受困陷阱的野獸。她需要見道斯。

她的手上插著點滴，於是只好推著點滴架帶著走，她很慶幸能有個東西可以扶。道斯的病房在走廊盡頭。她躺在被子上，用枕頭撐起上身，身上的運動衫印著NHPD（紐哈芬警局）字樣。尺寸太大，深藍色調，不過很適合她的研究生制式裝扮。

道斯轉過頭，看到亞麗絲時她沒有說話，只是移動到病床邊緣讓出空間。亞麗絲小心翼翼用雙手一撐坐上去，躺在她身邊。床太小，所以非常擠，但她不介意。道斯沒事。她也沒事。她們竟然平安度過。

「院長呢？」她問。

「狀況穩定。醫生幫他打了石膏，大量輸血。」

「我們進醫院多久了？」

「不知道。醫生給我打了鎮定劑。我猜至少一天。」

她們默默躺在一起許久，走廊傳來醫院的各種聲音，護理站的交談聲，機器運轉的喀答、呼呼聲響。

亞麗絲快要飄進夢鄉時，道斯說：「他們會掩蓋這件事，對吧？」

「嗯。」吉恩・加度拉出現在這裡等於表明這件事。忘川會和其他祕密社團會用上全部的影響力，確保那一夜的真實經過絕不會曝光。「妳再一次救了我。」

「我殺了人。」

「妳殺死的是性侵犯。」

「他父母一定會知道他是被殺死的。」

「就連鱷魚也有父母，道斯。但牠們並不會因此就不咬人。」

「現在都結束了嗎？」道斯問。「我想要……正常生活。」

如果妳順利找到正常生活，記得告訴我。

「大概吧。」亞麗絲說。道斯值得一點安慰，而且她也只能給她安慰。至少現在糾結混亂的案情可以解開了。布雷克將成為解開死結的關鍵。藥物、謊言。界幕八會勢必要處理。

亞麗絲肯定睡著了，因為透納推桑鐸院長進來時，她猛然驚醒。她太急著坐起來，劇痛讓她倒抽一口氣，她推推道斯，她昏昏沉沉地醒來。

桑鐸好像很累，他的皮膚鬆弛，感覺幾乎有點粉粉的。他的一條腿打了石膏，往前伸長。亞麗絲回想起白色骨頭刺穿他大腿的樣子，不知道是否該為了放出胡狼而道歉。但如果她沒有放出胡狼，她就會死，桑鐸院長會成為殺人凶手——很可能也會死。他們怎麼向警方解釋是什麼造成如此嚴重的傷勢？怎麼向負責縫合的醫生解釋？說不定他們沒有解釋。說不定憑忘川會的勢力，祕密社團的勢力，耶魯大學院長的勢力，他們根本不需要解釋。

亞伯・透納警探像平常一樣神清氣爽，炭灰色西裝搭配淺紫色領帶。角落有一張給過夜客人用的大型安樂椅，他坐在尾端。

亞麗絲察覺這是他們第一次共處一室——眼目、但丁、百夫長、院長。只有味吉爾缺席。如果學年一開始他們就這麼做，說不定結果會完全不同。

「講其他事情之前，我好像應該先道歉。」桑鐸說，聲音很憔悴。「今年很辛苦。這兩年都很難熬。我一心只希望不要讓忘川會牽涉到那個可憐女生的命案。要是我早點知道梅瑞提魔藥的事，早點知道捲軸鑰匙會的實驗……不過我不想過問，不是嗎？」

道斯在窄窄的病床上動了動。「接下來會怎樣？」

「蘭斯・葛瑞生的殺人罪名將撤銷。」透納說。「不過，他還是會因為販賣與持有毒品的罪行而遭到判刑。他和塔拉出售迷幻藥物給捲軸鑰匙會，很可能也賣給了手稿會。我們檢查過布雷克・齊利的手機，最近有人刪除了裡面很多個大型檔案。」亞麗絲保持面無表情。「不過語音留言紀錄解釋了很多疑點。塔拉發現梅瑞提魔藥的功效，也得知布雷克拿去做什麼。她威脅要報警。我不知道布雷克比較怕勒索還是曝光，但他們之間絕對沒有情感糾葛。」

「所以殺死塔拉的凶手是他？」

「我們找了很多布雷克・齊利的朋友和相關人士問話。」透納接著說。「他不喜歡女人。他可能在某方面發生了惡化，或者自己也使用了藥物，總之他最近的行為極度異常。」

異常。例如把阻塞馬桶裡的東西撈出來吃掉。不過其他部分相當合理。在布雷克眼中，被他侵害的那些女生不是人。倘若塔拉威脅他的控制地位，或許謀殺是可以預期的下一步。亞麗絲體驗塔拉死去的那一刻時，她看到蘭斯的臉出現在上方，她以為是真凶使用了偽裝術。不過，如果布雷克讓塔拉服用梅瑞提魔藥，然後命令她相信自己看見蘭斯的臉，會不會是這樣呢？那種藥的效果有那麼強嗎？

還有一件事讓她覺得不對勁。「布雷克說過他沒有殺塔拉。」

「他攻擊妳的時候肯定頭腦不正常——」桑鐸說。

「不。」亞麗絲說。「不是這次……」是她為梅西報仇的那次。「幾天前。當時他受到使役法術控制。」

透納瞇起眼睛。「妳去找他問話？」

「我剛好有機會，就順便問一下。」

「都這種時候了，還要挑剔亞麗絲的手段嗎？」道斯低聲問。

亞麗絲撞一下道斯的肩膀。「對極了。要不是我一直吵，你們到現在還相信蘭斯是凶手，根本不會深入調查。」

透納大笑。「史坦，妳還是這麼嗆。」

桑鐸苦惱嘆息。「確實。」

「不過她沒有說錯。」道斯說。

「是啊。」桑鐸說，十分難為情。「她沒有說錯。但或許布雷克當時深信自己無辜。假使行凶當時他受到法術影響，說不定他根本不記得。也可能他一心想討好使役他的人才會這麼說。使役法術非常複雜。」

「那麼，那個想殺我的使靈呢？」亞麗絲問。

「我不知道。」桑鐸說。「但我懷疑送來那個……怪物吞掉達令頓的人，應該就是派出使靈襲擊妳的人。他們想阻止忘川會調查。」

「誰？」亞麗絲追問。「柯林？凱蒂？他們怎麼有辦法操縱使靈？」難道說，他們是為了嫁禍給書蛇會，所以故意用使靈？

妳剛才問我忘川會是怎麼回事，現在妳明白了。那天，達令頓放出胡狼嚇她之後說了這句話。但是**他**知道嗎？他的聰慧、他對忘川會與這份使命的愛，讓他成為別人的眼中釘，他知道這件事嗎？

「我們會查出來。」桑鐸說。「我保證一定會，亞麗絲。我會不眠不休直到查清真相。我們已經找柯林・卡崔問話了。顯然他和塔拉經常一起做實驗，他們嘗試過空間移動魔法、金錢咒，全都是很危險的東西。我們不確定是誰先開始教唆，但塔拉想要更深入，而且她不允許柯林踩煞車，她威脅如果不讓她做，就要停止供應那種……輔助藥物給社團。」

因為塔拉嘗到了真正的甜頭。她見識過真正的力量，知道這是奪取的好機會。

「基本上她是在勒索他。」桑鐸說。「這整件事都非常丟人——而且就發生在我的眼皮子底下。」他在輪椅上垂頭喪氣，感覺衰老黯淡。「妳遭遇危險，我卻沒有保護妳。妳努力讓忘川會的精神存續，我卻把心思都用在煩惱達令頓失蹤的問題上，想盡辦法假裝一切正常，為了取悅校友會而維持假象。這真是……這真是**太可恥了**。妳的堅毅為忘川會增光，我和透納都會在交給理事會的報告中這麼說。」

「她這麼努力，應該要得到回報吧？」道斯說，雙手抱胸。「因為你急著想甩掉塔拉的命案，亞麗絲兩次差點喪命。」

「三次。」亞麗絲糾正。

「三次。她應該得到一點補償。」

亞麗絲揚起眉毛。道斯什麼時候變得這麼霸道？

但桑鐸只是點頭。這是個條件交換的世界，所謂的quid pro quo。

看吧，達令頓？亞麗絲想著。**連我都懂一點拉丁文呢。**

透納站起來。「不管你們接下來要搞什麼鬼，我都不想聽。你們儘管用好聽的話裝飾，但布雷克・齊利、柯林・卡崔、凱蒂・麥斯特，這些人就像酒駕撞爛超跑的有錢小鬼，他們一開始就不該碰那輛車，更不該繞著樹飆車。」他離開前輕輕捏一下亞麗絲的肩膀。「我很慶幸妳沒有被那些傢伙弄死。暫時休息一、兩個星期，盡可能不要再挨揍了。」

「你也是，盡可能不要再買西裝了。」

「我無法保證。」

亞麗絲目送他從容離去。她想開口叫他回來，讓他留下來。配戴閃亮警徽的好人透納。桑鐸望著交握的雙手，彷彿專心研究格外艱澀的魔法招數。或許他張開手時會有鴿子飛出來。

「我知道這個學期，妳在學業上遭遇了很大的困難。」他終於說。「說不定我可以想辦法幫忙。」

亞麗絲瞬間將透納拋到腦後，也忘記了側腰惱人的疼痛。「怎麼說？」

桑鐸清清嗓子。「我或許可以讓妳所有的課程都過關。要是分數太誇張可能不太明智，不過——」

「GPA平均三點五應該就可以了。」道斯說。

亞麗絲知道她應該拒絕，她應該說想要靠自己。換做達令頓一定會這麼做，道斯也是，梅西、蘿倫很可能也會。但塔拉不會。機會就是機會。亞麗絲可以明年再靠自己的實力。儘管如此……桑鐸也答應得太快了。這次交易的條件是什麼？

「捲軸鑰匙會將受到什麼處罰？」亞麗絲問。「手稿會呢？那些爛人呢？」

「我們將會採取懲戒措施。非常重的罰款。」

「罰款？他們企圖殺我。達令頓可以說也是他們害死的。」

「我們已經聯絡了界幕八會的信託基金會，之後即將在曼哈頓召開會議。」

會議，座位表，說不定還有薄荷水果冰沙。亞麗絲感覺到瘋狂的憤怒在內心滋長。「應該有人要為他們的行為付出代價吧？」

「到時候再說吧。」桑鐸說。

「**到時候再說？**」

桑鐸抬起頭。他的眼神銳利，燃燒著火光，像新月儀式那晚與地獄獸對決時一樣。「妳以為我不知道他們太輕易脫身？妳以為我不在乎？梅瑞提魔藥像糖果一樣輕易取得。空間移動魔法外流，而且還被用來攻擊忘川會人員。手稿會和捲軸鑰匙會應該**都要**被剝奪會墓才對。」

「但忘川會不打算執行？」道斯問。

「一次毀掉古八會中的兩個社團？」他的語氣很苦澀。「我們靠他們給的資金存續，而且那兩個社團不是奧理略會或聖艾爾摩會，而是勢力最大的兩個社團。他們的校友會非常強大，現在已經在爭取寬貸了。」

「我不懂。」亞麗絲說。她應該就此做罷，接受加分，慶幸自己死裡逃生。但她辦不到。「你們應該早就知道最後會發生這樣的事。透納說得沒錯。你們改裝車輛，把鑰匙交給他們。魔法是很強大的東西，為什麼要交給一群小鬼？」

桑鐸更加頹喪，剛才的火光消失了。「亞麗絲，青春是很容易消逝的資源。校友會需要社團；一整個人脈網絡完全得依靠他們所能取得的魔法才能夠存在。就是因為這樣，校友才會回來，信託基金會才會出資維持會墓。」

「也就是說，沒有人會付出代價。」亞麗絲說。除了塔拉，除了達令頓，除了她自己和道斯。看來他們確實是騎士——雖然珍貴，但為了長遠的利益，隨時都能拋棄。

道斯冷冰冰看著院長。「你走吧。」

桑鐸推著輪椅離開，感覺一蹶不振。

終於只剩下她們兩個，道斯說：「妳說得對。他們全都能全身而退。」

有人敲敲打開的門。

「道斯小姐，妳姐姐來接妳了。」吉恩說。她指著亞麗絲。「小姑娘，妳應該回自己的病房好好休息。我推輪椅過來。」

「妳要離開？」亞麗絲知道自己不該語帶指責。道斯救了她的命。她想去哪裡都可以。「我不知道妳有姐姐。」

「她住在西港。」道斯說。「我只是需要……」她搖頭。「這份工作應該是研究性質。現在太誇張了。」

「真的很誇張。」亞麗絲說。如果媽媽住在只要坐幾站火車就能到的地方，而不是幾千英里之外，她應該也會想回去在沙發上窩一個星期，或十二個星期。

亞麗絲爬下床。「保重，道斯。去姐姐家看一堆爛電視節目，暫時過一下正常生活。」

「別走。」道斯叫住她。「我希望妳見見她。」

亞麗絲擠出笑容。「出院之前，妳們來看我吧。我需要來點超美味的鴉片類止痛藥，不然我就要倒地了，我不想等好心的吉恩護理師推輪椅來。」

她以最快的動作走出病房，不給道斯機會開口。

亞麗絲回到自己的病房，但她沒有停留，只是拿了手機、拔掉點滴。她遍尋不著衣物和靴子，大概是警方作為證物帶回去了。看來她永遠拿不回來了。

她知道這麼做很不理性，但她不想繼續待在這裡。她不想假裝以合理的口吻，談論完全不合理的事。

桑鐸就算道歉再多次也沒用。亞麗絲覺得很不安全，她懷疑自己永遠不會覺得安全。**吾等乃**

牧者。但是誰會幫他們對抗惡狼？布雷克・齊利死了，他俊美的腦袋被砸爛了。然而，凱蒂・麥斯特和手稿會竟然沒事，一開始就是他們為了省錢，而導致梅瑞提魔藥外流。柯林呢？熱心、聰明、體面的柯林，還有捲軸鑰匙會的其他成員，他們將祕密出賣給罪犯，而且吞掉達令頓的怪物很可能也是他們搞的鬼。使靈呢？她差點被一個戴眼鏡的使靈殺害，卻沒人在乎。道斯遭到攻擊，桑鐸院長差點倒在走道地毯上失血過多死掉。他們真的只是可以隨便丟棄的工具？

沒有社團遭到解散。一切都沒有改變。太多位高權重的人需要紐哈芬的魔力，而界幕八會為他們取得。現在調查工作交給桑鐸和一群不知長相的有錢校友，要懲罰，還是要寬恕，全憑他們高興。

亞麗絲順手拿起掛在椅背上的醫生白袍，穿著醫院的襪子往電梯走去。她原本擔心會有人攔阻，但她平安走過護理站。傷口非常痛，她很想扶著牆壁彎腰休息，但她不能冒險引起注意。

電梯門開了，一位女士走出來，她一頭赭紅秀髮，米色毛衣搭配緊身牛仔褲。她長得很像道斯，差別在於她是拍掉灰塵、精心打扮之後的版本。亞麗絲讓路給她，然後走進電梯。門一關上，她立刻軟軟靠在牆上，努力吸氣。她毫無計畫。她只是無法繼續待在這裡。無法和道斯的姐姐閒話家常。無法假裝這所有事情公平、正確、能夠接受。

她拖著腳步走出醫院，在寒風中跛行半條街之後，才拿出手機叫車。很晚了，路上沒有人車

——只有鬼新郎。諾斯在醫院燈光下飄浮。他朝她飄過來，似乎很擔心，但亞麗絲不允許自己在乎。他沒有找到塔拉，他根本沒有幫上忙。

結束了，她在心裡想，**就算你不願意也沒辦法，老兄**。

「**無人哭泣、無人彰顯、無人哀歌**。」她凶巴巴地說。諾斯退後消失，表情很受傷。

車子來了，她坐進後座，司機問：「妳好嗎？」

不好，我半死不活、灰心喪志。**你呢**？她很想躲在有結界的地方，但她一想到要回權杖居就受不了。「麻煩去約克街與榆樹街交叉口。」她說。「那裡有條巷子，等一下我指給你看。」

黑夜中，街道寂靜，城市面目不清。

我受夠了，亞麗絲想著，拖著身體下車，爬上地洞的樓梯，丁香與安撫的氣息籠罩她。道斯逃去西港。桑鐸回家，管家和調皮拉布拉多犬在等他。透納……唉，她不知道誰在家等他。媽媽？女朋友？工作？亞麗絲打算做受傷動物會做的事。她要躲在怪物找不到她的地方。她要躲進地洞。

他人若有失誤時，自尊受傷無他慮。
吾等若是不警惕，末日號角吹響起，滅世騎士轉眼至。
災難臨頭無預期，猝不及防生禍事。
死神覬覦黑翼振，唯有吾等為防禦，一身擔當為己任，
輕騎重騎龍甲披。

——〈致忘川會勇士〉，凱伯特・柯林斯
（強納森・艾德華茲學院，一九五五）

老實說，凱伯特寫詩的功力不太行。他似乎完全沒有察覺過去四十年詩壇風格的變化，一心只想模仿朗費羅。這樣嫌棄他好像有點小心眼，畢竟他失去了雙手嘛。不過呢，就算這樣，我們也沒必要關在權杖居整整兩個小時，聽他朗誦最新的大作，倒楣的朗恩・理查森還得幫他翻頁呢。

——忘川會日誌，卡爾・羅莫
（布蘭福德學院，一九五四）

28
初春

玻璃碎裂的聲音驚醒亞麗絲。她過了片刻才想起自己在哪裡，認出眼前地洞浴室的六角形地磚，以及滴水的水龍頭。她抓住洗手臺邊緣撐起身體，站一下等暈眩過去之後，這才赤腳穿過更衣室去到客廳。她呆站許久，望著地上的碎玻璃——一塊鉛玻璃破了，清涼春風呼呼吹進來，碎玻璃落在窗邊座位的格紋羊毛椅墊上，旁邊還有她沒吃完的炸豆餅與《忘川會人員選拔標準要點》，那本小冊子依然翻開在亞麗絲放下的地方。**死亡惡搞所有人**。

她謹慎地偷看下面巷子。鬼新郎在那裡，過去兩個星期他每天都來。還是三個星期？她不確定。但梅西也在，她穿著繫腰帶的外套，上面印著百葉薔薇圖案，她的黑髮紮成馬尾，表情滿是內疚。

亞麗絲考慮要不要裝死。她不知道梅西怎麼會找到她，但她不必出現。只要亞麗絲一直不出現，梅西等到累了自然會死心離開。但她也可能再丟石頭打破窗戶。

另一個人走過來，梅西對她揮揮手，那個人穿著紫色鉤織長外套，並裹著有亮片的深紫紅色圍巾。

亞麗絲把頭靠在窗框上。「靠。」

她穿上忘川會運動衫，遮掩髒兮兮的坦克背心，赤腳蹣跚下樓。她做個深呼吸，然後開門。

「寶貝！」亞麗絲的媽媽大喊，朝她衝過來。

春季陽光刺得亞麗絲瞇起眼，她盡可能不退縮。「嗨，媽。不要抱——」

太遲了。媽媽用力抱住她，亞麗絲痛得倒抽一口氣。

「怎麼了？」米拉問，急忙放開。

「只是小傷。」亞麗絲說。

米拉雙手捧著亞麗絲的臉，撥開她的頭髮，眼淚湧出。「噢，寶貝。噢，我的小星星。我最擔心的事還是發生了。」

「媽，我沒有嗑藥。我發誓。我只是真的、真的身體很不舒服。」

米拉的表情滿是質疑。儘管如此，她目前狀況極佳，很久沒有氣色這麼好了。她的金髮最近才挑染過，肌膚光澤透亮，好像還胖了一點。**都是因為我**，亞麗絲心痛地領悟。**那些年她之所以感覺那麼累，看起來比實際年齡老，都是因為擔心我**。但後來她女兒成為畫家，還錄取耶魯大學。像魔法一樣。

亞麗絲看到梅西在巷子牆邊晃來晃去。**告密鬼**。

「來吧。」亞麗絲說。「進來吧。」

帶外人進地洞違反了忘川會的規定，但既然柯林・卡崔可以教蘭斯・葛瑞生怎麼空間移動去冰島，她當然可以邀請媽媽和室友進來喝茶。

她瞥鬼新郎一眼。「你不准進來。」

他開始朝她移動，她急忙關上門。

「誰不准進來？」她媽媽問。

「沒有啦，沒什麼。」

爬樓梯讓亞麗絲氣喘吁吁、頭暈目眩，但她打開地洞的門讓她們進去時，依然知道很丟臉。她狀況太差，沒察覺自己把這裡弄得多亂。她用過的毯子堆在沙發上，到處都是髒餐具和外帶容器，裡面的食物都腐敗了。現在她呼吸過新鮮空氣，這才驚覺客廳臭得可怕，那個氣味很像沼澤，也很像病房。

「對不起。」亞麗絲說。「我最近……我最近沒什麼精神打掃。」

梅西動手開窗，米拉收拾垃圾。

「不要收了啦。」亞麗絲因為太丟臉而起雞皮疙瘩。

「我不知道還能做什麼。」米拉說。「妳去坐下，我來處理。妳好像隨時會昏倒。廚房在哪裡？」

「左邊。」亞麗絲引導她去長條形小廚房，裡面也像客廳一樣髒亂，甚至可能更糟。

「這是誰的房子？」梅西邊問邊脫外套。

「達令頓的。」亞麗絲說，這個答案不算撒謊。她壓低聲音問：「妳怎麼知道我在這裡？」

「什麼？」

梅西尷尬地左右移動重心。「我，呃……跟蹤妳來過這裡一、兩次。」

「妳太神祕了，好嗎？我很擔心妳。順便說一下，妳的樣子慘透了。」

「唉，我也覺得慘透了。」

「妳跑去哪裡了？我們都快擔心死了。我們不知道妳是失蹤了還是怎麼了。」

「所以妳打電話給我媽？」

梅西雙手往上一甩。「別以為我會道歉。要是我失蹤了，希望妳也會找我。」亞麗絲皺眉頭，但梅西只是伸出一隻手指戳戳她的肩膀。「妳救我、我救妳。事情不就是這樣？」

「這裡有回收桶嗎？」米拉在廚房大聲問。

亞麗絲嘆息。「洗碗槽底下。」

或許好事和壞事都一樣，有時候只能任其發生。

*

梅西和米拉合作效率驚人。她們整理好垃圾，強迫亞麗絲洗澡，幫她跟學校的健康中心約好時間去打抗生素，雖然她根本沒有給她們看傷口。她說她只是得了流感或什麼怪病毒。她們強迫她洗澡，然後換上乾淨的運動服，接著，米拉去那間高級的小超商買湯和運動飲料。亞麗絲說她不得不丟掉靴子，現在沒鞋穿，於是米拉再次出門。

「鞋子弄到柏油。」她說。「全毀了。」**柏油、血跡。差不多啦。**

一個小時後，米拉回來了，她買了一雙靴子、一條牛仔褲、兩件耶魯T恤、一雙浴室拖鞋，雖然亞麗絲用不到拖鞋，但還是道謝。

「我還幫妳買了一件洋裝。」

「我不穿洋裝。」

「以後說不定會穿嘛。」

她們坐在壁爐前喝茶和即溶熱可可。很可惜，道斯的高級棉花糖被亞麗絲吃光了。現在沒那麼冷了，不需要生火，在午後陽光照耀下，客廳感覺溫馨安全。

「妳打算待多久？」亞麗絲問。這句話聽來很不知感激，雖然她不是故意的。

「我要搭明天早上的第一班飛機回去。」米拉說。

「不能待久一點嗎？」亞麗絲不知道她希望媽媽待多久。不過看到媽媽露出燦爛笑容，因為這個問題感到開心極了，她很慶幸自己有問。

「我也很想待久一點，可是星期一要上班。」

亞麗絲領悟到今天應該是週末。自從躲進地洞之後，她只看過一次電子郵件，桑鐸傳的訊息她全都沒看。她任由手機耗盡電力。這麼多天來，她第一次想到，沒有忘川會的人到場監督，祕密社團有沒有繼續進行儀式？或許權杖居出事之後，所有活動全部暫停。她不在乎。她比較想知道媽媽哪來的錢臨時買機票飛來東岸。亞麗絲很後悔，之前要求加分的時候，應該順便跟忘川會勒索一點錢。

梅西把三週來她缺席的課堂筆記整理好帶來，已經開始研究如何在期末考前惡補。亞麗絲邊聽邊點頭，但根本無所謂。條件已經談好了。桑鐸承諾會讓亞麗絲過關，即使他食言，亞麗絲也沒心情讀書。但她願意假裝。為了梅西，也為了媽媽。

她們吃了簡單的晚餐，然後慢慢走回舊校區。亞麗絲帶媽媽去看范德比宿舍的中庭，她和室友一起住的宿舍，臥房牆上的加州地圖、海報，還有英國十九世紀畫家雷頓的《燃燒的六月》，達令頓看到這張海報時大翻白眼。她讓米拉看她的素描簿，媽媽開心讚嘆，她一直提醒自己，偶爾要拿出來畫一下做做樣子，但她必須承認，她真的很少畫。

媽媽點燃一把鼠尾草，弄得整個客廳都是煙，亞麗絲盡可能假裝沒有丟臉到想鑽到地底。儘管如此，她沒想到回到宿舍的感覺竟然這麼棒，看到蘿倫的腳踏車靠在壁爐架上，小烤箱上堆著好幾盒Pop-Tarts夾心餅。感覺像回到家。

終於到了米拉該回飯店的時間，亞麗絲送她出去，盡可能掩飾走下幾級臺階對她而言有多麼辛苦。

「我沒有問妳發生了什麼事，我以後也不會問。」米拉說，裹好她的亮片圍巾。

「謝謝。」

「不是為了妳。而是因為我太膽小。既然妳說妳沒嗑藥，我願意相信妳。」

亞麗絲不知道該如何回答。「暑假我可能要打工。這樣就不能回家了。」

米拉低頭看鞋子，她一直穿這種手工皮鞋，在同一個工藝品市集跟同一個鞋匠買，至少十年了。她點頭，伸手抹去淚水。

亞麗絲發現自己也冒出眼淚。她害媽媽哭過多少次？「對不起，媽媽。」

米拉從口袋拿出一張面紙。「沒關係。我以妳為榮。我也不希望妳回來。發生了那麼多可怕的事，還有那些可怕的人。妳屬於這裡，注定要在這裡茁壯綻放。不要翻白眼，銀河。不是每座花園都適合每朵花。」

一波強烈的愛與憤怒湧上心頭，亞麗絲無法拆解。媽媽相信精靈、天使、水晶球，但如果見識到真正的魔法，她會怎麼想？她能夠察覺有多醜惡嗎？魔法並非金光閃閃、善良無害的東西，魔法只是另一種資產，只有少數人玩得起。車子來了，該道別了，沒時間為了舊傷爭辯。

「我很高興妳來了，媽。」

「我也是。我希望……要是妳的學業趕不上——」

「沒問題的啦。」亞麗絲說，感謝桑鐸，她不必說謊，這種感覺很棒。「我保證。」

米拉擁抱她，亞麗絲聞到廣藿香和晚香玉的氣味，小時候的回憶。「我應該更用心。」媽媽啜泣著說。「我應該設立更嚴格的規範。我應該讓妳吃速食。」

亞麗絲忍不住笑了，但立刻痛得皺起臉來。再嚴格的睡眠時間、再多的反式脂肪，也無法帶給她平安。

媽媽坐進車子後座，但關門之前，亞麗絲忍不住問：「媽……我爸爸……」多年來，每當亞麗絲問起生父的事，米拉總是設法敷衍。他是哪裡人？**有時候他跟我說是墨西哥，有時候又**

說是祕魯、斯德哥爾摩或辛辛那提。那一直是我們說笑的話題。到底哪裡好笑？好像真的不好笑。他是做什麼的？我們不談錢的事。他喜歡衝浪。妳愛他嗎？愛。他愛妳嗎？一陣子吧。他為什麼離開？人都會離開，銀河。希望他找到幸福。

媽媽是認真的嗎？亞麗絲不知道。長大之後，她終於明白這些問題讓媽媽多難過，而且答案永遠不會改變，於是她便不再問了。她決定不要放在心上。既然爸爸不在乎她，她也不要再為他傷神。

但現在，她卻發現自己說：「他有什麼異於常人的地方嗎？」

米拉大笑。「所有地方？」

「我是說……」亞麗絲努力思考該怎麼說，媽媽才不會覺得她瘋了。「他像妳一樣，喜歡塔羅牌、水晶之類的東西嗎？妳有沒有覺得他好像能看到不存在的東西？」

米拉低頭望著查普街的地面，眼神變得遙遠。「妳有聽過吃砒霜的人嗎？」

亞麗絲愣住，不懂她的意思。「沒有？」

「他們每天服用一點砒霜，皮膚會變得光亮、眼睛有神，心情也很棒。但其實他們只是在吃毒藥。」米拉的視線轉向亞麗絲，亞麗絲第一次看到媽媽的眼神如此銳利穩定，平常她總是強顏歡笑。「和妳爸在一起就是那種感覺。」她微笑，以前的米拉又回來了。「看完醫生傳簡訊給我。」

「知道了，媽。」

亞麗絲關上車門，看著車駛離。鬼新郎原本站在遠處以示尊重，靜靜看她們交談，但現在他過來了。他會有放棄的一天嗎？她真的不想去權杖居，但她需要去忘川會藏書室查資料，研究怎樣才能切斷他們之間的連結。「**人皆有死**。」她氣沖沖地對他說，他不甘願地往後縮，穿過磚牆消失。

亞麗絲一走進客廳，梅西立刻問：「妳媽還好嗎？」她穿著風信子睡袍窩在沙發上。

「應該吧。她只是擔心我可能撐不過這學年。」

「妳不擔心？」

「當然。」亞麗絲說。「當然。」

梅西嗤笑。「少來，妳根本不擔心。我看得出來。繼續當神祕的亞麗絲・史坦吧。沒關係，神祕很好。我高中的時候打過兩年壘球。」

「真的？」

「看吧？我也有祕密。妳有沒有聽說布雷克的事？」

她沒有。躲在地洞的那幾個星期，她什麼都沒聽說。那就是她躲起來的目的。不過，根據梅西的說法，布雷克・齊利跑去一位女性家中侵犯她，被她丈夫用高爾夫球桿打死。他身上帶著一把刀，鑑識人員比對出和塔拉・哈欽司命案的凶刀一致。完全沒有提到道斯、權杖居，也沒有人說他是被亥倫・賓漢三世的胸像砸死。沒有人討論梅瑞提魔藥，祕密社團更是連一個字都沒出現。這件案子就此終結。

「上次我說不定會被殺呢。」梅西說。「看來我還算幸運。」

幸運。這個詞懸在空氣中，如此錯誤的形容，有如刺耳的鈴聲。

梅西仰頭靠在沙發扶手上，望著天花板。「我的曾祖母活到一百零三歲。她自己報稅，而且每天早上都去青年會游泳，最後是在上瑜伽課的時候倒地死去。」

「她感覺是個很棒的人。」

「她很討人厭。我們姐弟都不想去她家。她泡的茶味道很怪，而且總是抱怨個沒完沒了。不過每次去過之後，我都會覺得自己變得更強了。因為熬過了那樣的折磨。」

亞麗絲覺得要是她能熬過這學期，那才叫幸運。不過現在的氣氛很不錯。「好希望我外婆也能活到一百零三歲。」

「她是怎樣的人？」

亞麗絲坐在蘿倫的醜醜安樂椅上。「我從來不知道她究竟是迷信還是虔誠。不過她非常強悍。我媽說過，她第一次帶我爸回家的時候，他一看到我外婆就轉身逃跑了，再也沒出現。」外婆第一次心臟病發之後，亞麗絲問過外婆這件事。**長得太好看**，她說，不以為然地揮揮手。Mal tormento que soplo，**他只是一陣吹過的惡風**。

「我覺得人如果要活到老，」梅西說，「好像一定要那樣才行。」

亞麗絲望著窗外。鬼新郎回來了。他的臉很臭，表情頑強，似乎表明他可以永遠等下去。很可能真的可以。

妳想要什麼？貝爾邦這麼問過她。安全、舒適、不感到畏懼。**我想要活到老，**亞麗絲心中想著，拉起窗簾。**我想坐在門廊上，喝味道很怪的茶，對路過的人大吼大叫。這個世界一直想要我的命，但我想活下去。**

29
初春

第二天早上，亞麗絲出門去上課，決心至少做做樣子，諾斯依然在那裡。他似乎很焦躁，不停出現在她眼前擋路，飄浮在她的視線前方，害她上西文課時看不見黑板。

下課之後，亞麗絲傳簡訊給道斯。**我知道妳不在學校，但之前妳說要去查怎麼切斷和灰影的連結，有查到什麼嗎？我面臨嚴重的鬼新郎問題。**

她終於被纏到受不了，走進餐廳門口的洗手間，揮手叫諾斯進去。

「告訴我一件事就好。」她對他說。「你有沒有在界幕後面找到塔拉？」

他搖頭。

「那就麻煩你滾遠一點，永遠別來煩我。我們的交易破局了。命案已經偵破，我不想繼續見到你這個殺死未婚妻的爛人。」亞麗絲並不認為諾斯是凶手，她只是想要他別再糾纏。

鬼新郎用力指著洗手臺。

「你想要我放水和你聊天？你想太多了喔。別鬧了。」

她考慮要不要乾脆蹺課，安靜躲在有結界的宿舍裡。但她都已經辛辛苦苦換好衣服了，這麼快回去太可惜。幸好接下來的課是莎士比亞，不是現代英國小說。

她穿過榆樹街到了位在高街的林斯利—齊坦登館，找了一個靠走道的位子，將自己塞進書桌。每當鬼新郎出現在眼前，她就轉移視線焦點。她沒有讀書，但所有人都知道《馴悍記》的故事，她喜歡今天的課程，談到姐妹情感與音樂。

亞麗絲正在看一三〇號十四行詩的幻燈片，忽然感覺劇烈頭痛，好像頭裂開了。一股深刻的寒意竄過全身。她看到片段影像閃過，煤氣路燈照亮的街道，煙囪冒出的黑煙飄上灰暗天空。她口中有菸草的味道。她只來得及感受瞬間的憤怒，然後世界就變成一片黑暗。

下一瞬間，她低頭看著紙張。教授還在講話，但亞麗絲不太明白她在說什麼。她看到筆記本上多了之前沒有的字，歪歪扭扭的字跡寫下三組數字。

一八五四　一八六九　一八八三

紙張上有血。

亞麗絲舉起手，卻差點打到自己的臉。感覺好像她忘記了自己的手臂有多長。她匆匆用袖子抹臉。她流鼻血了。

坐在她右手邊的女生驚恐地注視著她。「妳沒事吧？」

「我沒事。」亞麗絲說。她捏住鼻孔想止血，同時急忙闔上筆記本。諾斯飄在她的正前方，表情倔強。「王八蛋。」

旁邊的女生臉色變了，但亞麗絲沒心情裝好人。諾斯附身了，他跑進她的身體裡。他乾脆把手塞進她的屁眼，把她當人偶擺弄算了。

「該死的**混蛋**。」她小聲怒罵。

她把筆記本塞進背包，抓起外套，匆匆走過走道離開大教室，從林齊館的後門出去。她直奔權杖居，氣沖沖地傳簡訊給道斯：SOS。

走到綠原時，她已經腳步蹣跚了，側腰的痛讓她呼吸困難。她好希望自己帶了止痛藥出門。諾斯依然跟在她身後，保持幾英尺的距離。「**現在**你才想到要保持距離以示尊重？你這個沒有肉體的混蛋。」她回頭大罵。

他一臉嚴肅，而且看不出一絲抱歉。

「我不知道該怎麼整死鬼魂，但我一定會查出來。」她向他保證。

她凶巴巴的態度其實只是為了掩飾內心驚恐。既然這次他可以進來，是不是以後也可以？他會讓她做出什麼事？自殘？傷害別人？之前蘭斯襲擊她的時候，她也以差不多同樣的方法利用諾斯，但當時她有生命危險而不得不這麼做，而不是為了尋找真相而強迫他進入。

萬一其他灰影發現，爭先恐後搶著進來，那該怎麼辦？一定是因為他們之間的連結太深了。她邀請他進入兩次。她知道他的名字，還用那個名字叫過他。該不會門一旦打開，就再也無法鎖上了吧？

「亞麗絲？」

亞麗絲急忙轉身，然後立刻按住側腰，傷口的劇痛傳遍全身。崔普・海穆斯站在人行道上，穿著藏青色帆船隊風衣，反戴棒球帽。

「你想幹嘛，崔普？」

他防備地舉起雙手。「沒有！我只是……妳還好嗎？」

「不好，真的很不好。但等一下會好很多。」

「我只是想道謝，妳知道，沒有把塔拉的事說出去。」

其實亞麗絲根本沒有保密，但既然崔普想要這麼想，那當然沒問題。「不客氣，兄弟。」

「布雷克・齊利的事真的太扯了。」

「是嗎？」亞麗絲問。

崔普拉起帽子，伸手扒一下頭髮，然後重新戴上。「或許不算太扯啦。我從來不喜歡他。有些人天生就很惡質，妳知道吧？」

亞麗絲驚訝地看著崔普。或許他沒有想像中那麼廢。「我充分體會過。」

她用眼神警告諾斯，他不停來回踱步，一次又一次穿過崔普。

崔普打個哆嗦。「靠，我好像快感冒了。」

「多休息。」亞麗絲說，「最近好像有病毒傳染。」

維多利亞時代亡靈病毒。

亞麗絲快步離開榆樹街走向橘街，等不及想進入有結界的地方。她拖著身體走上權杖居的三級臺階，一打開門進去，她立刻感覺輕鬆不少。諾斯飄浮在街道中央。她用力關上門，透過窗戶看到一陣風將他吹開——彷彿整棟房子大聲假咳。亞麗絲把頭靠在關起的門上，「謝謝。」她喃喃說。

下次他如果又想硬闖進她的身體，有什麼可以阻止他？難道要重回冥府疆界才能切斷連結？她願意。她願意去求沙樂美・尼爾斯讓她再進去一次狼首會。她願意讓道斯淹死她一千次。

亞麗絲轉身，背靠著門。這裡感覺有如安全港灣。陽光透過門廳沒破的彩繪玻璃灑進來。其他窗戶都釘了木板，大大小小的碎玻璃毫無生氣地躺在陰影深處。道斯撞到頭的地方，壁紙上留有血跡。沒有人想到要清理。

亞麗絲透過拱門看看起居室，有點期待道斯會在那裡。但她不在，她的文件夾和索引卡也都不在。屋裡感覺空蕩蕩，凌亂、受傷。看到這樣的權杖居，亞麗絲心中感到空虛痛楚。她從來不必回去原爆點，她也從來沒愛過原爆點。她很高興能夠永遠離開那裡，永遠不必面對她造成的恐怖場面。

但或許她確實愛上了權杖居，這棟老屋，這裡溫暖的木質裝潢、靜謐氣氛，隨時歡迎她來。她離開門去拿畚箕掃帚，掃掉地上的碎玻璃，全部倒進塑膠袋，用膠帶封口。她不確定該不該拿出去丟。說不定可以把碎片放進坩堝，倒點羊奶進去，讓玻璃復原。

她進去小廁所洗手，這才發現臉上到處是乾掉的血。難怪崔普會關心詢問。她洗掉血跡，看著水在洗手臺裡旋轉一陣之後消失。

冰箱裡還有一些沒壞掉的麵包和起司。雖然完全沒胃口，但她強迫自己吃午餐。然後她上樓去藏書室。

道斯沒有回簡訊，她很可能根本沒有看手機。她也躲起來了。亞麗絲無法責怪她，但這樣一來，她就得靠自己查出怎麼截斷她和鬼新郎的連結。

亞麗絲從書架上拿出阿貝馬雷之書，但又猶豫了。諾斯強迫她寫下的那幾個年分，她一眼就認出了第一個：一八五四，他的命案發生在那一年。其他都毫無意義。她對諾斯毫無虧欠。但達令頓認為鬼新郎的命案值得調查，他一定會好奇那些年分的意義。說不定亞麗絲也想知道。雖然感覺像認輸，但不必讓諾斯知道他勾起了她的好奇心。

亞麗絲取下背包，拿出剛才莎士比亞課使用的筆記本，並翻開到染了鼻血的那一頁：一八五四、一八六九、一八八三。要是她只用年分去搜尋，藏書室一定會大發雷霆。她必須設法縮小範圍。

仔細一想，只要找出達令頓的筆記本就行了嘛。

亞麗絲想起那本馬車型錄空白處他寫下的字：**第一個**？假使他已經調查過諾斯的案子，那就應該有資料，可是她搜遍了味吉爾的房間和黑榆莊都沒找到。他的筆記本會不會在這裡，在藏書室？亞麗絲翻開阿貝馬雷之書，找出達令頓最後一次搜尋的紀錄——羅森菲爾館的平面圖。之前一筆則是《紐哈芬日報》，她照抄這一條，然後把書放回書架上。

書架停止震動時，她推開書架，走進藏書室。書架上堆著一疊疊紙張，感覺不像報紙，比較像傳單，字很小。至少有幾千份。

亞麗絲出去，重新翻開阿貝馬雷之書。那天晚上，達令頓失蹤之前曾經來藏書室查資料。她寫下**羅森菲爾館平面圖**，送進去查詢。

這次當她打開門，書架上只有一本書平放著。那本書很大、很薄，深紅色真皮封面，完全沒有灰塵。亞麗絲把那本書放在中央的桌子上，讓書自己攤開。果然，在羅森菲爾館地下三樓與四樓之間，夾著一張條紋筆記本撕下的黃色紙張，整齊摺好，上面滿是達令頓細小歪扭的字跡——他被送去地獄之前最後寫下的東西。

她不太敢打開來看。可能沒什麼，只是期中報告的筆記、黑榆莊的整修清單之類的。但她不這麼想。十二月的那一晚，達令頓忙著研究他很在意的事情，已經調查好幾個月了。他有些心不在焉，可能在想接下來的工作，也可能煩惱他的學徒不聽話，總是不肯先讀好資料。他不想把筆記帶在身上，所以藏在安全的地方。就在這裡，在這本藍圖裡。他以為很快就會回來。

「我應該更努力做好但丁。」她低聲呢喃。

但或許現在還有機會贖罪。

她小心攤開那張紙。第一行寫著：**一九五八——可莉娜・提爾曼——瑞克森姆。心臟病發？中風？**

接下來是一連串年分——後面接的名字好像都屬於女性。最後三個符合諾斯強迫她寫在筆記本上的年分。

一九〇二——蘇菲・密須肯——萊因蘭德。腦熱病？

一八九八——愛菲・懷特——史東。積水（水腫？）

一八八三——蘇珊娜・馬塞斯基——菲爾普斯。中風
一八六九——寶蕾塔・德勞羅——金斯利。刺殺
一八五四——黛西・芬寧・惠洛克——羅素。槍擊

第一個？達令頓認為黛西是第一個，第一個什麼？黛西死於槍擊，寶蕾塔死於刺殺，但其他人全都死於自然因素。

也可能只是凶手學聰明了，知道要以不會啟人疑竇的方式殺死那些女生。

我想太多了，亞麗絲告訴自己。**我幻想出不存在的關連**。她看過的所有電視節目都說，連續殺人犯會有一套固定的犯案模式、他們偏好的殺人手段。此外，就算真的有殺人狂在紐哈芬作亂，而這些日期沒有錯，那麼，這個殺人狂殺害女性的時間從一八五四年延續到一九五八年——超過一百年。

但她無法一口咬定不可能，她見識過魔法的力量。

而且那些年分分布的方式感覺有點眼熟。和祕密社團建立的年分相符。十九世紀會墓如雨後春筍紛紛建立——之後很長一段時間沒有新會墓出現，直到手稿會墓在六〇年代落成。亞麗絲覺得全身發毛。她知道骷髏會建立於一八三二年，不符合清單上的年分，但那是她唯一記得的。

亞麗絲拿起那張紙，走去但丁臥房。她從書桌抽屜中找出《忘川人生》。捲軸鑰匙會建立於

一八四二年，書蛇會建立於一八六三年，聖艾爾摩會建立於一八八九年，手稿會建立於一九五二年。只有狼首會的建立日期完全符合，一八八三年，但也可能只是巧合。

她用一隻手指沿著名單移動。

一八五四——黛西・芬寧・惠洛克—羅素。槍擊

她沒有在其他地方看過黛西的名字有連接號。她的名字一直是黛西・芬寧・惠洛克。那不是連接號。全都不是。萊因蘭德、史東、菲爾普斯、金斯利、羅素、瑞克森姆。這些是信託基金會的名稱，資助祕密社團的基金會與協會——他們出資建造會墓。

亞麗絲跑回藏書室，用力關上書架。她再次取下阿貝馬雷之書，但她強迫自己放慢速度。她必須想清楚如何寫出她要搜尋的項目。羅素是資助骷髏會的基金會名稱。她慎重寫下：**羅素基金會收購康乃狄克州紐哈芬市高街土地之契約**。

書架上放著一本帳簿。上面印著忘川會靈獸獵犬的標誌，裡面收集了紐哈芬市各地收購土地的契約，日後將會成為界幕八會的會墓所在地，每一個都建造在由未知力量製造出的節點上。

但達令頓知道了。**第一個**。一八五四年：羅素基金會買下日後將建造骷髏會墓的土地。達令頓拼湊出答案，發現這些能量凝聚的地點是如何產生，因為這些地方的魔力，祕密社團的儀式才能成功，魔法才有可能成真。死掉的女生，一個接一個。他利用舊的《紐哈芬日報》一筆、一筆比對她們死亡的地點與會墓所在地。

這些女生的死有何特殊之處？即使這些女生全部遭到謀殺，但多年來紐哈芬市發生過的謀殺案不計其數，卻沒有產生魔力節點。骷髏會墓位於高街，並非黛西喪生的地點，那麼，為何會在那裡形成節點？亞麗絲知道自己一定漏掉了什麼，沒看出達令頓發現的關鍵。

諾斯給她那些年分，他也看出來了。

亞麗絲衝向洗手間，在洗手臺放水。

「諾斯。」她說，覺得自己像個傻瓜。「**諾斯**。」

沒有回應。臭幽靈，需要他們的時候永遠不在。

但有很多方法可以引起灰影的注意。亞麗絲猶豫了一下，然後從書桌抽屜拿出拆信刀，劃破前臂頂端，讓血滴進水中，看著血液散開。

「諾斯在家嗎？」

他的臉出現在水面，因為太過突然，她嚇了一跳。

「黛西的死製造出節點。」她說。「你怎麼發現的？」

「我找不到塔拉。有了那個東西，應該很容易才對，但她似乎不在界幕的這一邊。就像黛西一樣。我也找不到格拉迪絲・歐唐納修。那天發生了奇怪的事。比我和黛西死亡更重大的事。我認為塔拉遇害時又再次發生了。」

黛西出身高貴，是紐哈芬市的菁英階級。她的死開啟了這一切。但其他女生呢？她們是什麼人？德勞羅、馬塞斯基、密須肯，這樣的名字會不會代表她們是移民？女工？女僕？獲釋奴隸的女兒？死掉之後不會登上頭條，也不會有大理石墓碑的女生？

塔拉原本也應該是其中之一嗎？祭品？但為什麼她死得這麼慘？而且在那種交通繁忙的地方？又為什麼是現在？倘若這些女生真的都是遭人殺害，那麼，跟上一起案件相隔已經超過五十年了。

有人需要節點。界幕八會當中，有一個需要新會墓。聖艾爾摩多年來一直在爭取建造新會墓——沒有節點的會墓毫無意義。亞麗絲想起塔拉陳屍的那片空地，有充足的空間可以蓋新房子。

「諾斯，」她說。「回去找找其他人。」她一一報出姓名：**可莉娜・提爾曼、蘇菲・密須肯、愛菲・懷特、蘇珊娜・馬塞斯基、寶蕾塔・德勞羅**。「盡可能找到她們。」

亞麗絲從毛巾架上扯下一條毛巾，壓住流血的手臂。她坐在書桌前，望著窗外的橘街，努力思考。既然達令頓發現了產生節點的原因，他第一個報告的對象，肯定是桑鐸院長。他很可能得意洋洋，因為這項新發現而激動不已，終於可以進一步瞭解，為何在他的城市魔法可以存在。但桑鐸從來沒有告訴過她或道斯，沒有人知道達令頓最後的研究計畫。

重要嗎？桑鐸不可能涉案。那天晚上，他也遭受到殘暴攻擊，就在距離她幾英尺的地方。他差點死掉。

但院長的傷不是布雷克・齊利幹的。布雷克打傷道斯、差點殺死亞麗絲，但他沒有對院長動手。他是被咬傷的，那群半瘋狂的忘川會獵犬吵吵鬧鬧趕來保護亞麗絲，過程中咬傷了他。她想起布雷克緊握的左手。他用那隻手打她，但始終緊握著沒放開。

她回到樓梯頂端的走道，不理會地毯上的深色血跡、依然殘留的嘔吐氣味，跪下開始尋覓木地板的縫隙、長條地毯的下面。她拿起一個空的柳條花盆，終於看到一抹金黃。她用袖子包住手，小心撥到有光線的地方。使役金幣。有人控制了布雷克，有人給了他非常詳盡的指令。

今年是經費年。

達令頓去找桑鐸，說出女性死亡與會墓之間的關係。但桑鐸早就知道了。桑鐸因為離婚而傾家蕩產，而且很多年沒有發表過論文了。他想盡辦法掩蓋達令頓失蹤的事件。第一次新月之後，桑鐸一再拖延找回他的儀式，他利用那次的儀式，讓達令頓再也無法回到黑榆莊。一開始在羅森菲爾館設下陷阱、讓達令頓遭到吞噬的人，很可能就是桑鐸。早在那時候，他就已經在策畫準備殺害塔拉・哈欽司——他知道達令頓會看穿殺害她的真正目的，於是先除掉他。

桑鐸從一開始就不打算把達令頓找回來。亞麗絲是揹黑鍋的完美人選。他們讓一個莫名其妙的人加入忘川會，當然會發生一堆問題。可想而知會這樣，以後他們會更謹慎。明年，聰明幹練的蜜雪兒・阿拉梅丁會來回來教育那個不受控的但丁。亞麗絲將永遠欠桑鐸的人情，永遠感謝他幫忙加分。

或許我的想法不對，她告訴自己。即使她是對的，也不表示她就必須說出來。她可以自己知道就好，靠加分過關，享受寧靜美好的暑假。柯林・卡崔五月就畢業了，所以她不必假裝和他交好。在貝爾邦教授的照顧下，她可以生存，甚至綻放。

亞麗絲翻轉手中的使役金幣。

凡奈斯那間公寓發生屠殺事件之後，埃丹跑遍洛杉磯，想找出是誰殺死他的表哥。有人說是俄國黑幫——但俄國人喜歡用槍，而不是球棒——也有人說是阿爾巴尼亞幫派，甚至可能是以色列那邊派人過來，讓艾瑞奧永遠留在加州。

埃丹去醫院找過亞麗絲，儘管門口有警員站崗，他依然順利進入病房。埃丹那種人就像灰影一樣，總是能找到辦法闖入。

他坐在病床邊的椅子上，那個前一天艾略特・桑鐸院長坐過的位子。他的眼睛很紅，鬍渣冒出。但他身上的西裝像平常一樣筆挺，脖子上的金鍊很有七〇年代復古風，彷彿是老一輩的皮條客和毒販傳承下來的，有如奧運火炬。

「那天晚上，妳差點死掉。」他說。亞麗絲一直很喜歡他的口音，一開始她還以為埃丹是法國人。

她不知道該如何回答，於是只是舔舔嘴唇，比一下放在旁邊水壺裡的碎冰。埃丹哼了一聲，點點頭。

「張嘴。」他說，把兩塊碎冰放在她的舌頭上。

「妳的嘴唇脫皮很嚴重。非常乾。跟護理師要凡士林。」

「好。」她沙啞地說。

「那天晚上到底發生了什麼事？」

「我不知道。我很晚才到。」

「為什麼？妳去哪裡了？」

看來他是來逼供的。沒關係。亞麗絲準備好要認罪。

「是我幹的。」她說，埃丹猛抬起頭。「所有人都是我殺的。」

埃丹頹然往椅背上一靠，伸手抹臉。「該死的毒蟲。」

「我不是毒蟲。」她不知道自己算不算是毒蟲。她從來不碰太激烈的玩意，因為很擔心要是失去太多控制，會發生不好的事。不過這些年，她一直讓自己保持在一種謹慎控制的迷茫狀態。

「**妳**殺了他們？妳這個小丫頭？妳吃了一堆吩坦尼，失去意識了。」埃丹斜斜看她一眼。「妳欠我藥錢。」

吩坦尼。藥物不知怎麼從海莉那裡進入她的身體，留下足夠的量，讓她差點也死於藥物過量。最後的禮物。完美的不在場證明。

亞麗絲大笑。「我要去耶魯念書了。」

「該死的毒蟲。」埃丹厭惡地重複。他站起來，拍拍剪裁完美的長褲。

「你打算怎麼做？」亞麗絲問。

他環顧病房。「妳沒有花，沒有氣球。什麼都沒有。真悲哀。」

「好像有一點。」亞麗絲說。她甚至不確定媽媽是否知道她在醫院。米拉很可能多年來一直在等報喪的電話。

「我還不知道要怎麼做。」埃丹說。「我認為妳那個混蛋男朋友找了不該找的人借錢。他八成詐騙什麼人或惹毛了什麼人，艾瑞奧只是剛好遇上來找他尋仇的人，倒楣被牽連。」他再次搓臉。「不過無所謂了。**一旦被當傻子耍，就會像刺青一樣，永遠甩不掉，而且誰都看得到**。所以得有人為這件事償命。」亞麗絲很想知道那個人是不是她。「妳欠我吩坦尼的錢。六千。」

埃丹離開之後，她請護理師把醫院的電話拿到近一點的地方。她拿出艾略特・桑鐸給她的名片，打電話去他辦公室。

祕書轉接之後，她說：「我願意幫你們工作。但我需要錢。」

「應該沒問題。」他回答。

後來亞麗絲很後悔沒有多要一點。

亞麗絲再次翻轉使役金幣。她撐著身體站起來，不理會竄過全身的痛，回到書桌前。她之前將達令頓寫的東西，放在染血的莎士比亞筆記本旁邊。

一旦被當傻子耍，就會像刺青一樣，永遠甩不掉，而且誰都看得到。

她拿出手機，打電話去院長的家。他的管家接聽，亞麗絲知道一定會是她接電話。「嗨，葉蓮娜。我是亞麗絲・史坦。我有東西要送去給院長。」

「他不在家。」葉蓮娜說，烏克蘭口音很濃。「不過妳可以送到這裡來。」

「妳知道他去哪裡了嗎？他的身體好一點了嗎？」

「嗯。他去校長家了，大派對。歡迎他回去上班。」

亞麗絲從來沒去過校長家，但她知道他住在哪裡。達令頓指給她看過——很漂亮的紅磚建築，白色裝飾，位在西爾豪司街。

「太好了。」亞麗絲說。「我馬上過去。」

亞麗絲傳簡訊給透納：**我們錯了。去校長家和我會合。**

她將名單摺好放進口袋。她受夠了被桑鐸當傻子耍。「好吧，達令頓，」她喃喃說，「我們去扮演騎士吧。」

30
初春

亞麗絲先回宿舍去洗澡、換衣服。她仔細整理頭髮、檢查傷口包紮，然後穿上媽媽買的洋裝。她不想顯得太突兀。要是發生什麼不妙的狀況，她希望增加自己的可信度。她倒了一杯茶，等候諾斯出現在杯中。

他蒼白的臉出現在水面，她問：「有找到嗎？」

「她們全都不在這裡。」他說。「這些女人身上發生了奇怪的事，就像黛西一樣。比死更慘的事。」

「去結界外面等我。做好準備，我需要用到你的力量。」

「沒問題。」

亞麗絲心中沒有半點懷疑。流竄的魔法害死了諾斯和他的未婚妻，亞麗絲十分確定。不過，命案發生之後，接著又發生的其他事，亞麗絲無法解釋。她只知道那件事造成黛西無法去到界幕另一邊，她原本應該在那裡找到安寧。

她叫車去校長家。外面有人幫忙泊車，透過窗戶，她看到每個房間都擠滿了人。很好，至少不缺證人。

即使如此，她還是傳簡訊給道斯：**我知道妳躲起來休養了，不過，萬一我有個三長兩短，就是桑鐸幹的。我把證據放在藏書室。查詢阿貝馬雷之書。**

透納還沒有回訊息。他認為既然已經破案了，所以不用理她？走過小徑時，她很慶幸有諾斯在她身邊。

亞麗絲以為會有人在門口核對賓客名單，但她順利進去，毫無阻礙。屋裡很溫暖，有股潮濕羊毛與烘烤蘋果的氣味。她脫掉外套，掛在另外兩件外套上。她聽見有人彈鋼琴，還有低低的交談聲。一位服務生端著一盤釀蘑菇經過，她隨手拿了兩個。要死也不能空著肚子。

「亞麗絲？」那個服務生問，她這才發現他是柯林。

他好像有點累，但並沒有驚慌或憤怒的感覺。

「我不知道你會來校長這裡幫忙。」亞麗絲謹慎地說。

「貝爾邦把我借給他。晚一點我要送她回家，妳可以搭便車。妳今天也來幫忙？」

亞麗絲搖頭。「不是，我只是來送東西給桑鐸院長。」

「我好像看到他在鋼琴那裡。送完以後來廚房，有人送貝爾邦一瓶香檳，她帶來給我們喝。」

「太棒了。」亞麗絲說，假裝興奮。

她找到洗手間鑽進去。她需要一點時間整理心情，分析柯林親切的態度。他應該生氣才對。她揭穿他和塔拉的交易，揭穿捲軸鑰匙會洩漏魔法給外人使用，揭穿他們使用非法藥物。他應該恨她才對。即使在懲戒程序中，桑鐸沒有說出她的名字，她依然是忘川會的成員。

但亞麗絲不是早就知道不會有嚴重後果了嗎？只是輕輕懲戒。罰款。由其他人支付的買命錢。儘管如此，她以為多少會有點作用。

亞麗絲雙手撐著洗手槽邊緣，望著鏡子。她的樣子很疲憊，眼睛下方凹陷，黑眼圈很深。她穿著媽媽買的米色羊毛直筒洋裝，外面搭配黑色毛線舊外套。亞麗絲脫掉外套，皮膚感覺黯淡無光，手臂太細瘦，好像從來沒有吃飽過。她看到傷口滲出的粉紅血水滲透洋裝，一定是剛才弄好的包紮邊緣鬆掉了。她應該要看起來規規矩矩、努力向上、值得信任。但現在，她像等著闖進屋中的怪物。

亞麗絲聽到客廳傳來杯觥交錯、文雅交談的聲音。她一直努力想要打進那個世界。然而，假使這是所謂的真實世界、正常世界，她真的想要嗎？一切都不會改變。壞人永遠不用付出代價。

柯林、桑鐸、凱蒂，以及他們之前的所有人，他們在會墓裡塞滿寶藏、玩弄魔法——他們和蘭斯、埃丹、艾瑞奧那種人其實沒兩樣。總是為所欲為、強取豪奪。世界或許會原諒他們、忽視他們、擁抱他們，但絕不會懲罰他們。如此一來，究竟有什麼意義？就算她可以加分，就算她買了特價的喀什米爾毛衣，但既然從一開始遊戲規則就不公平，這一切還有什麼意義？

亞麗絲想起幾個月前，在昏暗的庫房裡，達令頓將信蛾放在她的手臂上。當時她看著刺青消失，第一次相信任何事都有可能，她或許可以找到方法，融入這個世界。

當心親密接觸，他說。**人類的唾液會讓法術逆轉**。

亞麗絲握起雙拳。舔一下左手指節，然後再舔右邊。她等了一下，什麼都沒有發生。她聽著水龍頭滴水的聲音。

接著，她手臂的皮膚突然浮現深色墨水。蛇與牡丹，蜘蛛網，星群，兩隻拙劣的鯉魚在她的左臂上方互相纏繞，一隻前臂出現骷髏，另一隻出現神祕學的命運之輪符號。她還是不清楚這個圖案的意義。她和海莉一起去海濱棧道上的刺青店，在門外，她從海莉的塔羅牌中抽了一張。亞麗絲從鏡子裡看到她的過去湧現在肌膚上，那些她為自己挑選的疤。

吾等乃牧者。那段時間過去了。做響尾蛇比較好。做胡狼比較好。

亞麗絲走出洗手間，讓人群將她吞沒。各種不同的香水味、西裝與聖約翰針織公司的女性套裝。她看到幾個人緊張地偷瞄她。她的樣子不對，她感覺不正常，她不屬於這裡。

她走到鋼琴旁，那裡聚集著一群人，她瞥見桑鐸花白的頭髮。桑鐸撐著一對枴杖。亞麗絲很驚訝，他竟然沒有用魔法為自己療傷，但她很難想像他能在沒有人幫忙的狀況下，將十多瓶羊奶扛上權杖居的樓梯。

「亞麗絲！」他有些困惑地說。「真是驚喜呀。」

亞麗絲露出溫暖笑容。「我找到了你要的資料，我猜你應該會想盡快看到。」

「資料？」

「土地收購契約。一八五四年的。」

桑鐸吃了一驚，然後發出很假的笑聲。「當然。我的記性真差，要不是腦袋長在脖子上，恐怕也會被我忘記。抱歉，失陪一下。」他說，然後帶頭穿過人群。亞麗絲跟在他身後。她知道他已經在猜測她知道多少，思考該如何問話，甚至該如何堵上她的嘴。她拿出手機，按下錄音。雖然人多的地方比較安全，但她知道在那麼吵雜的環境下，不可能清楚錄到他的聲音。

「跟好。」她小聲對諾斯說，他飄在她身邊。

桑鐸打開一間辦公室的門——格局方正、裝潢美觀，一邊有石造壁爐，落地窗可以欣賞後花園的景色，冬雪漸漸融去，新芽在枝頭萌發。「妳先請。」

「你先。」亞麗絲說。

院長聳肩之後進去。他將枴杖放在旁邊，靠在辦公桌上。

亞麗絲沒有關門，這樣外面的賓客多少能看見他們。她不認為桑鐸會用華麗鎮紙敲她腦袋，但他已經殺死了一個女生。

「你殺了塔拉・哈欽司。」

桑鐸張嘴，但亞麗絲舉起一隻手制止。「先別急著撒謊。我們要談的事情很多，你最好控制一下速度。你在那塊三角形空地殺了她——不然就是派人去殺她，我猜想萊因蘭德基金會很快就會買下那塊土地。」

桑鐸院長從口袋拿出菸斗，然後拿出一袋菸草，輕柔地填裝。他沒有點火，只是將菸斗放在旁邊。

終於，他雙手抱胸，對上她的視線。「那又怎樣？」

亞麗絲不確定她期待什麼回答，但絕不是這個。「我——」

「**那又怎樣**？史坦小姐？」

「他們給你錢？」她問。

他張望一下她身後，確定沒有人在門口。

「聖艾爾摩？對。去年。離婚害得我傾家蕩產，我的存款全沒了。我欠前妻一大筆贍養費。但聖艾爾摩會的幾位熱心校友開了一張支票，一舉解決我的難題。我只要提供他們一個節點建造新會墓就好。」

「他們怎麼知道你有辦法製造節點？」

「他們不知道，是我去找他們。當年我在忘川會的時候，就已經發現了其中的模式。我知道可以重複。已經太久沒有出現新節點了。我原本以為不需要**親自**動手，只要等節點自然出現就好。」

「其他女生的命案也與祕密社團有關嗎？可莉娜、黛西和其他人？」

他再次張望她身後。「直接關連？這個問題我也思考了很多年。但假使祕密社團破解了製造節點的謎，為什麼只製造一個，而不是好幾個？既然知道了，為什麼不用來牟利？」他拿起菸斗。「不，我認為他們沒有涉案。這個城市很奇特。這裡的界幕比較薄，魔力比較容易流動。雖然在有節點的地方最強，但這裡的每塊石頭、每片土地、每棵老榆樹的每片葉子全都有魔力。這個城市餓了。」

「這個城市……」亞麗絲想起她看到命案現場時的奇特感受，那裡的地形和紐哈芬殖民地一模一樣。道斯說過，如果選在吉時，儀式的效果會比較好。吉地也可以。「所以你選在那個路口殺死塔拉。」

「亞麗絲，我知道如何設計儀式。只要我想就能做到。」達令頓不是說過嗎？桑鐸在忘川會的時候表現非常出色。他創造的幾個儀式到現在依然在使用。

「你為了錢殺死她。」

「為了很多、很多錢。」

「你從聖艾爾摩理事會那裡收了錢。你告訴他們有辦法操縱下一個節點出現的地點。」

「我說我會準備好地點。我以為只要等循環完成就可以了，但節點卻沒有出現。沒有人死，就沒有新節點。」他沮喪搖頭。「他們一直催，威脅要向忘川理事會報告。我必須安撫他們。我開發出一套儀式，知道一定會有用。我只需要一個祭品。」

「於是你找上塔拉。」

「我原本就認識她。」桑鐸說，語氣幾乎有些感情。「克萊兒生病的時候，塔拉供應大麻給她。」

「你太太？」

「她兩次乳癌發作都是我照顧她，後來她竟然甩了我。她……塔拉剛好去我家，她聽到不該聽的事。當時我沒想到要保密。那又怎樣？」

市區的女生知道了祕密又能怎樣？「塔拉人很好，對吧？」

桑鐸轉開視線，一臉歉疚。或許他和她睡了；也可能他只是很高興有個可以聊天的對象。毒販都會這麼做，和客戶打好關係。桑鐸需要同情的肩頭，而塔拉滿足了他。

「但是後來達令頓發現那個模式，查出那些女生的死與節點有關。就像我當年一樣。我猜這是難免的結果。他太聰明、太好奇，結果害死了自己。他一直很想知道是什麼讓紐哈芬這麼特別，而且想製作一份超自然地圖。他只是隨口跟我提了一下，只是學術上的練習，胡亂瞎猜，說不定可以作為畢業專題之類的。但那時候——」

「你已經計畫要殺死塔拉了。」

「她利用在我家聽到的事情賺了不少錢，賣藥物給祕密社團。她和鑰匙會與手稿會的牽扯太深。藥物、儀式。遲早會出事。她才十九歲，嗑藥、犯罪。她是個——」

「很容易下手的目標。」**像我一樣**。「但達令頓一定會察覺。他知道之前那些女生的事。他夠聰明，一定會知道塔拉像她們一樣。於是那天晚上，你弄來地獄獸吞噬他。」

「你們兩個應該都要被吃掉才對。但地獄獸似乎吃掉達令頓就飽了，也可能是他在最後還傻到逞英雄設法救了妳。」

也可能地獄獸根本不想吃亞麗絲。說不定牠知道她會讓牠痛苦無比。

桑鐸嘆息。「達令頓常說，紐哈芬經常站在繁榮的邊緣，只差一步就能得到好運與好發展。他不明白，這座城市就像在走鋼索。一邊是成功，另一邊是毀滅。這裡的魔法，以及為了使用魔法而流的血，讓這座城市無法進步繁榮。」

這座城市從一開始就搞砸了。

「你親自下手？」亞麗絲問。「還是你太沒種？」

「妳知道，我曾經是忘川會的騎士。我有意志。」他竟然有臉自鳴得意。

伊莎貝兒說過，塔拉遇害當晚，在貝爾邦的沙龍裡，桑鐸幾乎都在睡覺，但他可以趁機偷溜出去，甚至可以使用傳送門，她曾經懷疑柯林用這招去殺人。他依然得設法改變外型——不過，當然啦，這對桑鐸而言不算什麼。亞麗絲想起那個粉盒，她曾經用來進入塔拉家和看守所。她從抽屜拿出來時，上面有個汙漬。但道斯絕對不可能沒有清潔乾淨就收進去。有人在亞麗絲之前使用過。

「你用了蘭斯的臉。你給塔拉服用藥物，讓她嗨到沒有痛覺，然後你殺死她。那個想殺我的使靈也是你派來的嗎？」

「沒錯。這個計畫有點危險，甚至可以說愚蠢。我很缺乏召靈術的天分。但我不知道妳在太平間查到什麼。」

她想起那天在地洞，桑鐸坐在她對面，茶杯放在膝頭，說是她的能力召來使靈攻擊，全都是她的錯，就連塔拉的命案也是。「那時候你說全是我的錯。」

「唉，妳不該死裡逃生。我總得找個藉口。」他的語氣非常講理。「達令頓知道妳一定會惹麻煩，但我沒想到竟然這麼嚴重。」

「你到現在依然沒搞清楚。」亞麗絲說。「達令頓絕對會恨死你。」

「達令頓是紳士。但這個時代不適合紳士。」他拿起菸斗。「妳知道最可怕的是什麼嗎？」

「為了讓幾個有錢小鬼建造豪華社團會所，你冷血謀殺了一名年輕女子？我覺得這部分就夠可怕了。」

但他似乎沒有聽見她說話。「沒有成功。」他搖頭，揚起的眉毛讓前額出現皺紋。「儀式沒問題，我設計得很完美。但節點沒出現。」

「也就是說，塔拉白死了，你也完蛋了？」

「幸虧有妳，否則我真的會完蛋。我正在爭取剝奪手稿會的會墓。下學年聖艾爾摩會就有新家了。他們得到想要的東西，我得到錢。現在的問題是，亞麗絲，妳想要什麼？」

亞麗絲呆望著他。他竟然企圖和她談條件。「我想要什麼？**停止殺人**。你沒資格殺死一個女生、把達令頓弄不見。你沒資格利用我、道斯和忘川會，只因為你想住豪宅、開好車。我們不該走那條繩索。媽的，我們是牧者。」

桑鐸大笑。「我們是餐桌上的乞丐。他們施捨我們殘羹剩飯，但是真正的魔法，能夠創造未來、拯救生命的那種魔法，只屬於他們。除非我們動手拿一點自己用。」

他舉起菸斗，但沒有點燃，而是將裡面的東西倒進嘴裡。那個東西在他的嘴唇上閃閃發光——星光粉。**使役魔法**。布雷克闖入權杖居的那一晚，桑鐸給了他，讓他用來操控亞麗絲。那天晚上桑鐸派布雷克・齊利去殺她。

這次休想。

亞麗絲對諾斯伸出手，隨著一股衝擊力，她感覺他流入體內，讓她充滿力量。她撲向桑鐸。

「停！」院長說。亞麗絲的腳步停頓，一心只想遵從。但星光粉對亡靈起不了作用。

不，諾斯說，那個聲音清晰實在地在她腦中響起。

「不。」亞麗絲說。她把院長推倒在椅子上。他的枴杖落地，發出很大的聲音。「透納就快到了，你必須向他說出你的所作所為。聖艾爾摩會休想建造新會墓。罰款和停止社團活動都不夠。你們全部都要付出代價。去他的祕密社團、去他的忘川會，去你的。」

「亞麗珊卓？」她和桑鐸一起回頭。貝爾邦教授站在門口，手中端著一杯香檳。「怎麼回事？艾略特……你沒事吧？」

「她攻擊我！」他大喊。「她不正常，精神不穩定。瑪格麗特，快去叫校警來。快叫柯林來幫我制服亞麗絲。」

「沒問題。」貝爾邦說，遭到星光粉控制。

「教授，等一下——」亞麗絲懇求。她知道沒用。在星光粉的魔力之下，她再解釋教授也聽不進去。「我有錄音。我可以證明——」

「亞麗珊卓，我真不懂妳怎麼會這樣。」貝爾邦搖頭說。然後她微笑，眨眨一隻眼睛。「老實說，我知道喔，妳被柏川・博伊司・諾斯附身了嘛。」

「瑪格麗特！」桑鐸大吼。「我叫妳去——」

「噢，艾略特，夠了。」貝爾邦教授關門上鎖。

31 初春

亞麗絲呆住。不可能。貝爾邦竟然能抗拒星光粉的魔力？而且她**看得見**諾斯？

貝爾邦將香檳放在書架上。「亞麗絲，麻煩妳坐下，好嗎？」她的語氣高雅有禮，有如宴會女主人。

「瑪格麗特。」桑鐸嚴厲地說。

「我們早就該聊聊了，對吧？你雖然狗急跳牆，但是並不蠢，大致上啦。校長已經爛醉如泥坐在壁爐前面打瞌睡了。沒有人會來吵我們。」

桑鐸警惕地往辦公椅裡面縮。

但亞麗絲不肯乖乖聽話。「妳看得見諾斯？」

「我可以看見他的身影。」貝爾邦說。「藏在妳的身體裡面，像個小祕密。妳沒發現我的辦公室有保護措施嗎？」

亞麗絲回想起在那間辦公室感受到的平靜，窗臺上的植物——薄荷與墨角蘭。貝爾邦家外圍也種了同樣的植物，在隆冬中依然欣欣向榮。但她不太能理解貝爾邦的意思。「妳像我一樣？」

貝爾邦微笑，點一下頭。「我們是輪行者。所有世界都對我們開啟，只要我們有勇氣就能進入。」

亞麗絲突然覺得頭好暈。她沉沉坐下，皮革發出的聲響莫名帶來安全感。

貝爾邦拿起酒杯，在她對面的位子輕鬆坐下，像平常一樣優雅鎮定，彷彿她們是一對母女，來學校見院長。

「現在可以讓他出來囉。」她說，亞麗絲過了一秒才理解，她說的是諾斯。

亞麗絲略微遲疑，然後輕推諾斯一下，他從她體內流出，在辦公桌旁重新成形，警戒的雙眼來回看著亞麗絲與貝爾邦。

「他不知道該怎麼辦，對吧？」貝爾邦問。她歪頭，露出俏麗的笑容。「你好啊，小柏。」

諾斯往後縮。

亞麗絲想起那個陽光明媚的午後，在諾斯父子公司的新辦公室，角落依然留有鋸屑，心中有著深深的滿足。**小柏，你在想什麼？**

「黛西？」亞麗絲低語。

桑鐸院長往前靠，偷偷觀察貝爾邦。「黛西・芬寧・惠洛克？」

不可能。

「我比較喜歡這個名字的法文版，**瑪格麗特**[2]。比黛西好聽多了，**黛西**好土氣，對吧？」

諾斯搖頭，表情變得憤怒。

「不。」亞麗絲說。「我看過黛西。不是照片而已，而是真正**看到**她本人。妳的長相和她完全不一樣。」

「因為這個身體不是我出生時的那個。不是自大又深情的小柏弄壞的那個。」她轉向諾斯，現在他瞪大眼睛看著她，臉上滿是難以置信的表情。「別擔心，小柏。我知道不是你的錯。其實可以說是我的錯。」貝爾邦的法國口音消失了，變成像諾斯一樣拉長母音的腔調。「我有好多回憶，但在工廠那天發生的事我記得最清楚。」她閉上眼睛。「我依然能感覺到陽光從窗戶照進來，依然能聞到木頭亮光漆的氣味。你想去**緬因州**度蜜月。緬因州，竟然選那種地方……一個靈魂硬闖進我的身體，**神智瘋狂、滿身是血、張滿魔法**。我從小就和亡靈接觸，我隱藏自己的天

2 英文的 daisy（黛西），與法文的 marguerite（瑪格麗特），都有「雛菊」的意思。

賦，借用他們的力量與知識。但我第一次遇到靈魂那樣闖入。」她無助聳肩。「我慌了。我把他推到你的身體裡。我甚至不知道我可以做到這樣的事。」

神智瘋狂、滿身是血、漲滿魔法。

亞麗絲原本就懷疑，一八五四年的慘劇是因為臟卜出錯而引起，骷髏會的人不小心殺死了他們找來當媒介的流浪漢。她一直不懂是什麼吸引那個幽靈去到那間辦公室，為什麼會躲進諾斯的身體裡，不確定是否單純為不幸的巧合。顯然不是，魔法和不受控的靈魂脫離肉體之後困在陰陽之間，受到一個年輕女子的力量吸引。被黛西吸引。

「那是個愚蠢的錯誤。」貝爾邦嘆息。「我付出了慘痛的代價。你無法容納那個靈魂和他的憤怒。他拿出你的槍，用你的手射殺了我。我的人生體驗才那麼少，突然間，生命就結束了。」

諾斯開始踱步，依然不停搖頭。貝爾邦往後靠，發出一下嗤笑。「我的天，小柏，你怎麼會這麼遲鈍？你和我在街上擦身而過多少次，你卻從來沒有多看我一眼。多少年來，我老是看到你端著架子在紐哈芬晃來晃去。我的身體被奪走了，所以我偷了一個新的身體。」她的語氣沉著冷靜，但亞麗絲聽得出暗藏的憤怒。「我很好奇，小柏，你見過格拉迪絲多少次？你從來沒有真正注意到她。」

像他這樣的人絕不會留意下人。亞麗絲想起當時站在諾斯的辦公室望著窗外，看到戴白色軟帽的格拉迪絲在山茱萸間漫步。不對——不是軟帽。她的帽子拿在手中。那是她的頭髮，雪白、柔亮，像海豹的頭一樣光滑。和貝爾邦的頭髮一模一樣。

「可憐的格拉迪絲。」貝爾邦說，一手撐著下巴。「要是她長得漂亮一點，相信你應該會多看她幾眼。」現在諾斯注視著貝爾邦，表情半信半疑，但又頑強地拒絕承認。「我還不想死。我離開毀壞的身體，借用了她的身體。她是第一個。」

第一個。

格拉迪絲・歐唐納修發現黛西與諾斯的遺體，一路尖叫狂奔，從查普街跑到高街，警察在那裡找到她。高街，黛西焦急的靈魂一路追她到那裡。高街，第一個出現節點的地方，後來建造了第一座會墓。

「妳附身格拉迪絲？」亞麗絲說，努力理解貝爾邦剛才說的話。不久前，諾斯才強行進入亞麗絲的腦袋。她聽過很多鬼附身的故事，真正的鬧鬼事件，但完全不像……她所說的那樣。

「附身這個詞，恐怕不足以形容我對格拉迪絲所做的事。」貝爾邦溫和地說。「她是愛爾蘭人，妳知道。非常頑強。我必須強勢進入她，就像那個倒楣的靈魂企圖進入我一樣。愛爾蘭人有種奇怪的迷信，他們禁止說出『熊』這個字，妳聽說過這件事嗎？沒有人知道確切原因，但很可能是因為他們擔心說出那個字會招來那種動物。所以他們稱之為『毛獸』或『食蜜獸』。我一直很喜歡這個詞。**食蜜獸**。我吃掉她的靈魂，空出位置容納我自己。」她用舌頭抵著牙齒發出聲響，語氣充滿驚喜。「真的好甜喔。」

「不可能。」桑鐸說。「灰影無法占據人類的身體。就算進去了也無法持久，肉體會枯萎死去。」

「真聰明。」貝爾邦說。「但我活著的時候不是一般人，死了也不是一般的灰影。我必須維持新肉體，而且我知道該怎麼做。」她對亞麗絲露出調皮的笑容。「妳已經知道可以讓亡靈進入身體，有沒有想過可以對活著的人做什麼？」

這句話有如重物沉入亞麗絲的心靈，她懂了。黛西不只殺死格拉迪絲，那可以說只是連帶發生的事故。她吞噬了格拉迪絲的靈魂，**那樣**的暴力創造出節點。那麼，其他節點是如何出現的呢？**我必須維持新肉體**。

格拉迪絲是第一個，但不是最後一個。

亞麗絲站起來，往壁爐的方向退後。「她們全都是妳殺的。那些女生。一個接一個。妳吃掉了她們的靈魂。」

貝爾邦點一下頭，幾乎像鞠躬。「留下她們的肉體、下葬的軀殼。其實就像妳把灰影吸進身體借用力量一樣，只是妳無法想像活人的靈魂有多強大的生命力。吃掉一個可以維持好幾年，有時候甚至更久。」

「為什麼？」亞麗絲驚恐地問。毫無道理。「為什麼選這幾個女生？為什麼要在這裡殺人？妳想去哪裡、想做什麼都可以。」

「錯。」貝爾邦苦笑。「我做過很多職業。用過很多名字、身分，打造假人生掩飾真實的我。但我始終無法去法國。原本的身體去不了，現在的也不行。無論我吞噬多少靈魂，只要一離開這裡，我就會開始腐朽。」

「是這座城市的力量。」桑鐸說。「妳需要紐哈芬。這裡是魔法存在的地方。」

貝爾邦用力一拍椅子扶手。「這座垃圾城市。」

「妳沒有權利做那種事。」亞麗絲說。

「當然沒有。」貝爾邦的表情幾乎有些困惑。「骷髏會的那些傢伙有權利切開窮人的身體嗎？」她用下巴比一下桑鐸。「他有權利殺害塔拉嗎？」

桑鐸錯愕地縮了一下。

「妳知道？」亞麗絲問。「妳也吃掉了她的靈魂？」

「我又不是狗，放飯鈴聲一響就跑去。我何必屈就那種寒酸靈魂？明明眼前就有大餐。」

「噢，」桑鐸說，雙手的指尖抵在一起。「我懂了。亞麗絲，她說的是妳。」

貝爾邦的眼神冰冷。「艾略特，少得意了。我來這裡不是為了幫你收拾爛攤子，我也不打算浪費時間煩惱你會把我的祕密說出去。你馬上就會死在那張椅子上。」

「妳休想，瑪格麗特。」桑鐸站起來，表情充滿決心，就像新月儀式當時面對地獄之火一樣。「**晚鐘敲響哀傷調，送別白日時光，牛群鳴叫緩步行——**」

諾斯往後躲。他絕望地看亞麗絲一眼，雖然他努力想抓住牆壁，但依然漸漸穿透書架消失。即使死亡真言已經將他驅逐，他依然企圖抗拒。

「**農人荷鋤蹣步歸，**」桑鐸大聲念誦，宏亮音色傳遍整間辦公室。「**天地留予暗與我——**」

貝爾邦緩緩站起來，甩落高雅黑上衣的袖子。「艾略特，背詩做什麼？」

死亡真言。但貝爾邦不畏懼死亡，她沒理由畏懼。她已經死過了，而且戰勝了死亡。

桑鐸嚴肅注視貝爾邦。「**荒棄之地或埋葬，曾孕育天火之心——**」

貝爾邦深吸一口氣，對著桑鐸揮出一隻手——亞麗絲迎接海莉、吸入諾斯時，也用過同樣的動作。

「住手！」亞麗絲大喊著衝過去。她抓住貝爾邦的手臂，但她的皮膚像大理石一樣硬；她完全沒有退縮。

桑鐸的眼睛凸出，張開的嘴發出尖銳聲響，有如沸騰時水壺的鳴笛聲。他倒抽一口氣，倒回椅子上，撞擊的力道讓椅子滑行。他雙手緊抓住扶手。聲音越來越小，但院長依然筆直坐著，呆望前方，有如演技差勁的演員模仿驚愕神情。

貝爾邦厭惡地癟嘴，以優美動作擦拭嘴角。「好酸，像壞掉的蘋果。」

「妳殺了他。」亞麗絲說，視線無法離開院長的遺體。

「難道他不該死？人都會死，亞麗珊卓。這根本不是什麼悲劇。」

「他不會過渡到界幕另一邊，對吧？」亞麗絲說，逐漸明白了。「被妳吃掉靈魂之後，他們就困住了。」就是因為這樣，諾斯才無法在彼岸找到格拉迪絲和其他女生。桑鐸用作祭品的塔拉，她的靈魂怎麼了？最後她去了哪裡？

「看來我讓妳難過了。不過，妳應該很清楚這種滋味：得靠自己爭取在世上的一席之地，隨時要為求生而鬥爭。妳無法想像，在我那個時代比現在更難。甚至有女人因為讀太多書被送進瘋人院，或是因為丈夫不要她們了。我們能走的路很少，我的未來更是直接被摧毀。所以我為自己打造了全新的道路。」

亞麗絲伸出手指隔空戳貝爾邦。「妳休想把這件事變成女性主義宣言。妳為了打造妳的道路，奪取其他女性的生命。移民女性，黑人女性，貧苦女性。」**像我這樣的女性。**「只為了讓妳自己多活幾年。」

「不只這樣而已，亞麗珊卓。那是上天的安排。每當我取走生命，很快就會築起殿堂彰顯我的榮耀——那些男孩不曾思考過他們取用的魔力究竟來自何方，認定一切理所當然。他們玩弄魔法，而我贏得永生。很快妳也會成為其中一部分。」

「不就好幸運？」亞麗絲不用問也知道那是什麼意思。貝爾邦拒絕了桑鐸的祭品，因為不想吃太飽，錯過更美味的食物。「看來我就是大獎。」

「漫長的生命讓我學會耐心等待，亞麗珊卓。我遇見蘇菲的時候，並不知道她有多特別，是吃掉她的靈魂之後我才發現。那滋味充滿野性，像紫杉一樣苦，有如血液中打雷閃電。她讓我維持了足足五十年。後來，當我開始衰老時，可莉娜出現了。這次我立刻嗅出她的力量。我在教堂停車場嗅出她，跟蹤她走了好幾條街。」

這兩個女生的性命，造就了聖艾爾摩會與手稿會的會墓。

貝爾邦之前用的詞是什麼來著？「她們是輪行者。」

「感覺好像她們是被吸引來這裡給我吃。妳也一樣。」

一九〇二年之後女性死亡的速度變慢了，原來這就是原因。十九世紀時，黛西吃一般女性維生，所以殺人頻率很高。但後來她發現第一個輪行者蘇菲・密須肯，那個擁有和她相同力量的女性。蘇菲的靈魂讓她飽到一九五八年，那年貝爾邦殺了可莉娜‧提爾曼，另一個有特殊天賦的女孩。現在輪到亞麗絲了。

這座城市。是紐哈芬這塊土地吸引輪行者前來嗎？黛西、蘇菲、可莉娜。亞麗絲是否注定會來到這個地方，遇上這個怪物？魔法助長魔法？

「妳什麼時候發現我的身分？」亞麗絲問。

「第一次見面我就知道了。我原本想讓妳更成熟一點，去掉那種土氣的臭味。可是……」貝爾邦悵然聳肩。揮出一隻手。

亞麗絲感覺胸口劇痛，彷彿鉤子刺進她的胸腔，陷入她的心臟。她看到四周燃起藍色火焰，圍繞著她和貝爾邦。輪子。她感覺自己癱倒。

海莉是陽光，諾斯冰冷又帶著煤煙味，貝爾邦有如利齒。

*

亞麗絲在原爆點小小的陽臺上，搖搖晃晃站在烤肉架旁邊，空氣中有濃濃的炭火味，煙霧讓遠方的山丘變得朦朧。她赤腳踩在地上，感受到重低音節拍。她舉起拇指，讓剛升起的月亮消失又出現。

一個女人在她的搖籃邊彎下腰，一次又一次想抱她，她的手穿透亞麗絲的身體。她哭泣，銀色淚水落在亞麗絲肉肉的小臂膀上，滲透皮膚消失。

海莉牽著亞麗絲的手，拉著她一起走在威尼斯海灘的木棧道上。她從一疊塔羅牌中抽出權杖九。亞麗絲手中已經有一張牌了。**我才不要把那個圖案刺在身上**，海莉說。**讓我再抽一次。**

里恩摘下手臂上的一個皮環，繫在亞麗絲的手腕上。**不要告訴茉緒**，他低語。他的口臭很像酸種麵包，但亞麗絲從來沒有這麼幸福、這麼開心。

外婆站在爐臺前。亞麗絲聞到孜然的香氣、烤箱裡肉的香氣，舌頭嘗到蜂蜜和核桃的滋味。**現在我們吃素了**，米拉說。**要吃素回妳自己家去吃**，外婆說。**她來我家，我就給她吃會長力氣的東西**。

花園裡有個男人一直逗留，他認真修整，但樹籬從來沒有改變。他總是瞇眼看太陽，就連陰天也一樣。他想和亞麗絲說話，但她一個字也聽不見。

一段接一段，亞麗絲感覺記憶像線一樣抽出，卡在貝爾邦尖銳的牙齒上，一點、一點解開她。貝爾邦——黛西——全部都要，無論好壞，無論悲傷或幸福，對她而言全都一樣美味。

無處可逃。亞麗絲努力想抓住媽媽的香水味，客廳沙發的顏色，任何東西都好，只要能在黛西吞吃的時候，讓她繼續保有自我。

她需要海莉。她需要達令頓。她需要……她叫什麼名字？想不起來，一個女生，赭紅頭髮，脖子上掛著耳機。**潘蜜？**

亞麗絲蜷縮躺在床上。圍繞在身邊的帝王斑蝶變成蛾。一個男生躺在她身後，貼著她的身體。他說，**我會服侍妳到世界末日**。

貝爾邦的牙齒咬得更深。亞麗絲想不起自己的身體、手臂。她很快就會消失了。除了恐懼之外，是否也有一絲解脫？所有悲傷、失落、錯誤都將隨她消逝。她將化為虛無。

貝爾邦會將她撕裂。她會將亞麗絲吸乾。

一道波浪從拜內克的石板廣場席捲而來。有一個深色頭髮的俊美男生高喊，**令萬物化做汪洋！**

她可以隨著浪潮漂向太平洋，經過卡塔利納島，看著渡輪來來去去。

浪濤拍過廣場，捲走一大群灰影。

亞麗絲想起她躺在富麗堂皇的圖書館地上，淚水汩汩滑落臉頰，唱著外婆的古老歌謠，說出外婆的語言。她一直在躲灰影，躲在……達令頓的後面，他的名字叫達令頓……達令頓，穿著深色大衣。她一輩子都那樣躲躲藏藏。她封閉自己，遠離活人的世界，只為了想擺脫死人。

令萬物化做汪洋。

亞麗珊卓。貝爾邦的聲音。告誡。彷彿念頭才剛進入亞麗絲腦中，貝爾邦就立刻發現了。

她再也不想躲藏。她自認是求生存的人，但其實她和挨揍的狗沒兩樣，撕咬咆哮，拚了命想活下去。現在的她不只是那樣了。

亞麗絲停止抵抗，停止將貝爾邦封鎖在外。她想起自己的身體，想起她的雙手。她想做的事很危險。她很高興。

令萬物化做汪洋。**讓我成為潮水**。

她大大張開雙臂，徹底敞開自己。

她立刻感覺到他們，彷彿他們一直在等待。無盡汪洋上的船隻，永遠尋覓黑暗的地平線，等候一絲光明，等候燈塔引領。她感覺到他們，遍布整個紐哈芬。從最低處的西爾豪司大道到最高處的遠景丘。她感覺諾斯從工廠舊址爬回來，死亡真言將他拋去那裡；她感覺到那個在早已拆除的體育館外面，永遠徘徊求票的少年；感覺到那個在潘恩・惠特尼體育館外面衝刺短跑的灰影。感覺到她從不允許自己看見的千百個灰影——在床上溘然長逝的老人；用歪扭雙手推著壓扁嬰兒車的女人；臉被子彈打穿的少年，盲目摸索口袋裡的梳子。脫水的健行客跛腳走下東岩的緩坡，斷腿拖在身後；西村外，黑榆莊頹圮的迷宮裡，丹尼爾・泰博・阿令頓三世綁好睡袍腰帶，快步走向她，嘴角依然叼著菸。

快來找我，她哀求。**救我**。她讓他們感覺到她有多害怕，她的恐懼有如沖天狼煙，她想多活一天、多活一小時，強烈的渴望照亮道路。

他們沒有盡頭，湧過街道，經過花園，穿透牆壁，鑽進辦公室，擠進亞麗絲。他們如漲潮的波浪般洶湧撲來。

亞麗絲感覺貝爾邦退縮，突然間，她能看清四周，看清眼前的貝爾邦，正伸出一隻手臂，眼睛發光。火輪依然圍繞著她們，明亮的藍色火光。她們站在火輪中央，輪輻環繞。

「怎麼會這樣？」貝爾邦嘶聲說。

「召喚失蹤者！」亞麗絲高聲吶喊。「召喚迷途者！我知道她們的名字。」名字有力量。她一個接一個說出。消失女性的詩歌。「蘇菲・密須肯！可莉娜・提爾曼！蘇珊娜・馬賽斯基！寶蕾塔・德勞羅！愛菲・懷特！格拉迪絲・歐唐納修！」

死者念誦她們的名字，不停重複，越來越接近，無數身體組成浪濤。亞麗絲看見她們擠進花園，一半的身體穿過牆壁。她能**聽見**她們低聲呢喃，**蘇菲**、**可莉娜**、**蘇珊娜**、**寶蕾塔**，越來越響亮的哀鳴。

灰影在說話，呼喚那些靈魂殘餘的碎片，喃喃的破碎合唱，越來越高亢。

「亞麗珊卓！」貝爾邦咆哮，亞麗絲看到她的眉頭有汗水。「我絕不會放開她們。」

現在已經由不得她了。

「我的名字叫銀河，去妳媽的貪吃鬼。」

聽見亞麗絲的名字，灰影集體嘆息，吹過辦公室，掀動亞麗絲的裙襬，拂開貝爾邦臉上的頭髮。她的眼睛睜得很大，整個翻白。

一個女孩從貝爾邦體內浮現，像剝下洋蔥皮一樣脫離。她有一頭濃密的深色鬈髮，工廠的圍裙底下穿著灰色上衣和裙子。一個戴羽毛帽的金髮女生出現，膚色有如褪色的杏桃，她穿著高領格紋連身裙，腰束得極細；接著是一個黑人女孩晃動出現，她穿著嫩粉色毛線外套配圓裙，頭髮燙成閃亮波浪。一個接一個，她們從貝爾邦體內掙脫，加入那群灰影。

格拉迪絲是最後一個，她不想出來。亞麗絲感覺得到。儘管瑟縮在黛西的意識角落那麼多年，她依然不敢離開自己的身體。

「她沒資格困住妳。」亞麗絲懇求。「不要害怕。」

一個女生出現，幾乎快看不見了，有如風中殘燭的灰影。她是年輕很多歲的貝爾邦，身材苗條、五官立體，白髮紮成麻花辮。

格拉迪絲轉身注視自己，注視穿黑色長版上衣、戴著許多戒指的貝爾邦。她舉起雙手彷彿想擋住貝爾邦，依然感到驚恐萬分，而其他女生過來帶她，她縮進灰影群中。

貝爾邦張開嘴，似乎想要尖叫，發出的聲音卻像水壺鳴笛，和桑鐸院長之前發出的聲音一模一樣。

諾斯來到亞麗絲身邊。或許他一直都在。

「她不是怪物，」他哀求。「她只是個年輕女孩。」

「她明知道不該做那種事。」亞麗絲說，心中沒有半點仁慈。「她以為她的生命比我們所有人重要。」

「我不知道她竟然能做出這種事。」他說，大聲壓過群鬼的喧鬧。「我從沒想過她竟然如此狠心。」

「你根本不瞭解她。」

謹慎的黛西，如此小心保密。她從小就能看見鬼，也渴望見識這個世界。狂野的黛西，人生還沒開始就被硬生生斬斷。殘酷的黛西，拒絕接受命運，偷竊別人的生命餵食自己。

亞麗絲說出最後一個名字。「黛西・芬寧・惠洛克！」

她對黛西用力伸出手臂，感覺她的靈魂慢慢朝她接近，速度緩慢、充滿怨恨，奮力想抓住身體，有如決心在土地上扎根留存的植物。

一瞬間，她瞥見一個深色頭髮、臉蛋俏麗的女子，身上的衣服有大蓬裙和荷葉袖。她的胸口被槍射穿一個大洞。她張大嘴尖叫。灰影上前。

諾斯衝過去擋在黛西面前。「拜託，」他說。「放過她。」

格拉迪絲上前，幾乎像空氣一樣單薄。「不。」

「不。」被吃掉的女生齊聲說。蘇菲、蘇珊娜、寶蕾塔、愛菲、可莉娜。

灰影繞過諾斯。大量灰影撲向黛西。

「Mors irrumat omnia。」亞麗絲低聲說。**死亡惡搞所有人**。

火輪轉動，亞麗絲感覺胃部翻攪。她伸出雙手，想找個東西抓住，任何東西都好。她撞上一個堅固的東西，跪倒在地。辦公室突然靜止。

亞麗絲跪在校長家辦公室的地毯上。她抬起頭看，依然有些暈眩。灰影不見了——只剩下鬼新郎。

她聽見心臟在胸口怦怦跳，門外傳來派對喧譁。院長倒在辦公椅上，已經死去。她閉上眼睛，火輪在她眼瞼後方留下藍色殘像。

貝爾邦的身體塌陷，皮膚變成粉粉的灰色，骨頭碎裂，彷彿被一百多年的重量壓垮。她幾乎變成了一堆灰。

鬼新郎站在那堆灰旁邊，過去的那個女孩徹底消失。他跪下伸出手，但他的手直接穿透。

亞麗絲扶著辦公桌邊緣站起來，遙遙晃晃走向通往花園的落地窗。她雙腿發軟，十分確定腰側的傷口又裂開了。她打開門，冷空氣吹進來。風吹在她發燙的臉上感覺很潔淨，同時也吹散了貝爾邦變成的那堆灰。

諾斯無助地看著灰從地毯飛起。

「抱歉，」亞麗絲悄悄說。「不過，你看女人的眼光爛透了。」

她看看院長的遺體，努力想讓頭腦運作，但她感覺像被榨乾了，腦中一片空洞。她抓不住思緒。花園裡的黃水仙剛剛露面，從花圃泥土中冒出嫩芽。

透納，她想著。他在哪裡？有沒有收到她的簡訊？

她拿出手機。警探回了簡訊。**正在忙案件。別亂來。等這裡結束再打給妳。千萬不要做蠢事。**

「他第一天認識我嗎？」

她的笑聲從落地窗飄出去。她需要思考。假使被黛西殺死的那些人的驗屍報告沒有錯誤，桑鐸應該會被認定死於心臟病發或中風。但亞麗絲不想冒險。她可以從花園偷溜出去，但很多人看到她和他一起進辦公室。那時候她並沒有刻意躲藏。

她必須重新回到派對中，盡可能混進人群。如果有人問起，她會說剛才貝爾邦教授去找院長講話，所以她就出來了。

「諾斯，」她說。他跪在地上抬起頭。「我需要你幫忙。」

說不定他會不願意，他會怪罪她害黛西徹底死去。亞麗絲很想知道，那些灰影整治她之後，她是否還有殘餘的部分可以去到界幕另一邊。諾斯還在這裡，模樣悲傷無比，看來她應該是魂飛魄散了。

諾斯緩緩站起來。他的眼神像平常一樣憂鬱哀傷，但現在他看著亞麗絲的時候，多了原本沒有的警戒。**他怕我嗎？**她不介意。下次他跳進她的腦袋之前，應該會先三思了。儘管如此，她依然很同情諾斯。她知道失去重要的人是什麼感覺，而他失去了黛西兩次——先是失去他深愛的女孩，然後又失去他心中那個夢幻的她。

「去看一下外面有沒有人。」亞麗絲說。「我不能讓別人看見我從這裡出去。」

諾斯穿過門飄出去，亞麗絲等候許久，擔心他會不會揚長而去，丟下她和屍體，還有滿地化成灰的邪惡。

但不久之後他回來了，穿透牆壁點頭表示安全了。

亞麗絲強迫自己往前走。她感覺很怪，徹底敞開、暴露，有如門戶洞開的房屋。

她整理一下頭髮，拉拉洋裝下襬。她必須表現正常，假裝什麼都沒有發生。亞麗絲知道不會有問題。她早已練習了一輩子。

所謂的界幕其實有許多道，每一道都隔絕人間與冥界。有些灰影會乖乖待在界幕後面，永遠不回到人間；有些雖然來到人間，但只有少數人能看見，例如願意服用亥倫子彈的勇者。還有一種更深入我們的世界，就連一般人也能看見、聽見。我們也知道有許多疆界可以讓死者與活人溝通，從很久以前我們就懷疑死後的世界其實有很多個。由此可以推論出，地獄也有很多個。但倘若真有這樣的地方，我們也依然一知半解，沒有人真正瞭解、探索過。因為沒有那麼勇敢、那麼大膽的冒險家敢走上通往地獄的道路——無論那條路有多麼平順。

——引自《忘川人生：第九會之程序與規範》

Cuando ganeden esta acerrado, guehinam esta siempre abierto.

雖然伊甸園早已關閉，但地獄永遠開啟。

——拉迪諾語俗諺

32
春

亞麗絲在地洞和道斯會合，一起從榆樹街走向潘恩・惠特尼體育館，那個桑鐸選擇作為殺人儀式場地的路口，也就是塔拉・哈欽司遇害的地點。**吉地**。空地邊緣開始冒出春花，淺紫色的番紅花、脖子彎彎的小小鈴蘭。

離開結界對亞麗絲而言很辛苦。她從小就能看見灰影——小時候她稱為「安靜東西」。現在他們不安靜了，她可以**聽見**他們的聲音。音樂學院外面那個穿睡袍的女人在低聲唱歌；兩個穿長外套配馬褲的男人坐在舊校區的欄杆上聊八卦，他們左邊的身體燒得焦黑，顯然死於多年前的火災。就在此刻，她正努力忽視那個溺死的划船選手，他在體育館外面狂奔。她能聽見他粗重的呼吸聲。怎麼可能？幽靈為什麼需要呼吸？是因為需要空氣的記憶嗎？生前的習慣？還是想要表現出人類的樣子？

她輕輕搖一下頭。她要想辦法讓他們安靜，不然她遲早會發瘋。

「有人在說話？」道斯壓低聲音問。

亞麗絲點頭，揉揉兩側太陽穴。她不知道該如何解決這個問題，但她至少知道，千萬不能讓灰影發現她能聽見他們的聲音，太多幽靈急著想和活人溝通。

那天離開校長家之後，她一直沒再見到諾斯。或許他躲起來哭了，因為黛西變成那樣而傷心。也可能他在彼岸組織了支持團體，為被她囚禁那麼多年的靈魂療傷。亞麗絲真的不知道。

她們繞著那片空地走一圈，那是原本預定要建造聖艾爾摩會墓的地點。亞麗絲希望塔拉遇害的地方會開滿花。她將桑鐸自白的錄音寄給忘川理事會。他們一致認為令人髮指、惡劣至極，更重要的是危險無比。即使桑鐸的儀式失敗了，他們也不希望任何人發現或許可以透過殺人儀式製造節點——更不希望忘川會扯上塔拉的命案。除了少數理事知曉真相，其他所有人依然相信凶手就是布雷克・齊利。忘川會打算保持下去。

這次，亞麗絲不會逼他們給個公道。她有太多新祕密要隱藏。桑鐸的死因被歸為猝死，在慶祝他回歸職務的派對上突然嚴重心臟病發。幾週前他才摔跤受重傷，而且他的財務壓力非常大。雖然他離開人世令人憂傷，但沒有引起太多關注——因為瑪格麗特・貝爾邦失蹤了，在校長派對上，她是最後和他在一起的人。有人看到她去校長家中的辦公室找桑鐸院長講話。沒有人知道她去了哪裡，也不知道她是否出了什麼事，紐哈芬警局已經展開調查。

忘川會不知道貝爾邦的真面目，也不知道桑鐸是她殺死的。貝爾邦進辦公室之後的錄音，亞麗絲全刪掉了。忘川會理事會從來沒聽過「輪行者」這個詞，而且以後也永遠不會聽到，因為要是亞麗絲的理解正確，她有能力隨時製造節點——只要她養成吃靈魂的嗜好就行了。她見識過忘川會與祕密社團的行事作風。這件事最好不要讓他們知道。

道斯看看手機上的時間，她們很有默契地一起離開潘恩・惠特尼體育館，右轉走上果林街。亞麗絲看到前方書蛇會的龐大會墓。現在她確認了他們沒有派使靈去殺她，塔拉的命案也完全與他們無關，她忍不住在想，他們是否能幫忙找回塔拉的靈魂。雖然想到要進去那座會墓她就發毛，而且也不知道他們會要求怎樣的回報，但忘川會對塔拉・哈欽司有所虧欠，理應設法讓她安息。不過這件事不急。她要先解決其他事，然後再來幫助塔拉。前提是到時候她還活著。

亞麗絲與道斯走進墓園巨大的新埃及風大門，經過達令頓最喜歡的那句話：**死者將復活**。如果亞麗絲夠認真，會復活的可能不只死者而已。

他們經過許多詩人、學者、耶魯校長的墳。一小群人聚集在一座新墓碑旁。桑鐸院長死後依然有許多文人雅士作伴。

亞麗絲知道今天到場的悼客當中，應該有忘川會校友，但她只認識一個：蜜雪兒・阿拉梅丁。她穿著同樣的時髦大衣，深色頭髮簡潔盤起。透納也來了，但他只是對她微微頷首。他在生她的氣。
那天她答應去權杖居和他見面，一看到她，便立刻咆哮：「妳丟下一具屍體給我？」
「對不起。」亞麗絲說。「你有點難聯絡。」
「派對上發生了什麼事？」
亞麗絲靠在門廊的柱子上，感覺彷彿權杖居也依偎著她。「桑鐸殺了塔拉。」
「那他又發生了什麼事？」
「心臟病發。」
「才怪咧。妳殺了他嗎？」
「輪不到我動手。」
透納注視她許久，難得一次，亞麗絲慶幸自己沒說謊。
那之後他們一直沒聯絡，亞麗絲懷疑透納想徹底甩開她和忘川會。她不能怪他，但依然悵然若失。有個好人站在她這邊比較安心。
桑鐸的葬禮漫長又枯燥，先是讚揚院長生前的各項成就，然後校長致詞，接著一個穿藏青色小禮服的苗條女子簡短講了幾句話，亞麗絲領悟到她是桑鐸的前妻。今天墓園裡全然不見灰影。他們不喜歡葬禮，而且這座新墳旁沒有澎湃的情感，不足以讓他們克服反感。亞麗絲很慶幸能夠安靜一下。

院長的棺木下葬之後，亞麗絲注視蜜雪兒・阿拉梅丁的雙眼，輕輕撇一下頭——作為邀請。她和道斯悄悄離開墳墓，亞麗絲希望蜜雪兒會跟來。

她們往左走上一條蜿蜒小徑，經過六〇年代曾經擔任耶魯校長的金曼・布魯斯特墳前，旁邊種著一棵金縷梅，每年六月都會綻放滿樹金黃花朵——幾乎總是在他生日當天——而在他逝世的十一月掉光葉子。黛西的第一個肉體就葬在這座墓園。

她們走到一個安靜的角落，兩旁各有一座人面獅身雕像，道斯說：「妳確定這樣沒問題？」她今天為了葬禮特別打扮，穿著寬鬆西裝褲，戴上珍珠耳環，但赭紅髮髻有點歪。

「不確定。」亞麗絲說。「但我們需要所有助力。」

道斯不打算爭辯。忘川會打電話去西港她姐姐家找她，後來又從亞麗絲那裡得知校長家派對上發生的真實經過，她一直心懷歉疚。更何況，她像亞麗絲一樣希望進行這場冒險、這次任務。甚至更勝於她。

亞麗絲看到蜜雪兒穿過草坪朝她們走來。她一到，亞麗絲直接說重點。「達令頓沒死。」

蜜雪兒嘆息。「又要講這件事？亞麗絲，我知道——」

「他是惡魔。」

「什麼？」

「他被地獄獸吃掉之後沒有死。他變成惡魔了。」

「不可能。」

「聽我解釋。」亞麗絲說。「我最近去過冥府疆界——」

「為什麼我一點都不驚訝？」

「每次我都聽到……呃，我不知道那是什麼東西——灰影？怪物？總之是黑暗彼岸一種不太像人的東西。他們不停重複一句話，之前我一直不懂。一開始我以為是人名，強納森·戴斯蒙或尚恩·杜蒙之類的。不過其實不是。」

「喔？」蜜雪兒的表情很生硬，彷彿非常努力想表現出願意接納不同想法的樣子。

「**紳士惡魔**。他們說的是這句話。他們說的是達令頓。我認為他們很害怕。」

達令頓是紳士。但這個時代不適合紳士。桑鐸說出這句話的時候，亞麗絲沒有多想。但後來她播放當時的錄音，這句話卻一直留在她的腦海。達令頓——忘川會紳士，大家總是這樣形容他。亞麗絲自己也這麼想，彷彿他跑錯時代了。

儘管如此，她依然想了很久才將線索拼湊在一起，領悟到彼岸那些東西每次發出那種奇怪的聲音，都是她提到達令頓的時候，甚至只是想到他。他們並非憤怒，而是恐懼，就像那次臟卜時的那兩個灰影一樣。新月儀式上說出「謀殺」這個詞的，絕對是達令頓本人，不是什麼回音——但他譴責的人是桑鐸院長，不是亞麗絲。桑鐸謀殺塔拉，也企圖謀殺他。亞麗絲希望是這樣。丹尼爾・泰博・阿令頓，永遠的紳士，彬彬有禮的好青年。但他變成了什麼？

「妳剛才說的那種事，根本不可能發生。」蜜雪兒說。

「我知道很難以置信。」道斯說。「但人類確實可以變成——」

「我知道可以。但要變成惡魔只有一種方法：硫磺加罪孽。」

「哪種罪孽？」亞麗絲問。「打手槍？文法爛？」

「這裡是墓園，不要亂說話。」道斯斥責。

「道斯，相信我。死人才不在乎呢。」

「只有一種罪孽能讓人變成惡魔。」蜜雪兒說。「**謀殺**。」

道斯一臉震驚。「他絕不會，絕對——」

「妳也殺過人，」亞麗絲提醒她。**我也殺過人**。「沒什麼絕對。」

「達令頓？」蜜雪兒還是無法相信。「老師的乖寶寶？身披閃亮盔甲的英勇騎士？」

「騎士配劍不是為了裝飾而已。我不是找妳來爭論這些的。如果妳不願意幫忙，那也沒關係。我很清楚這是事實：地獄獸被送來人間殺害達令頓。但他沒死，那個怪獸回到地獄把他拉出來。我們要找到他。」

「是嗎？」蜜雪兒說。

「對。」道斯說。

一陣寒風吹過墓園裡的樹，亞麗絲強忍住不發抖。感覺好像冬天不願離去，或許是給她們的警告。但達令頓發生很恐怖的遭遇，正在等待救援。桑鐸將忘川會金童從這個世上奪走，必須有人把他搶回來。

「那麼，」她說，風變大了，樹梢的新葉抖動，在墳頭發出窸窣嘆息，有如悲傷到不能自已的悼客。「大家準備好下地獄了嗎？」

（全書完）

登場人物

亞麗絲・史坦

生長於洛杉磯的貧困地區，意外得到進入耶魯大學的機會，在忘川會擔任「但丁」一職，負責監督祕密社團魔法儀式。

丹尼爾・阿令頓（達令頓）

大三學生，在忘川會擔任「味吉爾」一職，負責監督祕密社團魔法儀式，及引導但丁。

潘蜜拉・道斯

研究生，在忘川會擔任「眼目」一職，負責打理忘川會的庶務。

亞伯・透納

警探，擔任「百夫長」一職，負責警察局與忘川會的聯繫。

艾略特・桑鐸院長

忘川會顧問，負責忘川會與大學的聯繫。

蜜雪兒・阿拉梅丁

前任味吉爾。

塔拉・哈欽司
陳屍於耶魯校園中的女孩。

蘭斯・葛瑞生
塔拉的男友。

柏川・博伊司・諾斯
紐哈芬最惡名昭彰的幽靈「鬼新郎」。

黛西・芬寧・惠洛克
諾斯的未婚妻。

格拉迪絲・歐唐納修
黛西的女僕。

瑪格麗特・貝爾邦
耶魯大學女性研究教授。

柯林・卡崔
捲軸鑰匙會成員，貝爾邦的助理。

伊莎貝兒・安德魯
貝爾邦的助理。

崔普・海穆斯
骷髏會員。

喬許・齊林斯基
奧理略會會長。

麥克・阿沃羅沃
手稿會會長。

凱蒂・麥斯特
手稿會成員。

沙樂美・尼爾斯
狼首會會長。

蘿倫
亞麗絲的室友。

梅西
亞麗絲的室友。

布雷克・齊利
耶魯長曲棍球選手，曾在比賽中惡意傷人。

里納德・畢肯（里恩）

亞麗絲的毒販前男友，住在公寓「原爆點」。

茉緒

里恩的前女友。

米契爾・貝茲（貝恰）

「原爆點」居民。

海倫・華森（海莉）

「原爆點」居民。

埃丹・夏斐爾

賣大麻給里恩的毒販。

艾瑞奧・赫羅

埃丹的表哥，性格殘忍。

骷髏會
Skull & Bones

死亡平等，不分貧富。

1832

魔法種類	動物或人類臟卜。 以動物或人類內臟預知未來。
知名校友	美國第二十七屆總統威廉・霍華・塔虎脫 第四十一屆總統老布希 第四十三屆總統小布希 前國務卿約翰・凱瑞

捲軸鑰匙會
Scroll & Key

擁有照亮這片黑暗之地的力量，
擁有復活這個死亡世界的力量。

1842

魔法種類	在物品上下咒，空間移動魔法。 靈體時空移動。
知名校友	前國務卿迪安・艾其遜 漫畫家蓋瑞・杜魯道 作曲家柯爾・波特 記者史東・菲利普斯

書蛇會
Book & Snake

萬物常變；易而不朽。

1863

魔法種類	召靈術或降靈術，骸骨復活。
知名校友	揭發水門事件的記者鮑伯・伍德華 前中情局長波特・戈斯 黑人權利運動家凱瑟琳・克利佛 前駐法大使查爾斯・瑞夫金

狼首會
Wolf's Head

群體之力為狼。狼之力為群體。 (1883)

魔法種類 | 化獸術。

知名校友 | 小說家斯蒂芬・文森・貝內特
育兒專家班傑明・斯波克
古典音樂作曲家查爾斯・艾伍士
藝術收藏家山姆・瓦格斯塔夫

手稿會
Manuscript

夢將人們送往夢，幻覺無極限。 (1952)

魔法種類 | 鏡子魔法、魅惑魔法。

知名校友 | 演員茱蒂・佛斯特
新聞主播安德森・庫柏
前白宮聯絡室主任大衛・格根
演員柔依・卡山

奧理略會
Aurelian

(1910)

魔法種類 | 文字魔法—文字約束、語言占卜。

知名校友 | 海軍上將理查・里昂
前駐聯合國大使薩曼莎・鮑爾
物理學家約翰・B・古迪納夫

聖艾爾摩會 (1889)

St. Elmo's

魔法種類	氣象魔法，自然元素魔法，召喚暴風雨。
知名校友	美式足球明星卡爾文・西爾 前司法部長約翰・艾許克羅夫特 演員艾利森・威廉斯

貝吉里斯會 (1848)

Berzelius

魔法種類	無。爲彰顯瑞典化學家貝吉里斯的精神而創建。貝吉里斯創造出化學元素表，使鍊金術成爲歷史。
知名校友	無

Ninth House

幽靈社團（下）

作　　者　莉．巴度格 Leigh Bardugo
譯　　者　康學慧 Lucia Kang
發 行 人　林隆奮 Frank Lin
社　　長　蘇國林 Green Su

出版團隊

總 編 輯　葉怡慧 Carol Yeh
主　　編　鄭世佳 Josephine Cheng
企劃編輯　黃蒝莙 Bess Huang
行銷企劃　鄧雅云 Elsa Deng
封面裝幀　許晉維 Jin Wei Hsu
內頁排版　張語辰 Chang Chen

行銷統籌

業務處長　吳宗庭 Tim Wu
業務主任　蘇倍生 Benson Su
業務專員　鍾依娟 Irina Chung
業務秘書　陳曉琪 Angel Chen
　　　　　莊皓雯 Gia Chuang
行銷主任　朱韻淑 Vina Ju

發行公司　精誠資訊股份有限公司　悅知文化
　　　　　105台北市松山區復興北路99號12樓
訂購專線　(02) 2719-8811
訂購傳真　(02) 2719-7980
專屬網址　http：//www.delightpress.com.tw
悅知客服　cs@delightpress.com.tw
ISBN：978-986-510-186-2
建議售價　新台幣 380元
首版一刷　2021年12月

國家圖書館出版品預行編目資料

幽靈社團／莉.巴度格(Leigh Bardugo)著；康學慧 譯. -- 初版. -- 臺北市：精誠資訊，2021.12
面；　公分
譯自：Ninth house.
ISBN978-986-510-186-2(下冊：平裝).

874.57　　110018153

建議分類｜文學小說